Stephanie Gessner
Lil April
Mein Leben und andere Missgeschicke

AF131496

Stephanie Gessner

LIL APRIL

Mein Leben und andere Missgeschicke

magellan

Für
Rosa und Viola

Es gibt Tage, da möchte ich meine Familie zur Adoption freigeben.

Oder zumindest meine Geschwister. Und dann für den Rest meines Lebens Einzelkind sein! So wie Helli, die hat es gut. Der Tag, an dem wir aus dem Sommerurlaub zurückkamen, war so einer. Ich weiß das noch genau, weil da die Sache mit Dennis anfing.

Wir waren am Morgen an der Ostsee gestartet und einmal quer durch Deutschland gefahren. Neun Stunden saß ich nun schon auf der harten Rückbank unseres klapprigen Golfs. Ich wollte endlich nach Hause! Drei Wochen mit fünf Geschwistern! In denen es ständig das Essen gegeben hatte, das die Zwillinge wollten. In denen wir nicht in dieses geniale Aquarium durften, weil Arti das für Tierquälerei hielt. Und in denen mein älterer Bruder Pego lauter geschnarcht hatte als zehn Walrosse zusammen. Im Zelt! Wie soll ein Mensch das aushalten? Ich wollte auf meinem Bett liegen, mit meiner besten Freundin telefonieren und endlich mal wieder in Ruhe zeichnen oder Zeitschriften ansehen. Und Musik hören. Meine Musik. Nicht Bach oder Beethoven. Bei uns hieß es: »Wer am Steuer sitzt, für den spielt die Musik.« Vielleicht würden meine Eltern sich nicht so oft verfahren, wenn sie mal meine Musik laufen ließen. Wie zum Beispiel jetzt. Kurz vorm Ziel fanden sie tatsächlich das Haus unseres Hundesitters nicht mehr.

»Das war der letzte Campingurlaub«, sagte Papa und trommelte auf das Lenkrad. »Ich bin zu alt für diesen Spaß.«

»Und ich mache nächstes Jahr Interrail. Ihr seid übelst.«
Pego steckte sich seine Stöpsel in die Ohren. Im Gegensatz
zu mir besaß er einen eigenen iPod. Ich musste mir einen mit
meiner kleinen Schwester Arti teilen.

Jetzt hielten wir abrupt in einem schicken Münchner
Vorort und sprangen aus den Autos. Da wir so viele waren,
fuhren wir immer Kolonne, die drei Jüngsten vorneweg mit
Mama, wir Älteren mit Papa hinterher.

»Ich bin mir ganz sicher, hier irgendwo muss es sein«, sagte Mama und zeigte die Straße hinunter.

»Irgendwo ist kein präziser Begriff, mein Schatz«, brummte Papa.

»Aber du hattest die Adresse besorgt, Theo, weißt du das
nicht mehr?«, sagte Mama.

»Doch, aber du hast unseren Hund vor dem Urlaub dorthin gebracht, meine Liebste.«

»Oh Mann, ihr stammt wirklich aus einer anderen Welt!«,
sagte ich.

»Aus der Alten Welt, nicht wahr, Papa«, schleimte mein
kleiner Bruder Triton.

Papa war Archäologe und deshalb ein Kenner der Alten
Welt. Auf seinem Spezialgebiet, dem antiken Griechenland,
genauer gesagt ur-ur-uralter griechischer Vasenmalerei, war er
sogar einer der größten Kenner überhaupt. Aber was nützte
uns das jetzt? Papa war leider kein Kenner seines Adressbu-
ches. Weil er nämlich gar keines besaß, sondern alles nur auf
Zettel kritzelte, die ihm dann meistens wieder verloren gingen.
Und Mama hatte einfach einen schlechten Orientierungssinn.

»Oh Mann, das nervt voll!«, sagte ich.

»Das kommt davon, wenn man ohne Navi fährt«, sagte
Pego und lehnte sich gegen den staubigen Golf.

»Vielleicht finden wir die Adresse übers Internet.« Papa zog sein Handy aus der Hosentasche. Dabei fiel ein verschrumpelter Zettel zu Boden. Triton stürzte sich darauf und faltete ihn auseinander.

»Hier ist sie ja!«

»Die Adresse!« Mama stöhnte.

Papa lächelte. »Seht ihr, nur wer das Ziel kennt, kann treffen.«

Das war eines seiner griechischen Lieblingssprichwörter.

Pego verdrehte die Augen. »Ja, und nur wer das Ziel trifft, hat volle Peilung.«

Wir lachten. Papa scheuchte uns zum Auto. »Kinder, es wird Zeit.«

»Ich will auch mal mit euch …«, beschwerte sich Triton, aber Pego schubste ihn in Richtung von Mamas Kombi.

»Los, Zwerg, sonst bleibst du hier.«

Nicht lange danach fuhren wir auf den Hof eines großen Einfamilienhauses. Aus der Tür schoss ein wolliger schwarzer, laut bellender Blitz mit dunkelbraunen Augen, sprang an Arti hoch, ließ sich kurz umarmen, führte sich auf wie wild, sprang weiter von einem zum anderen und warf Nike dabei fast um, sodass sie schrie: »Hey, sei doch mal vorsichtig, du!«

Pan machte die Runde ein weiteres Mal, ließ sich streicheln, bestaunen, leckte, wo es nur ging, erwischte mit seiner langen, nassen Zunge Papa am Hals, worauf der »Na, na« sagte und sich mit dem Ärmel abwischte. Schließlich lief Pan wieder schwanzwedelnd zu Arti, die schon auf dem Boden kniete, ihn in Empfang nahm, herzte und küsste. Sie veranstalteten eine echte Show, und ich fragte mich, ob wir jemals zu Hause ankämen. Klar, auch ich freute mich, Pan zu sehen, aber deswegen wälzte ich mich nicht gleich über einen staubigen Hof.

»Nie wieder fahre ich ohne dich weg«, flüsterte Arti so in Pans Ohr, dass jeder es hören konnte. Arti glaubte nämlich allen Ernstes, unser Hund gehörte ihr, obwohl es natürlich nicht stimmte.

»Er sieht aus wie ein Mops, voll fett«, sagte Pego.

Es stimmte, Pan kam mir ebenfalls runder vor, flauschiger auch, in jedem Fall verändert.

»Gar nicht wahr«, rief Arti. »Er ist einfach nur gut gepflegt.« Sie streichelte das saubere, glänzende Fell unseres Hundes.

»Da sieht man, in was für einem schlechten Zustand du ihn hier abgeliefert hast«, sagte Pego.

»Pego, hör auf!«, fauchte Arti.

Pego fuchtelte auf seine nervige Art mit der geballten Faust vor Artis Gesicht herum.

Mama tat so, als merkte sie es nicht, und schüttelte dem Hundesitter, einer eleganten älteren Dame in edlen Klamotten, die Hand. Wir alle sagten artig Danke. Papa musste es natürlich wieder übertreiben und eine Verbeugung machen. Und dann fuhren wir mit Pan, der auf Artis Schoß thronte, ans andere Ende der Stadt, nach Hause. Endlich!

Ich heiße Lilaia April. Es gibt nicht viel, was ich an mir mag, aber im Gegensatz zu Pego und Arti bin ich sehr zufrieden mit meinem Namen. Lil, das ist selten und schön. Meine beste Freundin Helli findet das auch. Ich unterschreibe alle meine Zeichnungen mit Lil und male eine Wasserlilie dazu. Später möchte ich Künstlerin werden. Vielleicht Malerin. Oder Modedesignerin. Das ist mein großer Traum. Aber Träume gehen ja bekanntlich nicht in Erfüllung. Wahrscheinlich werde ich eher Krankenschwester oder Feuerwehrfrau. Weil ich immer zur Stelle bin, wenn es brennt, und ich mir vor lauter Hilfsbereitschaft beide Arme und Beine ausreiße. Behauptet Helli.

»Wie winzig unser Haus ist!«, sagte Arti, als wir zu Hause ankamen und mit Koffern, Taschen und Rucksäcken bepackt darauf warteten, dass Papa den richtigen Schlüssel aus seinen Taschen beförderte.

»Ja, im Vergleich zu dem Palast, in dem Pan die letzten Wochen verbringen durfte, ist es klein«, sagte Mama.

»Ich finde unser Haus genau richtig.« Meine jüngste Schwester Nike streichelte über die verblasste grüne Haustür. »Hallo, Haus, wir sind wieder da!«

»Im Vergleich zu einem Zelt ist dies hier ein Palast«, sagte Papa, während er die Haustür aufschloss.

Für eine achtköpfige Familie war es wirklich ziemlich klein, dachte ich, aber ich sagte nichts.

»Ich würde eher Irrenhaus sagen.« Pego schob sich wie immer als Erster durch die Tür und schleuderte seinen Seesack in eine Ecke. Während wir hinter ihm hineinströmten und erschöpft alles fallen ließen, ging Pego zum Telefon und drückte die Wiedergabetaste des Anrufbeantworters.

»Sie haben vierzehn neue Nachrichten«, tönte die blecherne Stimme.

Ich stürzte hinter Pego her.

»Vierzehn, so alt wie du, Pego!«, rief Nike.

»Halt die Klappe«, sagte Pego, »ich will das hier hören.«

»Du bist nicht der Einzige«, sagte ich und schubste ihn zur Seite, aber nur leicht. Ich musste unbedingt mit Helli telefonieren, darauf hatte ich mich während der schrecklich langen Fahrt am allermeisten gefreut.

»Ich halte das nicht mehr aus in diesem Zoo«, fluchte Pego und presste sein Ohr an den Anrufbeantworter.

Es gab drei Ansagen vom Getränkedienst, den wir mal wieder über die Ferien vergessen hatten abzubestellen, eine Nachricht für Pego von seinem Boxtrainer, eine für Papa, die seine Arbeit betraf, drei Nachrichten für Mama und dann eine Nachricht für Arti von einem Dennis. Als ich die Stimme des Jungen hörte, bekam ich ein ganz seltsames, flaues Gefühl im Magen. Die restlichen Nachrichten hörte ich nicht mehr richtig. Pego schnaubte genervt und schnappte sich den Telefonhörer. Offenbar hatte er mehr als seinen Boxtrainer erwartet.

»Hey, ich brauche das Telefon!«, rief ich, aber mein Bruder lief schon die Treppe hinauf, immer zwei Stufen auf einmal. Wir anderen stürmten hinterher. Im ersten Stockwerk kletterte Pego die schmale Stiege bis unters Dach. Triton folgte ihm flink wie eine Eidechse, kam aber nicht weit. Keiner durfte es wagen, ungebeten bei Pego einzutreten, noch nicht einmal Mama.

»Ich will aber ...«, versuchte Triton, sich den Weg freizuboxen.

»Zisch ab, sonst setzt es was«, rief Pego.

Papa kam hinter uns die Treppe hoch.

»Mein lieber göttlicher Pegasos, hüte deine flegelhafte Zunge.«

Mein Bruder hieß Pegasos, hasste aber nichts so sehr wie diesen Namen. Pego hingegen, das klang wie zwei Fäuste beim Boxen, peng-pong, pe-go, und deshalb passte das auch perfekt zu ihm.

»Zu Befehl, Mister Zeus, aber nur, wenn der da«, Pego zeigte auf Triton, »mich in Ruhe lässt.«

Papa strich Triton übers Haar. »Mein lieber göttlicher Triton, der Dachboden ist so etwas wie der Olymp. Nur wenige haben Zutritt. Du musst die Älteren respektieren.«

»Was soll das denn heißen?«, fragte ich, während ich versuchte, mich an Papa vorbeizuschieben. »Müssen die Jüngeren nicht respektiert werden?«

Bevor Papa antworten konnte, fragte unser kleinster Bruder Orion: »Was ist ein Olymp?«

»Der höchste Berg in Griechenland«, sagte Papa. »Und«, er hob den Zeigefinger, »was noch wichtiger ist, in den griechischen Heldengeschichten ist der Olymp außerdem der Sitz der Götter.« Er wandte sich an mich. »Im Übrigen sollte Respekt immer auf Gegenseitigkeit beruhen.«

»Na also«, sagte ich. Papas Sprüche gingen mir in letzter Zeit manchmal ziemlich auf die Nerven. Früher hatten sie mich nie gestört.

»Ich bin die einzige olympische Göttin«, rief Arti von unten, »also steht der Dachboden mir zu!«

In gewisser Weise hatte sie recht. Die Namensgeber von uns anderen standen in der Rangfolge unter Artemis' Namensgefährtin, was außer Arti jedoch niemanden kratzte.

Lilaia war die Tochter irgendeines Flussgottes. Die Idee hat mir schon immer gefallen, denn ich liebe Wasser. Mein Erkennungszeichen ist deshalb die Wasserlilie. Immer wenn ich ein neues LLB, also Lil-Lebensbuch anfange, zeichne ich zu allererst mein Erkennungszeichen.

»Erstgeboren ist wichtiger als olympisch, du Zwerg!«, rief Pego aus seiner Dachbodenluke herunter, bevor er sie zuklappte und damit für alle unsichtbar wurde.

Ich schleppte meine Reisetasche ins Zimmer. Pego hatte es gut. Er konnte sich zurückziehen, wann immer er wollte, und in Ruhe telefonieren, während ich mich ständig mit den anderen herumplagen musste. Dabei war ich fast dreizehn. Im ersten Stock, unterhalb von Pegos Dachbodenolymp, befanden sich die beiden anderen Kinderzimmer. Das größere mit vier Fenstern, einem dreistöckigen Bett und einer Lastwagenladung voller Spielzeug bewohnten Triton und die Zwillinge, das etwas kleinere, aber immer noch große, gehörte Arti und mir.

Vom selben Flur gingen außerdem noch Papas Arbeitszimmer und zwei Badezimmer ab, eines für die Mädchen und Mama, das kleinere für die Jungen und Papa. In beiden Bädern herrschte zu jeder Zeit, an jedem Tag der Woche, das ganze Jahr über absolutes, reines Chaos. Hin und wieder versuchte Mama, unsere Kleider zu ordnen, aber jedes Mal erntete sie Ärger, weil jemand seinen Lieblingspulli, sein Nachthemd oder sein Sportzeug nicht mehr fand. Seltsamerweise musste nie jemand etwas sehr lange suchen, solange alle dieser Unordnung freien Lauf ließen. Es war, als hätten wir ganz eigene, geheime Spielregeln dazu aufgestellt. Hatten wir nicht. Wir kannten nur das Chaos besser als die Ordnung.

Zweimal wöchentlich half uns Frau Schneider, eine professionelle Putzhilfe, aber auch die hatte schnell eingesehen, dass bei uns jeder auf verlorenem Posten stand, der uns Ordnung beibringen wollte. Trotzdem, ohne Frau Schneider hätte es wahrscheinlich öfter Tage gegeben, an denen niemand mehr frische Socken, T-Shirts oder Pullis im Schrank gehabt hätte.

»Sie tut mir leid«, sagte Papa immer, »es muss grauenhaft sein, für uns zu arbeiten.«

Ich stellte den Rucksack neben dem Bett ab und ließ mich mit dem Gesicht voran auf mein Kissen fallen. Das Kissen im Zelt hatte nach Staub und irgendwie auch nach Gummi gemüffelt, dieses hier roch wie Schokolade mit Vanille. So duftete nur meine eigene, private Zimmerhälfte. Mein Zufluchtsort. Hier war es schön. Und im Moment sogar aufgeräumt. Ich setzte mich auf. Auf der anderen Seite, bei Arti, lagen überall Klamotten. Die meisten hatte sie von mir geerbt. Direkt auf der Trennlinie, die wir vor den Ferien mit Kreppband auf den Fußboden geklebt hatten, lag eine von Artis schmutzigen Socken. Ich stand auf, kickte die Socke in Artis Hälfte, ging zum Fenster und öffnete es. Mein Blick fiel auf den Schreibtisch. Dort lagen ein paar Bücher fürs nächste Schuljahr. Heute war der letzte Ferientag. Ich musste dringend Helli anrufen! Nichts hatte mir in den letzten drei Wochen so sehr gefehlt wie die Stimme meiner HALF, meiner hellihaften allerliebsten Freundin.

Ich war schon fast an der Tür, um zu schauen, ob Pego das Telefon zurückgebracht hatte, als von der Straße ein rollendes Geräusch heraufdrang. War das …? Es klang wie das Skateboard des neuen Nachbarjungen. Vor dem Urlaub war er ein paarmal hier gefahren. Ich kehrte um und schaute aus dem Fenster. Richtig, er war es. Er konnte supergut Skateboard fahren. Und dabei seine Haare in so einer zackigen Bewegung durchschütteln. Da, genau so, zack, und dann eine elegante Kurve! Ich ging etwas näher ans Fenster, stellte mich aber so, dass der Junge mich hoffentlich nicht sah. Er trug ein blau-weiß geringeltes T-Shirt und Jeans. Die Jeans hingen ziemlich tief. Es sah lässig aus, auch wenn ich normalerweise Ringelshirts für Jungs in diesem Alter etwas kindisch fand. Bei ihm wirkte es ziemlich cool. Ich zuckte zusammen, als Arti und Pan ins Zimmer trotteten. Meine Schwester hievte ihren Reiserucksack aufs Bett und stöhnte. Pan kam zum Fenster und leckte mir über die Hand.

»Lil, kannst du mir beim Auspacken helfen?«, fragte Arti.

Meine Finger kraulten die flauschige Stelle zwischen Pans Ohren. Ich seufzte. Eigentlich wäre ich gerne noch eine Weile alleine geblieben.

»Ich muss meine eigene Tasche auspacken.«

»Bitte, du kannst das viel besser als ich.«

Ich verdrehte die Augen und gab nach. »Na schön.«

In diesem Moment fuhr der Junge zum zweiten Mal an unserem Haus vorbei und, oh Schreck!, schaute zu unserem Fenster hinauf.

»Wieso stehst du da so seltsam?«, fragte Arti. »Hast du dich verrenkt?«

Ich drehte mich zu ihr um. Sie zog ein Bündel T-Shirts aus ihrem Rucksack und kam näher.

»Was? Ich schau nur raus«, sagte ich und sah wieder nach draußen.

Arti zwängte sich neben mich und entdeckte den Jungen. »Ah, Dennis.«

Ich schaute meine Schwester an. Dennis. Wieso Dennis? Woher wusste Arti das? Und so hatte doch der Junge vom Anrufbeantworter geheißen. Ich hatte gleich so ein komisches Gefühl gehabt.

Arti schaute mich an und schüttelte den Kopf. »Quak! Du guckst wie ein Frosch!«

Ich nahm ihr das Kleiderbündel ab, ging zum Bett und faltete die Sachen so ordentlich wie möglich. »Wo sind deine schmutzigen Klamotten?«, fragte ich.

»Liegen im Keller vor der Waschmaschine.«

Ich hielt Arti ihren Stapel hin. »Hier, kannst du in den Schrank legen.«

Meine Schwester stand noch am Fenster. Ich hörte, wie sich die Skateboard-Rollen näherten, und ging zu ihr. Über Artis Schulter hinweg konnte ich den Haarschopf des Jungen erkennen.

»Hey, Dennis!«, schrie meine Schwester plötzlich und riss den Arm hoch.

Ich machte einen Satz rückwärts. Oh Gott, wie peinlich war das denn! Da stand meine Schwester am Fenster und winkte wie wild. Hoffentlich hatte der Junge mich nicht gesehen. Ich hörte, wie er etwas sagte, konnte es aber nicht verstehen.

Arti beugte sich aus dem Fenster. »Wir sind aus dem Urlaub zurück«, schrie sie so laut, dass es wahrscheinlich noch in der Münchner Innenstadt zu hören war. Der Junge erwiderte etwas. Daraufhin winkte Arti noch einmal, als wollte sie sich den Arm auskugeln. »Bis dann!«, brüllte sie. Sie wandte sich zu mir um und grinste.

Ich beachtete Arti nicht weiter und fing an, meine eigenen Sachen auszupacken. Sorgfältig strich ich mein ärmelloses rotes Strandkleid glatt. Die zartrosa Borte am Saum hatte ich selbst gehäkelt und nachträglich angenäht. Leider umsonst, denn nicht ein einziges Mal war es an der Ostsee heiß gewesen. Draußen rollte immer wieder das Skateboard über den Asphalt.

»Woher kennst du ihn denn?«, fragte ich möglichst beiläufig und legte das Kleid beiseite.

»Wen? Dennis?« Arti setzte sich zu Pan auf den Boden und ließ sich das Gesicht ablecken.

»Ja. Du hast mir gar nichts erzählt. Hat er dir die Nachricht auf Band hinterlassen?«

»Hm.« Arti hielt Pan auch die andere Gesichtshälfte hin. »Er ist bei mir im Tennis, also ein- oder zweimal vor den Ferien hat er gespielt, in meiner Gruppe.«

»Aber er ist doch älter als du, oder?«

Arti legte sich flach auf den Boden, Pan nahm neben ihr Platz.

»Wie? Weiß nicht. Eher wie du. Er hat noch einen Bruder. Daniel. Der ist sogar älter als Pego.« Arti setzte sich abrupt auf. »Wieso willst du das wissen?«

Ich holte den iPod aus der Tasche und steckte mir die Kopfhörer in die Ohren.

»Nur so. Er fährt unheimlich gut Skateboard.«

»Ja und, seit wann interessierst du dich für Skateboards?«

Ich tat so, als hätte ich die Frage nicht mehr gehört, lehnte mich zurück und drehte die Musik laut. Mit Ohrstöpseln war ich in Sicherheit. Ich zog mein LLB aus dem Rucksack, blätterte eine Weile darin und begann dann zu zeichnen. Ich wollte Arti nicht sagen, dass mich alles, was mit diesem Jungen zu tun hatte, brennend interessierte. Wie sollte ich das erklären? Ich konnte es mir selber nicht genau erklären. Arti verstand von Tieren und Musik sicher eine ganze Menge, aber so etwas ganz sicher nicht. Offensichtlich bedeutete es ihr auch nichts. Warum um Himmels willen hatte Dennis bei ihr angerufen, einer Zehnjährigen, die gerade die Grundschule hinter sich hatte? Das musste ich herausfinden. Im Moment wollte ich jedoch nicht noch mehr von Artis Aufmerksamkeit erregen. Meine Schwester war imstande, es allen Familienmitgliedern unter die Nase zu reiben. Oder, noch schlimmer, es direkt aus dem Fenster zu rufen.

Beim Durchblättern meiner Skizzen bekam ich wieder schreckliche Sehnsucht nach Helli. Ich wollte sie endlich anrufen!

Arti ließ den gefalteten Klamottenstapel auf ihrem Bett liegen und verschwand wieder, Pan im Schlepptau. Ich nahm die Stöpsel aus dem Ohr. Das Fenster stand noch offen, aber ich hörte kein Skateboard mehr. Ich stand auf und lugte vorsichtig auf die Straße hinunter. Mein Herz klopfte, als würde ich etwas Verbotenes tun.

Die Tür im Nachbarhaus ging auf und ein Mann trat heraus. Er trug Turnschuhe, T-Shirt, Jeans und halblange Haare, genau wie Dennis. Er sah fast aus wie sein Zwilling, nur größer und breiter. Das Gesicht erinnerte mich an Kostja Ullmann, feine, gerade Nase, schöne dunkle Augen, gewelltes braunes Haar. Sogar auf die Entfernung konnte ich das noch erkennen. Jetzt strubbelte er Dennis durch die Haare. Der hob die Hand und die beiden klatschten ab. Cool. Das würde Papa nie machen. Und ich selber wahrscheinlich auch nicht. Ich konnte einfach nicht cool sein, sondern bloß die nette Lil.

Ich ging nach unten, um das Telefon zu holen. Natürlich war es schon wieder belegt. In neun von zehn Fällen war es das bei uns. Was hauptsächlich an Artis geschwätziger Natur, aber andererseits auch an dem Umstand lag, dass wir fast alle noch kein Handy besaßen. Außer Pego. Normalerweise. Heute hatte noch nicht mal er eins, weil sein Akku so leer war wie unser Kühlschrank nach dem Urlaub.

Man stelle sich das mal vor. Kein eigenes Telefon! Ich war beinahe dreizehn! Deshalb freute ich mich auch so auf meinen nächsten Geburtstag. Bei uns gab es zum Dreizehnten nämlich ein Handy. Wenn es nach Papa gegangen wäre, hätten wir erst mit vierzehn eins gebraucht, aber dank Mama hatten wir das Alter um ein Jahr runterhandeln können. Was ja schon peinlich genug war. Ich verstehe nicht, wie andere Kinder es schaffen, ihre Eltern zu bequatschen, wenn sie dringend etwas benötigen. Meine sind echt zähe und oft genug unerbittliche Verhandlungspartner.

»Arti, gib Gas, ich muss telefonieren«, sagte ich zu meiner Schwester, die quer im Hausflur lag und wahrscheinlich mit ihrer Freundin Luise telefonierte. Oder mit Stella. Arti hatte zwei beste Freundinnen. Obwohl das gar nicht ging. Eine mochte man immer lieber, auch wenn es nur ein kleines fitzeliges bisschen mehr war, fand ich.

Arti tat so, als wäre ich Luft. Ich tippte auf meine Armbanduhr. »Drei Minuten. Es ist dringend.«

Meine Schwester drehte sich von mir weg. Sie lag jetzt flach auf dem Boden, das Gesicht nach unten und brabbelte irgendetwas in den Hörer. Luise oder Stella würden nur nuscheln verstehen. Arti blockierte einfach nur das Telefon.

Aus der Küche schoss Triton.

»Ich will telefonieren, beeil dich, Arti!«, rief er.

Es war zum Verrücktwerden.

»Immer schön der Reihe nach«, sagte ich. Sicherheitshalber blieb ich in der Nähe und setzte mich auf die Treppe. Triton zog einen Schmollmund. Durch das kleine Fenster in unserer Haustür schien ein Sonnenstrahl direkt auf seine Haare. »Wie reifer Weizen«, hatte Mama mal zu uns beiden gesagt, denn wir waren die einzigen Blonden in der Familie. Ich fand, Tritons Haare sahen eher aus wie ein aufgeklapptes Buch. Bei mir dagegen konnte man von einer echten Mähne sprechen. Obwohl ich das Wort hasste. Mein ganzer Kopf war voller Locken. Und genau wie mein Bruder hatte ich tausend Sommersprossen im Gesicht. Es mochte Leute geben, und ich meine erwachsene Leute, die das supersüß fanden. Ich fand es grauenhaft.

Nach ein paar Minuten überreichte mir Arti das Telefon. Ich rannte die Treppe hoch.

»Zehn sturmfrei!«

Arti und ich hatten eine Abmachung, die manchmal sogar funktionierte. Jede durfte das Zimmer zehn Minuten lang für sich haben, wenn es dringend erforderlich war.

Helli hatte die meiste Zeit der Ferien in Italien verbracht und war ein paar Tage vor mir zurückgekommen. Sie erzählte, dass ihre Beine fast so braun waren wie Schokocreme und dass ihr Vater zweimal mit ihr shoppen war.

»Mein Vater weiß wahrscheinlich noch nicht mal, was shoppen ist.«

Helli lachte. Wie hatte ich dieses hellihafte Gackern vermisst.

»Wieso, wie sagt er denn?«, fragte sie.

»Einkaufsbummel.«

Wieder Gackern.

Ich fasste in dreißig Sekunden unseren Ostseeurlaub zusammen, dann wechselte ich schnell das Thema.

»Ich weiß jetzt, wie der neue Nachbar heißt.«

Helli zog die Luft ein. »Hui. Ich denke, ihr seid eben erst heimgekommen.«

»Hm. Ich habe ihn durchs Fenster gesehen.«

»Und da hat er dir seinen Namen zugerufen?«

»Nein, aber fast. Stell dir vor, meine Schwester hat plötzlich Hallo geschrien. Ich stand direkt hinter ihr.«

»Hat er dir auch Hallo gesagt?«

»Was? Mir? Bist du verrückt? Ich habe mich ganz schnell verkrümelt.«

Helli lachte. »Typisch. Du solltest froh sein, wenn deine Schwester ihn dir vorstellt. Ist doch super.«

»Der interessiert sich sowieso nicht für mich.«

»Ach ja? Wieso denn?«, fragte Helli.

»Weil es klar wie dicke Tinte ist.«

Arti drückte die Tür auf, hinter ihr lugte Triton ins Zimmer. Sie grinsten. Ich fragte mich, ob die beiden gelauscht und meine letzten Worte mitbekommen hatten. Verflixt. Die zehn Minuten waren um.

»Bist du echt verknallt, Lil?«, fragte Helli.

Ich hielt schnell den Hörer zu, damit meine Geschwister nichts mitbekamen.

»Äh, nein! Das Zimmer ist nicht aufgeräumt«, sagte ich. Das war Hellis und mein Code, wenn Familienmitglieder mithörten.

»Schade.« Helli seufzte. »Treffen wir uns am Samstag zum FSP?«

FSP stand für »Foto-Shooting privat« und war Hellis und meine Erfindung. Zuerst stylten wir uns und dann machten wir Modefotos. Als Einzelkind besaß Helli nicht nur viel mehr, sondern auch viel bessere Klamotten als ich. Am liebsten mochte ich Hellis Cardigan mit dem Leoparden-Print und die alte Seidenbluse von einem ganz berühmten Pariser Designer, die ihre Oma ihr vererbt hatte.

»Samstag, lass mich mal kurz nachdenken …«

»Samstag musst du mit den Zwillingen zum Schwimmen!«, mischte Triton sich ein.

»Oh nein, stimmt, ich muss mit den Kleinen zum Schwimmkurs. So ein Mist.«

Helli seufzte. »Kann das nicht jemand anderes machen, Pego zum Beispiel?«

»Der hat Training.«

»Und Arti?«

»Zu jung.«

Helli schnaubte leicht genervt. »Und deine Eltern?«

Triton tippte auf seine Armbanduhr. »Lil, du hast schon zwei Minuten überzogen.«

»Ich muss auflegen«, sagte ich. »Wir kriegen das mit Samstag schon irgendwie hin. Jetzt erst mal bis morgen!«

»Ich freue mich so! Sechs Wochen! Ich weiß gar nicht, wie ich das überleben konnte!«, rief Helli.

Triton hatte schon seine kleine klebrige Hand am Hörer. Ich schob sie weg.

»Ich auch nicht. Ich freue mich so, dich zu sehen, Halfie-Helli!«

»Halfie-Balfie!«, zwitscherte Triton und grapschte wieder nach dem Telefon.

Arti lachte. Sie ließ sich auf den Kleiderstapel fallen, den ich vor einer halben Stunde für sie gefaltet hatte.

Ich drückte die Auflegen-Taste und händigte Triton das Telefon aus. »Oh Mann! Ihr seid so was von supermegaextrem nervig!«

»Mama, ist heute wirklich der letzte Ferientag?«, fragte Nike beim Abendbrot. Wir hatten uns in der Küche versammelt, einem riesigen Raum im Erdgeschoss unseres Hauses. Ich liebte unsere Küche. Die Wände waren tapeziert mit meinen Bildern. Das lag nicht daran, dass ich von allen April-Kindern am besten gemalt hätte. Ich war nur einfach die Einzige von uns, die überhaupt zeichnete. Als Herzstück unserer Küche thronte leicht erhöht auf einem Holzpodest unser überdimensionaler Esstisch.

»Ja, mein Engel, morgen geht die Schule los«, sagte Mama. »Zumindest für die Großen. Ihr beide seid übermorgen dran.«

Arti ließ ein Stück Brot unter den Tisch gleiten, ich sah es genau. Pan nahm es mit weicher Schnauze entgegen. Papa beobachtete sie ebenfalls und schüttelte den Kopf. Dann lächelte er.

»Und dein großer Tag ist schon morgen, Artemis, nicht wahr?« Er biss ein großes Stück von seinem Brot ab.

Arti nickte und zerrupfte ihr Brot in pangerechte Happen. Sie sah längst nicht so glücklich aus wie Orion und Nike. Wahrscheinlich, weil alle anderen Kinder aus ihrer Grundschule auf andere weiterführende Schulen gingen. In Artis Schule, ein Gymnasium mit speziellen Musikklassen, ging niemand, den sie kannte.

»Wie heißt noch mal dein Gumminasium?«, fragte Nike.

»Gym, nicht Gummi«, sagte Arti. »Es heißt Sophie-Scholl-Gymnasium.« Sie steckte die leeren Hände unter den Tisch. Garantiert, damit Pan ihr die Butterreste von den Fingern lecken konnte.

Pego schob sich ein selbst gebautes Sandwich aus vier Scheiben Brot, acht Scheiben Salami, mindestens genauso vielen Gurkenscheiben und einer dicken Schicht Mayonnaise in den Mund. Sein Blick fiel auf Orion, der ihn zu übertrumpfen versuchte und dabei war, die dreifache Menge zu verarbeiten. Auf Orions Teller türmten sich Wurst, Gurken- und Käsescheiben.

»Schaut euch diesen Raffzahn an!« Pego zeigte auf Orions Teller. Orion war der Jüngste von uns, weil er zehn Minuten nach Nike zur Welt gekommen war. »Du bist übelst, Zwerg, echt.«

Orion beugte sich vor und hielt schützend die Hände über seine Beute. Er hatte ständig Angst, das Essen könnte nicht reichen. Die leckersten Sachen verschwanden immer schnell vom Tisch, das war normal bei uns.

»Leg sofort die Hälfte zurück!«, rief Pego sauer.

»Nein!« Orion presste jetzt beide Hände auf sein Essen.

Pego wollte nach Orions Teller greifen, aber der Kleine hob blitzschnell seine Hände und spuckte auf sein Abendbrot.

»Iih, wie ekelhaft!« Nike verzog das Gesicht.

Ich musste beinahe würgen. Spucke meiner Geschwister ist so ziemlich das Letzte, was ich beim Essen brauche.

Triton brach in Gelächter aus. »Ha, das mache ich jetzt auch!«

Innerhalb weniger Sekunden herrschte Chaos am Tisch. Jeder versuchte, dem anderen etwas vom Teller zu klauen, alle griffen kreuz und quer. Arti nutzte die Gelegenheit, um Pan ein dickes Stück der fetten Leberwurst ins Maul zu schieben. Ich musste plötzlich laut lachen.

»Der ganz normale Wahnsinn«, seufzte Mama.

Papa beobachtete uns mit gerunzelter Stirn. Es störte ihn, wenn wir uns zofften, vor allem während der Mahlzeiten. Er schlug mit der Faust auf den Tisch.

»Zum Platon!«, rief er.

Wir hielten inne. Wenn Papa nach Platon, dem berühmtesten aller griechischen Philosophen, rief, dann waren wir alle gemeint.

Mama klatschte in die Hände. »Schluss damit. Es wird Zeit.« Sie warf einen Blick auf den Arbeitsplan an der Wand.

»Alle abräumen, dann Pego spülen, Lilaia wegräumen, Nike fegen.«

Am Tisch erhob sich Gemurmel und Gemaule. Mama klatschte noch einmal in die Hände. »Kinder. Ihr hattet gerade drei Wochen Urlaub.«

»Aber wir essen noch«, maulte Nike.

»Dann beeilt euch«, sagte Mama.

»Essen soll man nicht schlingen«, kam ich meiner kleinen Schwester zu Hilfe. Ich verstand nicht, warum Mama plötzlich so einen Stress machte. Ich schob mir noch ein Stück Käse in den Mund.

Papa wandte sich an mich. »Lil, denkst du bitte an die Nachhilfe für Arti?«

Das Telefon klingelte.

»Wie?« Ich konnte kaum reden, weil mir der Käse zwischen den Zähnen klebte.

Triton sprintete Richtung Telefon.

Papa rückte seinen Stuhl und stand auf. »Das hatten wir doch im Urlaub besprochen. Sie soll zweimal wöchentlich üben, damit sie von Anfang an am Ball bleibt.«

Jetzt fiel es mir wieder ein. Arti schwächelte etwas im Rechnen. Ich sollte ihr deshalb regelmäßig Nachhilfe geben.

»Aber ich muss auch schon zum Schwimmen mit …«

»Papa, es ist für dich! Das Institut.«

Triton reichte Papa den Hörer. Der verschwand nach nebenan, nicht ohne mir vorher noch einen mahnenden Denk-an-deine-Pflichten-Lil-Blick zuzuwerfen. Na super, das neue Schuljahr fing großartig an. Mit Schwimmen und Mathe-Nachhilfe.

»Mama, warum muss ich …«, setzte ich an, aber Pego plärrte dazwischen.

»Wieso kriegt er eigentlich ständig Anrufe?«, fragte er genervt und meinte Papa, der gerade die Treppe nach oben ging.

»Weil er gefragter ist als du?«, schlug ich vor.

»Ey, Leute, voll lol, Lil versucht, witzig zu sein!« Pego lehnte mit verschränkten Armen am Spülbecken. »Denk lieber an Mathe, Schwester.«

»Was heißt lol?«, fragte Nike, die lustlos den Besen über den Boden schob und dabei gar nicht darauf achtete, ob sie richtig fegte.

»Lutscher ohne Lakritz«, sagte Pego.

Nike legte die Stirn in Falten.

»Laughing out loud«, erklärte Triton besserwisserisch. »Also so was wie hahaha.«

Mama war schon auf dem Weg in den Keller. Missmutig begann ich, das schmutzige Geschirr in die Spülmaschine zu räumen. Pego schrubbte ein paar Holzbretter ab und spritzte rings um das Spülbecken alles voll. Oh Mann, der ging mir so was von auf die Nerven. Und die oberklugen Bemerkungen meiner kleinen Geschwister auch. Und die ganzen blöden Pflichten. Und die Tatsache, dass man in dieser Familie nie einen Gedanken in Ruhe zu Ende denken konnte. Geschweige denn aussprechen. Nie und nie und nie hatte ich meinen Frieden, nicht im Urlaub, nicht zu Hause. Ach, das Leben hätte so herrlich sein können, wenn ich ein Einzelkind gewesen wäre.

Gleich beim Frühstück
gab es den ersten Streit.

Dieses Mal, was schon im Urlaub häufiger vorgekommen war, zwischen Mama und Papa. Mama regte sich auf, weil Papa die Einschulung der Zwillinge nicht in seinen Terminkalender eingetragen hatte. Ausgemacht hatten sie nämlich, sich für beide Einschulungen aufzuteilen. Mama sollte montags mit zu Artis Feier gehen, während Papa am nächsten Tag die Zwillinge begleitete. Jeder musste dafür einen Tag Urlaub nehmen. Nun erfuhr Mama, Papa hatte gar keinen zusätzlichen Urlaubstag eingereicht. Stinksauer setzte sie die Kaffeetasse ab.

»Ich habe morgen das Interview mit Lea Lutter, das werde ich nicht absagen.« Mama arbeitete für eine Fernsehzeitschrift und manchmal durfte sie Filmstars oder andere berühmte Leute interviewen. »Der Termin steht seit Langem fest.«

»Den müsstest du verlegen«, sagte Papa. »Ich fliege morgen früh um sechs Uhr nach Berlin.«

»Wie bitte? Wieso sagst du das nicht früher?«

»Mama, wer ist Lea Lutter?«, fragte Nike.

»Eine Schauspielerin«, antwortete Mama, den Blick auf Papa gerichtet.

»Es tut mir leid, ich habe es vergessen«, sagte Papa. »Meine Sekretärin hat mich gestern per SMS daran erinnert. Ich muss zum Deutschen Institut.«

Mit dem Deutschen Institut für Archäologie in Berlin

arbeitete er gemeinsam an einem Projekt. Er pendelte deshalb oft von München nach Berlin, aber meistens wussten wir rechtzeitig Bescheid, und Mama konnte ihren Terminkalender mit seinem abstimmen. Und außerdem hatten wir im Normalfall ja auch noch das Au-pair-Mädchen.

Nike verschränkte die Arme vor der Brust. »So, und was heißt das jetzt? Werden wir nicht eingeschult?« Ihre Oberlippe zitterte.

Mama hob beschwichtigend die Hand. »Doch, mein Schatz, das werdet ihr.« Sie warf Papa einen zornigen Blick zu. »Die Frage ist nur, wer euch begleitet.«

»Ich könnte mitgehen«, sagte Pego.

Das sah ihm ähnlich. Der wollte garantiert nur Schule schwänzen und danach schnell zum Boxen gehen.

»Sehr clever«, sagte ich.

Mama durchschaute ihn auch. »Nein, mein Lieber, nettes Angebot, aber lass mal. Gerade für dich ist es wichtig, von Anfang an nichts zu verpassen, oder sehe ich das falsch?«

Pego stand auf und steckte sein Pausenbrot in den Rucksack.

»Tut mir leid für euch, Zwerge«, sagte er zu den Zwillingen.

Orion reckte das Kinn in die Luft. »Das war mal wieder klar! Um uns kümmert sich keiner!«

Nike rollten Tränen über die Wangen. »Genau«, pflichtete sie Orion bei. »Das nennt man Kindesverhandlung! Voll gemein!«

Pego lachte laut. Daraufhin ging Orion mit geballten Fäusten auf ihn los. Im Nu hatte Pego ihm den Arm auf den Rücken gedreht. Orion quiekte.

»Schluss jetzt«, donnerte Mama. »Es wird sich doch wohl eine Lösung finden.«

»Sie könnten alleine gehen«, sagte Triton.

Nike starrte ihn an, als hätte er gerade »Sie sollen nackt gehen« gesagt. »Was?«, rief sie. »Aber niemand geht allein, oder, Papi?«

Papa seufzte. »Ich fürchte, die allerwenigsten Kinder gehen allein, das stimmt wohl.«

»Dann will ich auch nicht«, sagte Nike und weinte noch lauter.

Jetzt fing auch Orion an zu weinen. Mama und Papa sahen sich böse an.

»Wirklich, Theo, ganz ausgezeichnet, wie das neue Schuljahr anfängt!«, zischte Mama.

Papa zuckte mit den Schultern. Das machte er oft, wenn Mama sauer war.

Ich strich Nike eine Strähne aus der Stirn. »Vielleicht bekommt ihr eine Belohnung, wenn ihr es alleine schafft«, sagte ich.

Papa nickte.

»Ja, warum nicht? Eine Belohnung. Und außerdem«, er zwinkerte den Zwillingen zu, »ganz allein seid ihr ja nicht, sondern im Doppelpack.«

Nike stöhnte. »Aber was ist, wenn jemand uns fragt, wo unsere Eltern sind?«

»Welche Belohnung?«, fragte Orion. Er stand neben Nike und sah Mama erwartungsvoll an.

Mama dachte nach. Dann lächelte sie.

»Erstens dürft ihr beide heute mit zu Artis Einschulung.« Sie machte eine Pause.

»Das zählt nicht, das dürfen wir sowieso«, sagte Orion.

»Zweitens«, fuhr Mama fort, »nehme ich euch mit zum Flughafen, wenn ich unser Au-pair abhole.«

»Nur uns?«, wollte Nike wissen.

»Nur euch«, sagte Mama.

Die Zwillinge sahen sich zweifelnd an.

»Und was passiert mit unserem Schulranzen und den Schultüten?«, fragte Orion. »Müssen wir alles alleine schleppen?«

Mama dachte nach. »Ich mache euch einen Vorschlag. Im Moment sind diese Tüten sehr voll.«

Die Zwillinge grinsten.

»Morgen früh leere ich sie aus, damit ihr nicht so viel zu tragen habt. Aber wenn ihr nach Hause kommt, fülle ich den Inhalt wieder hinein.« Sie schaute die Zwillinge an. »Wie klingt das für euch?«

Orion nickte langsam. »Aber niemand«, er durchbohrte Triton mit einem Blick, »niemand darf den Inhalt sehen. Du musst alles gut verstecken, Mama.«

Mama nickte. »Einverstanden.«

Papa erhob sich. »Dann hätten wir das ja geklärt.«

Ich spürte, wie sich meine Stirn kräuselte. Wen genau meinte er wohl mit »wir«?

Pego lachte laut. »Allein zur Einschulung! Das nenn ich mal 'ne übelst coole Aktion, Zwerge.« Er klopfte sich auf die Schenkel und hörte gar nicht mehr auf zu lachen.

Orion schaute unsicher zu Nike. Die verschränkte die Arme vor der Brust und schüttelte bockig den Kopf. »Nein.«

Mama strich ihr übers Haar. »Was meinst du damit, mein Schatz?«

Nike schob die Unterlippe vor. »Wenn niemand mitgeht, dann werde ich nicht eingeschult. Basta.« Sie zog die Stirn so stark in Falten, dass ihre Augenbrauen sich berührten. Wenn meine kleine Schwester diesen Gesichtsausdruck hatte, war nicht mit ihr zu verhandeln.

Das wusste auch Papa.

Er setzte sich wieder. »Mein Engel, deine Namensgeberin, die göttliche Nike …«, fing er an, aber Nike schnitt ihm das Wort ab.

»Nein, nein, nein!«

»Wieso schickt ihr das neue Au-pair nicht mit?«, warf ich ein. »Triton ist ja außerdem dabei, er kennt den Weg zur Schule und kann ihr und den Zwillingen alles zeigen.«

Mama warf mir einen dankbaren Blick zu. Sie wusste, dass Nike meine Ideen oft gut fand. Hinter Nikes zerfurchter Stirn arbeitete es.

Mama legte jedem Zwilling eine Hand auf die Schulter. »Ihr wollt doch ganz sicher eingeschult werden, oder?«

»Klar.« Orion tunkte blitzschnell seinen ziemlich schmuddelig aussehenden Finger in das Glas mit Schokocreme und schob ihn in den Mund. Niemand meckerte. Sofort machte er es noch einmal.

Pego grapschte nach dem Glas. »Du kleiner Gierschlund.« Orion nuckelte genüsslich an seinem Finger.

Mama ging darüber hinweg. »Es wäre doch toll, wenn unser Au-pair mitkäme, nicht wahr?«

»Ja. Das ist ein guter Plan.« Papa stand wieder auf.

Nike sah mich an. Ich hielt den Daumen nach oben.

»Na gut«, sagte sie.

Papa machte ein paar Schritte auf mich zu und drückte mir einen Kuss aufs Haar. »Gut, dass wir dich haben«, flüsterte er mir ins Ohr.

Gut, dass ich nicht mit zur Einschulung musste. Das hatte

ich nämlich befürchtet und deshalb schnell das Au-pair ins Gespräch gebracht.

Mama schaute auf die Uhr. »Ihr müsst bald los.«

Ich stopfte Brotdose und Wasserflasche in meinen Schulrucksack.

»Ach Lil, bevor du deine Woche verplanst, denkst du bitte an den Schwimmkurs der Kleinen?«, bat Mama.

»Wir sind nicht klein!«, rief Orion.

»Könnte das nicht auch unser neues Au-pair machen?«, fragte ich. »Ich wollte am Samstag Helli treffen.«

»Samstags hat unser Au-pair frei«, antwortete Mama.

»Und wann habe ich frei?«, maulte ich. »Ich möchte endlich mal wieder meine Freundin sehen.«

»Du siehst sie doch gleich in der Schule«, sagte Papa.

»Super. Da habe ich ja auch irre viel Zeit, um mit ihr zu reden.«

»Ich dachte, du gehst gerne mit uns!« Nike zog eine Schnute.

Ich seufzte und tippte meiner kleinen Schwester auf die Nasenspitze. »Klar gehe ich gern mit euch.« Was ja auch stimmte. Im Prinzip ging ich gerne schwimmen. Und ich sah ja auch ein, dass Mama samstags Wochengroßeinkauf machen musste und Papa leider auch am Wochenende noch oft arbeitete.

Aber es nervte trotzdem.

Für die anderen war die Sache damit erledigt. Papa schien mit seinen Gedanken schon wieder woanders zu sein. Er griff nach seiner Aktentasche und wandte sich an der Flurtür noch einmal um.

»Ich wünsche dir viel Spaß an deinem ersten Schultag, mein Schatz«, sagte Papa. Er schaute in die Runde, mit einem besonders langen Blick für Pego. »Und benehmt euch ehrenwert.«

Pego verdrehte die Augen. »Ehrenwert. Übelst. Das glaubt mir kein Mensch.« Er knuffte mich in die Seite. »Komm, Schwester, lass uns frohgemut dieses neue Schuljahr beginnen!«

Ich musste lachen. Pego klang manchmal haargenau wie Papa.

Ich sagte meinen Geschwistern Tschüss und küsste Mama zum Abschied. Oh, wie freute ich mich auf Helli! Und ich war gespannt auf die Feriengeschichten der anderen. Auf unseren neuen Klassenlehrer. Oder Lehrerin. Die neue Sitzordnung. Vielleicht würde sogar der Nachbarjunge in unsere Schule gehen. Das hoffte ich zumindest.

An der Bushaltestelle klatschte Pego unter großem Gejohle seine Kumpel Leo, Finn und Jasper ab, ein Ritual, das sie jeden Morgen zelebrierten, am ersten Schultag aber ungefähr dreimal so ausgiebig und fünfmal so laut. Mich ignorierten sie natürlich, ich war ja nur Pegos unscheinbare kleine Schwester. Egal. Ich machte ein paar Schritte zur Seite und tat so, als läse ich den Busfahrplan. Jungs haben eine seltsame Ähnlichkeit mit Affen, dachte ich, als ich hörte, wie sie sich hinter meinem Rücken gegenseitig auf die Schulter schlugen. Zumindest machten sie verblüffend ähnliche Geräusche.

Der Bus kam. Die Jungen drängten wie immer zur letzten Reihe. Ich habe noch nie verstanden, wie man wegen ein paar wenigen Stationen so viel Aufheben um die hintere Reihe machen kann. Mir war es egal, wo ich saß. Ich schob mich auf den ersten freien Platz in der Nähe der Tür und zwängte den Rucksack zwischen meine Beine.

Gerade als die Bustüren sich schlossen, sah ich eine braunhaarige Gestalt auf einem Skateboard in Lichtgeschwindigkeit auf die Haltestelle zurasen. Es war Dennis. Ich hielt den Atem an und reckte gleichzeitig den Hals, um ihn besser zu sehen. Wahnsinn. So nah. Warum pochte mein Herz wie verrückt?

Dennis sprang vom Brett und klopfte gegen die verschlossene Bustür. Der Busfahrer grummelte etwas, dann drückte er noch einmal auf den Öffner. Mit einem Satz sprang Dennis die zwei Stufen empor. Schnell wandte ich mich ab.

Der Bus fuhr los. Dennis stand ganz vorne, das Brett unter dem Arm.

»Hinsetzen«, brummte der Busfahrer.

Der Platz neben mir war frei. Dennis schaute darauf, dann für eine Millisekunde zu mir beziehungsweise durch mich hindurch. Blitzartig rückte ich rüber zum Fenster. Er ließ sich neben mich fallen. Natürlich. Meine Höflichkeit wurde mir einmal wieder zum Verhängnis. Was, wenn er mich gestern mit Arti am Fenster gesehen hatte? Müsste ich dann jetzt Hallo sagen?

Bevor ich mich entscheiden konnte, war der Moment für eine unverfängliche Begrüßung verstrichen. Also tat ich, als passierten draußen hochinteressante Dinge. Meine Augen klebten an der Scheibe, dabei hätte ich diesen fremden Jungen so gerne ausgiebig von oben bis unten aus der Nähe betrachtet. Hier saß er, neben mir. Was für ein Zufall! Aber ich wagte noch nicht einmal einen klitzekleinen Blick, im Gegenteil. Wie fremdgesteuert stierte ich nur nach links. Bloß nicht zu ihm. Auch ein Blick nach vorn schien mir gefährlich. Noch dazu berührte der Ärmel seiner blauen Skaterjacke den Ärmel meiner grünen Strickjacke. Es fühlte sich an, als würde mein Arm jeden Moment Feuer fangen. Zuerst kribbelte es, dann brannte es, schließlich juckte es wie verrückt. Ich versuchte, noch ein Stückchen Richtung Fenster zu rücken. Oh, du Luftpumpe, Angsthase, Feigling. Der fremde Ärmel blieb an mir kleben. Ich spürte es ganz genau, Stoff auf Stoff und ein ganz klein wenig der Druck dieses fremden Armes.

Verdammt, wieso war ich plötzlich so empfindlich? Wieso traute ich mich nicht, wenigstens geradeaus zu schauen?

Die Busfahrt dauerte ewig, mindestens zehnmal so lang wie sonst. Es war eine einzige Tortur. Endlich näherten wir uns der Haltestelle der Schule. Ich überlegte angestrengt, was ich sagen könnte, damit Dennis mich vorbeiließ. »Darf ich?«? Nein, das klang so altmodisch. »Hey, mach mal Platz«? So unfreundlich. »Ey, du …«? Total blöd.

Der Bus bremste ab. Ich wollte gerade »Ehm, kannst …« sagen, als Dennis aufsprang und schon an der Tür stand.

Mund auf, Mund zu, Mund auf. Ich schnappte nach Luft wie ein Fisch auf dem Trockenen. Er stieg an meiner Haltestelle aus! Das bedeutete, er ging auch auf die Anne-Frank-Schule! Ich warf meinen Rucksack über die Schulter, ließ ein paar andere Kinder vor und ging dann in angemessenem Abstand hinter Dennis zum Schulgebäude. Weiter hinten hörte ich Pego und seine Freunde herumalbern. Dennis sprang auf sein Board und schlängelte sich an allen vorbei. Bald hatte ich ihn aus den Augen verloren.

Ich schickte ein Gebet zum Himmel. »Bitte nicht in meine Klasse«, murmelte ich. »Bloß nicht in meine Klasse.« Ich würde nichts mehr auf die Reihe kriegen, wenn dieser Junge in meine Klasse ging.

Mein Gebet wurde nicht erhört. Nachdem wir uns alle vor dem neuen Klassenraum versammelt hatten und nachdem ich Helli ausgiebig abgeknutscht und fast zerdrückt und ihre megacoole weiße Jeans von allen Seiten bewundert hatte, nachdem der neue Klassenlehrer aufgeschlossen und ich neben meiner HALF einen ganz guten Platz in der zweiten Reihe ergattern konnte und mich schon in Sicherheit glaubte, vor allem nachdem die Klassentür bereits geschlossen war, ging sie dann aber doch noch einmal auf. Herein spazierte Dennis, von einem Ohr zum anderen grinsend, das Board unterm Arm.

Mund auf, Mund zu. Schon wieder. Komisch, ich hatte früher doch auch nicht solche Macken. Das musste ich mir dringend abgewöhnen! Helli bemerkte es natürlich sofort. Sie bohrte ihre braunen Augen zuerst in mich, dann in den neuen Jungen und dann wieder in mich. Ihr Gespür für dramatische Momente beeindruckte mich.

»Ist das …?«, flüsterte sie.

Ich zog die Nase kraus, was so viel hieß wie »Ja«.

»Oh, oh«, flüsterte Helli.

Ich stieß sie unauffällig in die Rippen. Dann drehte ich mich schnell und dabei möglichst unauffällig um. Tatsache. Dort saß Dennis. Direkt hinter mir.

In der großen Pause beobachtete ich, wie Pego mit der hübschen Nina flirtete. Sie ging in seine Parallelklasse. Während er mit ihr sprach, umkreiste er sie. Nina kicherte. Sie trug eine minikurze Hose. Der Gürtel war fast so breit wie das gesamte Kleidungsstück.

»Da guckt ja der Po heraus«, sagte Helli.

Ich lachte. Mama hätte mir solche Hosen nicht erlaubt.

»Schau dir mal an, wie mein Bruder lächeln kann«, sagte ich zu Helli.

Sie kicherte. »So ähnlich sieht es aus, wenn Fliegen einen Kackhaufen umkreisen«, lästerte sie.

Wir lachten, leider eine Spur zu laut. Pego hörte es, schob die Hände in die Hosentaschen und schlenderte in seinem Rockstar-Gang auf mich zu.

»Na, Lil, wie läuft es?«

»Ganz gut.«

In diesem Moment trat Dennis auf den Schulhof. Helli stieß mich aufgeregt in die Seite. Obwohl wir es nicht wollten, fingen wir an zu kichern. Pego folgte unserem Blick. Dennis ließ sein Skateboard auf den Boden gleiten, sprang hinauf und fuhr in einem eleganten Bogen um uns herum. Als er auf unserer Höhe war, warf er mir einen Blick zu. Helli kniff mich in den Arm.

»Ist das der neue Nachbar?«, fragte Pego.

Ich nickte knapp, es sollte unbeteiligt aussehen, aber irgendetwas verriet mich trotzdem.

»Sag nicht, du findest dieses Streifenhörnchen gut?« Dennis trug wie am Vortag das geringelte T-Shirt.

»Sei still«, fauchte ich.

»Ich glaub es nicht!«, rief Pego. »Der sieht doch aus wie ein Fliegengewicht!«

»Und wie, bitte schön, siehst du aus, in deinen dämlichen selbst gemachten Sachen?«

Ich zog an Pegos T-Shirt, auf dem vorne »Keine Ahnung« stand. Er trug meistens bedruckte T-Shirts und auf denen standen Sachen wie »Voll krass«, »Chillen con carne«, »Hart«, »Kraut und Rüben« oder eben »Keine Ahnung«.

»Jedenfalls nicht wie ein weich gespültes Fliegengewicht!«,

sagte Pego und ließ uns stehen, denn nun kam diese Nina auf ihn zugeschlendert, mit vorgeschobener Unterlippe und den Daumen in den breiten Gürtelschlaufen.

Pego ging ihr entgegen. Ich sah, wie er an Ninas Halstuch zupfte.

»Wieso macht er das?«, fragte Helli, die das Gleiche beobachtet hatte.

»Vielleicht will er testen, ob es ein weich gespültes Tuch ist.«

Wir lachten.

In diesem Moment sagte Helli etwas Unglaubliches.

»Eigentlich ist Pego ganz süß.«

Ich verschluckte mich an meinem Pausenbrot und bekam einen furchtbaren Hustenanfall. Helli klopfte mir auf den Rücken.

Als ich mich beruhigt hatte, sah ich sie sehr streng an.

»Was hast du da gesagt?«

Wieder passierte etwas Unglaubliches: Helli wurde rot! Sie schielte hinüber zu Pego, der immer noch mit Nina dastand. Jetzt zupfte sie an ihm herum.

»Er sieht schon ziemlich gut aus.«

Ich schüttelte mich. »Ey, das will ich nicht gehört haben!«

»Nicht so gut wie Kostja Ullmann, aber …« Sie lächelte.

»Weißt du, wer tatsächlich wie Kostja Ullmann ausschaut?«, fragte ich.

Sie schüttelte den Kopf.

Ich zeigte auf Dennis, der immer noch auf dem Skateboard über den Schulhof fuhr. »Sein Vater.«

»Echt?«

»Total echt.«

»Wow.«

Ich schaute Helli an. »Sag mal, heißt das jetzt, du bist in meinen Bruder verknallt?«

»Wie, was?« Sie lachte. »Wie kommst du denn darauf?« Sie warf ihre langen braunen Haare zurück. Dann schielte sie wieder hinüber zu Pego und dem Mädchen. Ich war mir nicht ganz sicher, aber ich hatte den Eindruck, Hellis Augen bekamen einen sonderbaren Glanz.

»Tu mir einen Gefallen: Bitte nicht mein Bruder.«

Helli riss ihren Blick von Pego los und grinste. »Ach, war doch nur Spaß.«

Irgendwie beruhigte mich das überhaupt nicht.

»Was ist jetzt eigentlich mit unserem FSP?«

Aha. Sie wechselte das Thema. Das machte mich noch skeptischer. Aber ich beschloss, sie nicht weiter zu nerven.

»Ich muss leider mit den Kleinen zum Schwimmen.«

»Menno. Ich hatte mich so gefreut.« Helli schmollte.

Ich hakte sie unter. »Du kannst doch mit ins Schwimmbad kommen. Die Zwillinge machen ihren blöden Kurs und wir beide planschen herum. Oder machen ein Bikini-FSP.«

Helli dachte nach. »Na gut. Aber das nächste Mal soll jemand anderes auf deine Geschwister aufpassen.«

»Meinst du, ich soll mir ein Skateboard zum Geburtstag wünschen?« Jetzt wechselte ich ausnahmsweise mal das Thema.

Helli schaute etwas ratlos. »Ich weiß nicht.«

»Wieso?«

Sie dachte nach. »Na ja, ich weiß nicht genau.«

»Was heißt das?«, fragte ich. »Findest du mich unsportlich?«

»Nein, nein, gar nicht. Aber vielleicht ist es nicht gerade die Sportart, die am besten zu dir passt.«

»Würde Tennis besser passen?«

Helli grinste. »Ja, ich glaube, Tennis würde besser passen.«

»Ich bin nicht cool genug für Skateboard.« Der Gedanke stimmte mich schlagartig traurig. »Er findet mich bestimmt total blöd.«

»Ach, Quatsch. Das kannst du gar nicht wissen. Du musst dich einfach von deiner besten Seite zeigen.«

Nach der Schule
fuhr ich mit dem Bus
nach Hause.

Helli nahm einen anderen Bus, sie wohnte leider nicht im selben Stadtteil wie wir. Ich dachte über das nach, was sie in der Pause gesagt hatte. Was sollte das heißen, von der besten Seite zeigen? Welche Seite war das? Hatte ich überhaupt mehr als eine Seite? Bisher hatte ich noch nie darüber nachgedacht, und von meiner Familie war, glaube ich, auch noch niemandem aufgefallen, dass ich mehrere Seiten hätte. Oder vielleicht dachten sie, ich hätte eine einzige Seite – und zwar eine langweilige. Die anderen wurden ständig für irgendetwas gelobt. Arti war sensationell musikalisch, Pego ein Boxtalent. Triton war schlauer als wir alle zusammen. Und die Zwillinge waren Zwillinge, also sowieso etwas Besonderes. Ich war einfach nur Lil. Genau das dachte bestimmt auch Dennis. Wieso sollte ihm so ein durchschnittliches Mädchen gefallen? Heute Morgen, als er mit dem Skateboard unter dem Arm in die Klasse spaziert war, als hätte er das schon hundertmal gemacht, da hatten sich meine Knie angefühlt wie Gummi. Obwohl ich ja schon auf dem Stuhl gehockt hatte. Als dann Dennis direkt hinter mir saß, stellte ich mir die ganze Zeit vor, er würde auf meinen verzwirbelten Lockenkopf schauen. Womöglich hatte er aber überhaupt nicht darauf geschaut und wusste nicht, dass ich nur ein paar Meter von ihm entfernt wohnte. Nur vorhin, auf dem Schulhof, da war so etwas wie ein Augenblinzeln gewesen. Wahrscheinlich hatte die Sonne ihn geblendet.

Der Bus hielt an der ersten Station. Die Türen öffneten sich und herein sprang mit Schwung Dennis. Schon wieder blieb mir der Mund offen stehen, aber ich bemerkte es zum Glück und klappte ihn schnell zu. Dennis kam auf mich zu, ließ sich auf den Sitz vor mir fallen, stellte einen Fuß auf dem Brett ab, damit es nicht wegrollte, drehte sich zu mir und grinste. An einem seiner Vorderzähne fehlte ein ziemlich großes Stück, was den Zahn dreieckig machte. Es gab seinem Grinsen etwas Freches und auch Lustiges. Ich fand, es sah irgendwie wild aus. Aber eigentlich dachte ich das erst später, denn im Moment fiel mir gar nichts ein außer einer riesigen Denkblase mit der Frage: Oh Himmel, oh Mist, was mache ich jetzt?

»Hi«, sagte er.

»Äh, hi«, kam es kratzig aus mir heraus. Was für eine dämliche Stimme ich hatte! Piepsig wie eine Viertklässlerin. Ich räusperte mich.

»Was machst du denn hier?«, fragte ich und regte mich sofort über meine eigene Blödheit auf.

»Na ja, nach Hause fahren, wie du«, sagte Dennis und zeigte wieder seinen Dreieckszahn. »Ihr wohnt doch gegenüber.«

Ich bekam einen spontanen Hustenanfall. »Wie bitte? Äh, du meinst …«

»Du bist doch Artis Schwester, oder?«

»Wie? Ach so, du bist ja der Anrufbeantworter«, sagte ich und merkte, dass ich die ganze Zeit hektisch über meine Jeans strich, als müsste ich Falten glätten. »Ich meine, du hast ihr eine Nachricht versprochen …«

»An-ruf-be-ant-wor-ter«, sagte Dennis und nickte übertrieben mechanisch. Und dann veränderte er tatsächlich seine Stimme und klang wie eine elektronische Bandansage. »Hal-lo, Schwes-ter von Ar-ti.«

Ich versuchte zu lächeln, aber ich wusste nicht, ob es gelang. Er brach jedenfalls in lautes Gelächter aus. Er machte sich über mich lustig. Himmel, was sollte ich sagen? Andere Mädchen waren so schlagfertig. Warum fiel mir nie etwas ein, wenn es darauf ankam? Ich schaute aus dem Busfenster. Wir näherten uns gerade dem bunten Haus, einem mehrstöckigen Gebäude, dessen Fassade komplett mit Graffiti besprüht war. Ich sah es mir immer wieder gerne an. Der Bus hielt genau davor.

Ich zeigte nach draußen. »Cool, oder?«

Dennis' Blick folgte meinem Zeigefinger. Er runzelte die Stirn. »Du meinst die Schmiererei?«

Meine Hände strichen jetzt wieder über die Jeans. Oh, lieber Gott, lass Hirn herab, betete ich. Er fand dieses Graffiti blöd. Was sollte ich darauf antworten?

Ich nickte langsam. »Ja, irgendwie schon ziemlich grell«, sagte ich. Das klang wie »grell und hässlich«, aber eigentlich fand ich die Malerei ja grell und genial. Das traute ich mich aber nicht zuzugeben.

»Tsss.« Dennis öffnete den Mund, ich sah den Dreieckszahn nur halb. Dann schloss er den Mund wieder. Tsss. Was sollte das denn nun heißen? Ich lugte zu ihm hinüber. Er betrachtete einfach nur die bunte Fassade und sagte kein Wort. Der Bus stand immer noch vor dem bunten Haus. Mir schien, als würden die Graffitis zittern. Hatte ich etwas an den Augen? Mit meinen Ohren stimmte auch was nicht. Es rauschte wie bei einer Tonstörung im Radio. Bevor ich noch etwas Falsches sagen konnte, sprang ich auf.

»Ach, ich soll noch etwas für meine Mutter besorgen und muss hier schon raus.«

Eigentlich stieg ich wie Dennis erst an der übernächsten Haltestelle aus, aber ich zwängte mich an ihm vorbei.

»Schönen Gruß an deine Schwester«, rief er mir nach.

Das letzte Stück des Nachhauseweges ging ich zu Fuß. Ich hatte es ganz schön vermasselt. Vielleicht hatte noch niemand jemals im Leben größeren Unsinn geredet als ich. Typisch Lil. Er würde sich totlachen. Seinen Freunden erzählen, wie dumm ich war, ganz bestimmt. Du bist ja der Anrufbeantworter. Und dann dieses »ziemlich grell«. Ich trat ein paar Steine zur Seite, die im Weg lagen. Schönen Gruß an deine Schwester. Natürlich. Arti war viel spannender als die langweilige Lil, die höchstens unfreiwillig etwas Lustiges sagte.

In unserer Küche lag ein Zettel. »Holen unser Au-pair-Mädchen ab. Mama.« Wenigstens das. Ich liebte Nachmittage allein. Sie kamen ja auch nur ganz selten vor. Und heute war ich wirklich froh, erst mal niemanden sehen zu müssen.

Mama hatte offenbar vorgekocht, denn auf dem Herd stand ein großer Topf. Ich hob den Deckel. Nudeln mit Fleischklößchen. Ich schnupperte. Es roch ganz lecker, was bei uns leider nicht immer der Fall war. Von irgendwoher kam plötzlich Pan getrottet.

»Na, du Vielfraß«, sagte ich und kraulte ihm zur Begrüßung die Ohren. Ganz allein war man hier einfach nie.

Ich füllte ein paar Nudeln auf einen Teller. Pan stieß mit der Schnauze gegen mein Knie.

»Ich bin sicher, du hast von Arti genug gekriegt«, sagte ich. Dann ließ ich aber doch ein Klößchen fallen.

Während ich aß, nahm ich den Bleistift, der auf dem Esstisch lag, und begann, auf die Ränder der Tageszeitung zu kritzeln. Dabei dachte ich wieder an die verunglückte Unterhaltung im Bus. Wieso hatte ich nicht einfach meinen Mund gehalten? Oder einfach gesagt, dass das Graffiti in meinen Augen keine Schmiererei war? Ich wusste sogar, wer das bunte Haus bemalt hatte.

Ein Tropfen Fleischsoße kleckste auf die Zeitung. Ich wischte den Fleck weg und lutschte meinen Finger ab. Zum Glück waren die Zeichnungen nicht versaut. Ich betrachtete mein Gekritzel. Mehr unbewusst hatte ich ein Skateboard, ein Skateboard und da, noch ein Skateboard gezeichnet. Auf dem dritten Board stand ein Junge. Er trug ein geringeltes Shirt und tief sitzende Jeans. Auf der Hosentasche saß ein kleines Herz.

Meine Wangen wurden warm. Das muss man sich mal vorstellen. Da saß ich allein in unserer Küche und lief rot an, weil … ja, warum eigentlich? Weil es voll peinlich war, den Nachbarjungen mit einem Herz auf der Hosentasche zu zeichnen. Zum Glück sah mich niemand.

Ich besah mir noch einmal die Zeichnungen. Ich hatte Papas ganzen Kulturteil bekritzelt. Hoffentlich hatte er ihn schon gelesen, sonst würde ich etwas zu hören bekommen. Aber die Skateboards sahen aus wie echt. Und die Jeans saßen lässig und ziemlich cool. Eigentlich waren die Zeichnungen gar nicht so schlecht. Und der Junge sah Dennis sogar ähnlich. Ich strichelte noch ein paar kleine Risse in die Hose. Und noch offene Schnürsenkel an die Sneaker des Jungen. Am Morgen in der Schule hatte ich beobachtet, wie Dennis sich die Schuhe zubinden musste. Dabei waren seine halblangen Haare nach vorn gefallen, genau wie auf meiner

Zeichnung. Ich verbesserte hier und da noch mit kleinen Strichen.

Pan hob den Kopf, spitzte die Ohren und gab ein leises »Wuff« von sich. Zwei Sekunden später ging die Haustür auf. Unser Hund stand auf und trabte Richtung Flur. Blitzschnell faltete ich die Zeitung zusammen.

»Hallo, jemand da?«, rief Arti.

»Boah, der ist ja riesig«, sagte eine Stimme, die mir seit diesem Morgen bekannt vorkam.

»Hi«, rief ich und sah mich hektisch um. Wohin mit den Zeichnungen? Ich hörte, wie Arti Pan begrüßte. Zum Glück ließ sie sich wie üblich das ganze Gesicht abschlecken, das verschaffte mir etwas Zeit. Auf der Fensterbank lag Papas großer Pflanzenatlas. Ich schob das Blatt hinein. Später würde ich die Zeichnungen ausschneiden und in mein LLB kleben, jetzt mussten sie erst einmal verschwinden.

»Na, du Schlabberzunge«, hörte ich wieder diese Stimme, die zwischen angeraut und quieksig schwankte, was eigentlich ganz lustig klang. Leider ging mir im Moment aber jeder Sinn für Humor flöten. Ich stand am Fenster wie gelähmt, wie jemand, der auf frischer Tat ertappt wurde – und mit einem Tomatensoßenfleck auf dem Shirt.

Arti und Dennis betraten die Küche. Pan sprang die ganze Zeit an Dennis hoch.

»Ja, cool bleiben, Schlabberzunge, ganz cool«, sagte Dennis und kniete sich dann neben Pan, um ihm wie ein Massage-Therapeut das Fell zu kraulen. Er tat es mit beeindruckender Begeisterung. Wahrscheinlich hatte er mich im Bus nur angesprochen, weil er Hunde toll fand. Arti strahlte.

»Hi, Lil, das ist Dennis. Vom Tennis.«

Wäre ich nicht schockgefroren und voller Panik gewesen,

hätte ich gelacht über Artis unfreiwilligen Reim. So aber nickte ich einfach nur, versuchte zu lächeln und sagte: »Hi, klar, wir kennen uns ja.«

»Ach ja?« Arti schaute verwundert. »Gestern kanntet ihr euch noch nicht.«

Ich tat so, als hätte ich nicht gehört, was meine Schwester gesagt hatte.

»Wir sind in einer Klasse«, sagte Dennis, ohne aufzublicken.

»Echt? Super!« Arti schien sich wirklich zu freuen. Jetzt hockte sie sich neben Dennis und die beiden kraulten um die Wette.

Um irgendetwas ganz normal Menschliches zu tun, ging ich zum Wasserkocher, ließ Wasser einlaufen und setzte es auf.

Arti lächelte Dennis an. Sein Dreieckszahn lugte hervor.

»Ihr habt es gut«, sagte er. »So einen genialen Hund hätte ich auch gern.« Er pflügte immer noch durch Pans Fell, als könnte er dafür einen Pokal gewinnen.

»Magst du auch einen Tee?«, fragte ich mit der liebenswürdigsten Stimme, zu der ich fähig war.

»Was reimt sich auf Tee? Nee!« Dennis grinste mich an.

Arti lachte. »Ich kann das Zeug auch nicht leiden. Lil trinkt es von morgens bis abends.«

»Du übertreibst«, sagte ich und ärgerte mich, weil ich mir anmerken ließ, dass Artis Geschwätz mich ärgerte. Endlich stand Dennis auf und klopfte die hundehaarigen Hände an seiner Jeans ab.

»Magst du lieber etwas anderes trinken, Wasser oder … äh …« Mir fiel nichts anderes ein.

»Oder?«, fragte Dennis.

»Wir haben leider nur Wasser. Meine Eltern halten nichts von soften Softdrinks.«

»Und von einem saftigen Saft halten sie auch nichts?« Arti lachte wieder, unnatürlich laut, wie ich fand.

Ich schüttelte den Kopf. Dennis schaute wieder auf Pan. »Lass mal. Ich wollte ja nur euren Hund kennenlernen.«

Natürlich. Das hatte ich mir gleich gedacht. So wie er sich in Pans Fell gegraben hatte.

Der Teekocher sirrte. Ich tat so, als hörte ich es nicht. Stattdessen goss ich mir ein Glas Leitungswasser ein. »Wo hast du eigentlich vorher gewohnt?«, hörte ich mich fragen.

»Schwabing.«

»Ah. Da arbeitet mein Vater«, sagte ich.

Dennis reagierte nicht, er schaute die ganze Zeit zu Arti oder Pan. Meine Kehle war furchtbar trocken. Ich trank das Wasser in einem Zug leer.

»Ich muss noch was für die Schule machen, Leute«, sagte ich und ging aus der Küche. Neben unserer alten Kommode im Flur stand das Skateboard. Ich tippte leicht mit dem Fuß dagegen und es rollte ein paar Zentimeter. Am liebsten hätte ich das Brett durchgebissen. Was redete ich nur für einen Unsinn? Natürlich musste ich nichts für die Schule tun, am ersten Schultag nach den Ferien! Mir war nur nichts Besseres eingefallen, um mich aus dem Staub zu machen. Jetzt stand ich da wie eine Streberin. Als ich auf dem Weg zur Treppe noch einmal an der offenen Tür vorbeiging, beugte Dennis sich wieder über Pan.

»Also dann …«, sagte ich, und bevor ich noch etwas Dummes vom Stapel ließ, verdrückte ich mich.

»Und wieso bist du hierhergezogen?«, hörte ich Arti fragen, während ich so langsam wie möglich die Treppe nach oben stieg.

»Ähm, ja, also, meine Eltern, also, wir brauchten eine neue Wohnung. Die haben sich getrennt.«

Ich blieb auf halber Treppe stehen.

»Oh«, sagte Arti. »Und bei wem wohnst du?«

»Bei meinem Vater. Also, mein Vater, mein Bruder und ich, wir sind da vorne eingezogen. Meine Mutter wohnt woanders.«

Ich traute mich kaum zu atmen und hatte Angst, von den beiden entdeckt zu werden, aber noch mehr Angst hatte ich davor, etwas zu verpassen.

»Vermisst du deine alte Schule?«, fragte Arti.

»Schule nicht. Leute ja«, antwortete Dennis knapp.

Ich hörte, wie Pan sich schüttelte. Offenbar hatte er genügend Streicheleinheiten getankt.

»Das kann ich voll verstehen.« Artis Stimme war ganz leise geworden. »Ich vermisse meine Freundinnen von der Grundschule auch. Das ist megabeknackt.«

Dennis machte irgendein komisches Geräusch, das ich nicht recht einordnen konnte. Es klang, als schnalzte er mit der Zunge. »Na ja, zum Glück gibt es Fernbeziehungen«, sagte er.

Mein Herz klopfte plötzlich sehr laut. Ich musste die Hand dagegenpressen, weil ich fürchtete, die beiden könnten es sonst hören. Schnell schlich ich hoch aufs Zimmer. Schloss die Tür. Legte mich aufs Bett und hoffte, das Klopfen würde nachlassen. Ich fühlte mich wie ertappt. Dabei hatte ich gar nichts getan. Mal abgesehen vom Lauschen.

Fernbeziehung. Das konnte nur eines bedeuten: Er hatte eine Freundin. Die ihm offensichtlich viel bedeutete, sonst würde er ja keine Fernbeziehung mit ihr führen. Wie die wohl aussehen mochte? Und ob sie auch Skateboard fuhr? Ob sie schon lange zusammen waren? Ich schloss die Augen und stellte mir Dennis mit seiner Freundin vor. In meiner Fantasie war sie groß, supersportlich und hatte lange, glatte blonde, fast weiße Haare, so wie die Mädchen in schwedischen Filmen. Dennis und sie sausten auf ihren Boards durch die ganze Stadt, über befahrene Straßen, Fußgängerzonen, Plätze, und immer hielten sie dabei Händchen und lächelten sich an. Ich verfolgte die beiden noch eine Weile, stellte mir vor, wie sie ein Eis aßen und auf einer hohen Mauer saßen und Schnickschnackschnuck spielten, aber dann verlor ich sie aus den Augen, weil ich plötzlich so müde wurde. Und irgendwann schlief ich einfach ein.

Lautes Hupen riss mich aus dem Schlaf.

Ich rannte zum Fenster und sah, wie Mama mit den Zwillingen und unserem neuen Au-pair-Mädchen auf den Hof fuhr. Im gleichen Moment kam Dennis den Gartenweg entlanggezischt, sprang auf sein Board und sauste davon. Er war also die ganze Zeit unten bei Arti und Pan in der Küche geblieben. Was die beiden wohl miteinander geredet hatten?

»Lil!«, schrie Arti.

Jetzt lief ich, so schnell ich konnte, nach draußen. Pan sprang gerade an Orion und Nike hoch.

»Schau, wen wir mitgebracht haben!«, rief Orion. »Maria, das ist unser Pan!« Er wandte sich zu dem Mädchen, das neben Mama am Kofferraum stand und eine Tasche herauswuchtete.

Das Mädchen lächelte und streichelte Pan übers Fell. Sie war klein und sah jung aus, kaum älter als ich. Na ja, vielleicht wie fünfzehn. Ihr Gesicht war toll, ein bisschen wie Selena Gomez, leicht gebräunte Haut, große braune Teddybäraugen. Sie trug hellblaue Jeans und ein T-Shirt. Voll nett sah sie aus.

Arti schien etwas Ähnliches zu denken. Sie stürzte förmlich auf Maria zu, hockte sich neben Pan und dann kraulten sie um die Wette. Obwohl ich unseren Hund sehr mag, begann es mich gerade etwas zu nerven. Ständig stand er im Mittelpunkt.

»Er ist der liebste Hund der Welt«, sagte Arti.

»Ja, mein Schatz, und du bist das liebste Kind, wenn du hier nicht im Weg sitzt, sondern Maria eine Tasche abnimmst«, sagte Mama. Und zu Maria gewandt: »Das ist Artemis, unsere Dritte. Und das«, sie zeigte auf mich, »ist die große Lilaia.«

Maria lächelte uns an. »Hallo, ihr beiden. Ihr habt einen super Hund. Und tolle Zwillinge.« Sie zwinkerte Nike und Orion zu, die vor Stolz gleich um zwei Zentimeter wuchsen.

Mir fiel auf, wie gut Maria Deutsch sprach.

»Woher kannst du unsere Sprache?«, fragte ich.

»Ihre Mama ist Deutsche!«, quäkte Orion.

»Und sie hat drei Geschwister!«, ergänzte Nike. »Und alle schlafen in einem Zimmer.«

»Na und, ihr schlaft auch zu dritt«, sagte ich.

»Ja! Wir haben ein dreistöckiges Bett!« Orion wickelte ein klebriges Etwas aus einem Papier und schob es sich in den Mund.

Maria nickte. »Dreistöckig, wow.«

Orion musterte sie grinsend mit seinen verschmierten braunen Zähnen. »Du bist ganz schön klein.«

Ich knuffte ihn in die Seite.

»Was denn!«, beschwerte er sich. »Darf ich doch sagen, oder, Maria?«

Maria lächelte wieder. »Kein Problem.«

Mein kleiner Bruder sah mich triumphierend an. Der konnte so was von nervig sein.

»Bist du schon achtzehn?«, fragte er jetzt.

Maria lachte. »Fast neunzehn! Ich bin klein, weil ich einen kleinen Vater und eine kleine Mutter habe. Gemein, nicht wahr?«

»Dafür sprichst du wunderbar Deutsch!«, sagte Mama.

»Warum bist du nach Deutschland gekommen, wenn du kein Deutsch mehr lernen musst?«, fragte ich.

»Äh, ich …« Maria wurde rot. »Ich möchte einfach die Heimat meiner Mutter kennenlernen.« Sie schaute unsicher zu Mama. »Und vielleicht später in Deutschland studieren, an der Universität.«

Mama nickte.

»Mein Papa ist auch an der Universität«, sagte Orion. »Er ist ein ganz berühmter Forscher und er hält Vorträge auf der ganzen Welt. Und …«

»Ist ja gut«, sagte ich. Ich fand es schlimm, wie er sich immer in den Vordergrund spielen musste.

»Und er war schon ganz oft in Athen«, ergänzte Nike.

Offenbar wollten die Zwillinge sich heute gegenseitig übertreffen.

Mama schob uns Richtung Haustür. »Kinder, nicht nur quasseln! Bewegt euch.« Wir nahmen jeder eine Tasche und trugen Marias Sachen ins Haus.

»Maria, du musst dir unser cooles Bett ansehen!« Orion war nicht zu bremsen.

»Maria, wir haben alle die Namen von griechischen Göttern!« Nike genauso wenig.

»Arti ist sogar eine olympische Göttin.«

»Ja, und unsere Anfangsbuchstaben ergeben das Wort Platon«, sagte Arti. »So hieß ein ganz berühmter griechischer Philosoph, und als Pego auf die Welt kam, da hat Papa zu Mama gesagt: ›Zum Platon! Was für ein göttliches Geschöpf!‹«

»Und dann hat Mama noch zwei Jungen und drei Mädchen bekommen und uns alle nach Göttern getauft.« Nike hüpfte auf und ab.

Maria lachte. »Ist das wahr?«

Mama nickte. »Zum Glück kamen die letzten beiden April-Kinder zusammen. Das fand ich sehr praktisch.« Sie zwinkerte den Zwillingen zu.

»Genau.« Orion kaute immer noch auf seinem seltsamen braunen Bonbon herum und schmatzte fürchterlich. »Und wenn Papa uns alle zusammen meint, dann sagt er nicht Pegasos, Lilaia, Artemis, Triton, Orion und Nike, sondern einfach schnell: ›ZUM PLATON!‹«

Mama lachte. Sie hob den Zeigefinger. »Ja, und wenn es hier richtig drunter und drüber geht, dann ruft er etwas anderes, nicht wahr?«

Die Zwillinge machten wichtige Gesichter und nickten ernst.

»Dann heißt es ›ZUM ZEUS!‹«, kam Arti ihnen zuvor. »Und das bedeutet, jemand ist eindeutig zu weit gegangen.«

»Denn Zeus ist der Oberchef aller griechischen Götter.« Endlich schluckte Orion den braunen Klumpen hinunter. Sein Mund war komplett verschmiert.

»Und weil Papa sich manchmal selber fühlt wie der Chef aller Chefs, nennt Mama ihn Zeusel«, sagte ich.

»Genau«, sagte Mama, legte den Arm um mich und gab mir einen Kuss auf die Wange. Seit Kurzem war ich genauso groß wie sie. Das fand ich supercool. »Alles gut gelaufen am ersten Schultag?«, fragte sie mich. Ich nickte und vermied es, Arti anzusehen.

Wir gingen in die Küche. Mama setzte einen Topf auf den Herd. »Heiße Schokolade für alle?«

»Ja!«, riefen wir.

Nike starrte die ganze Zeit Maria an. »Vermissen deine Geschwister dich jetzt?«

»Vielleicht ein bisschen.« Maria lächelte. »Leider habe nur ich ein Handy. Wir können noch keine Nachrichten hin- und herschicken.«

Arti schaute mitleidig.

»Genau wie bei uns.«

»Wir sind nicht von gestern, wir sind von vorgestern, behauptet Pego immer!«, rief Orion.

»Pego hat auch ein Handy«, sagte ich, bevor die Zwillinge wieder reinquatschen konnten. »Und ich bekomme als Nächstes eines.«

Nike nickte eifrig. »Pego ist vierzehn, weißt du. Aber in Tritons Klasse, da haben schon mindestens zehn Kinder ein Handy, stell dir vor!«

»Der ist erst acht«, sagte Orion.

»Ich habe erst vor Kurzem mein Handy bekommen«, sagte Maria.

»Oh!« Die Zwillinge schauten betroffen.

Nike betrachtete Maria neugierig. »Bist du arm?«

»Nike«, tadelte Mama. »Du sollst nicht solche Fragen stellen.«

»Ist schon okay.« Maria wandte sich den Zwillingen zu. »Die meisten in meiner Heimat haben weniger Geld als die Menschen hier. Aber ich habe mich deshalb noch nie für arm gehalten.« Sie lächelte.

Nike legte den Kopf schief und schaute Maria mit ihren dunkelbraunen Augen an. »Wenn du willst, dann gebe ich dir was aus meinem Sparschwein.«

Dafür musste ich meine kleine Schwester ganz spontan knuddeln.

Maria lächelte. »Danke, das ist lieb von dir. Aber das kommt nicht infrage.«

»Maria wird bei uns ihr eigenes Geld verdienen«, sagte Mama.

Aus dem Flur ertönte das Klingeln von Mamas Handy. Orion flitzte los und kam mit Mamas Handtasche zurück.

Es war Papa. Wir hörten, wie er in den Hörer brüllte. Offenbar war er am Flughafen. Er würde schon am Abend nach Berlin fliegen, nicht erst am nächsten Morgen.

Mama runzelte die Stirn. »Wieso schon heute? Arbeiten sie in Berlin jetzt auch nachts?«

Papa schrie, dass er für den nächsten Morgen keinen Flug mehr bekommen habe. Die Maschine war voll.

Mama seufzte. Sie ging aus der Küche in den Flur. Ich hörte, wie sie beherrscht, aber ziemlich angesäuert in den Hörer sprach.

»Zeusel, unser Au-pair muss erst noch eingearbeitet werden. Ich muss morgen früh um halb neun in der Redaktion sein. Wer soll mit dem Hund Gassi gehen? Die Einschulung der Zwillinge, wie soll das alles reibungslos funktionieren?«

Was Papa sagte, konnte ich nicht verstehen. Wahrscheinlich irgendein griechisches Sprichwort, dass es nicht reibungslos, sondern nur irgendwie funktionieren müsse. Das hätte ihm jedenfalls ähnlich gesehen.

»Verflixt, Theo, du hast gut reden!«, rief Mama und legte auf. Sie stand im Flur und schaute wütend auf das Telefon.

»Mama, wir schaffen das schon, du hast doch noch uns«, sagte ich und legte einen Arm um sie.

Sie drückte mich und lächelte. »Genau, ich habe noch euch. Wer soll das alles regeln mit euch?«

»Ich helfe dir«, sagte ich, obwohl ich nach meiner Auffassung schon genug half. Aber Mamas sorgenvolles Gesicht konnte ich nicht ertragen.

»Kannst du morgen früh eine Runde mit Pan und Maria drehen, damit sie den Stadtteil kennenlernt?«

»Morgen früh? Das heißt, ich muss früher aufstehen?« Sofort bereute ich mein Angebot.

Mama nickte. »Das müsstest du, ja.« Mama gab mir einen Kuss. »Und zeig ihr auch den Bäcker, die Bushaltestelle und die nächste U-Bahn-Station.«

»Aber …« Jetzt bereute ich mein Angebot sogar sehr. »Dann muss ich ja fast mitten in der Nacht aufstehen, das ist unfair!«

»Bitte, Lil. Wenn du es machst, weiß ich einfach, dass ich mich einhundertprozentig verlassen kann. Okay?«

Ich gab auf. »Okay.«

Zur Feier des Tages veranstalteten wir am Abend ein Picknick im Garten. Mama, die Zwillinge und ich breiteten mehrere bunte Decken auf dem Rasen aus und verteilten Teller, Becher, Besteck, Teelichter und kleine Schälchen mit Oliven, Gurken, Tomaten und Knabberzeug. Außerdem einen großen Korb mit Brötchen sowie mehrere Teller mit Wurst und Käse. Pan war komplett aus dem Häuschen, tollte herum wie verrückt und wollte natürlich die ganze Zeit an allem schnüffeln. Mama rief nach Arti, damit sie sich um ihn kümmerte.

Wir hatten gerade alle Teelichter angezündet und rekelten uns auf den Decken, als endlich Triton vom Flötenunterricht und kurz darauf auch Pego, gefolgt von seinen Kumpels Finn und Jasper, nach Hause kamen. Triton starrte das griechische Mädchen an. Dann hörte er die Geschichte von Maria mit ihren drei Geschwistern in einem Zimmer und ohne Handy und wenig Geld gleich zweimal, einmal von Nike und einmal von Orion. Die Zwillinge lagen wie Sardinen in der Dose direkt neben ihr und belagerten sie die ganze Zeit. Sie betrachteten sich wohl als Sonderbeauftragte für Maria.

»Gibt es in Athen auch eine U-Bahn?«, wollte Orion wissen.

»Oh ja, und sie heißt bei uns Metro.« Maria tippte Orion auf die Nasenspitze.

»Und die Akropolis!«, rief nun Triton, der aufmerksam dabeigesessen, aber noch nichts gesagt hatte. Jetzt, wo er mit Wissen glänzen konnte, hielt ihn natürlich nichts mehr zurück.

»Ja, du Angeber, das wissen wir auch.« Arti legte sich eine halbe Scheibe Schinken auf ihr Brötchen, die andere Hälfte schob sie Pan ins Maul.

»Nein, ich nicht«, sagte Nike. Sie setzte sich auf Marias Schoß. »Was ist die Akropolis?«

»Eine sehr alte Burg. Sie ist das Wahrzeichen meiner Heimatstadt.«

»Nike, lass Maria in Ruhe essen, bitte.« Mama schüttelte den Kopf. Nike rutschte von Marias Schoß hinunter.

»Und sie ist der Sitz der griechischen Götter gewesen, nicht wahr?«, fügte Triton hinzu. »Wir sind nämlich alle nach griechischen Göttern benannt.«

»Das habe ich schon gehört.« Maria lächelte.

Pego und seine Jungs standen noch im Wohnzimmer und schauten irgendwelche Filmchen auf ihren Handys.

»Hey, ihr drei, wie wäre es mal mit einem kleinen Hallo für unseren Familienzuwachs?«, rief Mama.

Pego steckte den Kopf nach draußen, die Boxhandschuhe lässig über die Schulter geworfen. Hinter ihm erschienen Finn und Jasper. Alle drei sahen aus, als hätten sie geschwitzt.

»Hallo, hallo«, rief er. »Wir wollen schnell duschen und dann noch mal kurz zu Leo.«

Mama sah auf die Uhr. Es war kurz nach halb acht.

»Hör mal, wir haben extra Picknick gemacht.«

Pego entdeckte die zwischen den Zwillingen eingequetschte Maria.

»Bei Leo gibt es Hotdogs«, sagte er, ging auf Maria zu und gab ihr die Hand. »Hallo, ich bin Pego.«

»Hallo, ich bin Maria.«

Ich sah sofort, dass sie Pego gefiel. Er machte immer so ein Gesicht, wenn er jemanden toll fand. Seine Augen weiteten sich dann und die Mundwinkel wuchsen bis zu den Ohren.

»Gefällt – es – dir – hier?« Pego sprach langsam und überdeutlich. Wir lachten alle, sogar Maria. Pego schaute unsicher von einem zum anderen.

»Meine Mutter ist Deutsche«, erklärte Maria.

»Krass«, sagte Pego, angelte sich eine Olive und lächelte wieder bis zu den Ohren. Zu uns gewandt: »Kann ich nicht wissen, Zwerge, oder?«

»Nicht gleich heulen, du Riese«, sagte ich.

»Kannst du Pan dann vielleicht gleich mit zu Leo nehmen?«, fragte Mama. »Das viele Essen direkt vor der Nase macht ihn nervös.« Pan lag dicht neben Arti und verfolgte jede unserer Bewegungen. Sein Schwanz wedelte unaufhörlich. Ich musste lachen.

Pego schaute zu seinen Freunden, die noch in der Terrassentür standen. Hinter seiner Stirn arbeitete es.

»Geht schon mal duschen«, sagte er zu Finn und Jasper. »Handtücher liegen im Regal.«

»Oder auch nicht.« Mama lachte.

»Haben wir dabei«, rief einer der beiden auf seinem Weg ins obere Stockwerk.

»Das nenne ich gut erzogene Jungs«, sagte Mama.

Pego hockte sich neben Arti und Pan und pickte ein Gürkchen von Artis Teller.

»Ey!« Arti rümpfte die Nase. »Du müffelst. Geh mal duschen.«

Pego warf ihr seinen Supernervzwerg-Blick zu, stand aber auf und ging zur Terrassentür. »Vielleicht esse ich doch hier.«

»Gehst du dann bitte später noch mit Pan?«, fragte Mama, aber Pego war schon außer Hörweite.

Sie aßen dann alle bei uns im Garten, Pego, Finn und Jasper. Pego war in Hochform und erzählte Hundewitze.

»Fragt ein Mann den anderen: Wie heißt dein neuer Hund? Sagt der andere: Keine Ahnung, er will es mir nicht sagen!«

Wir lachten, auch Nike und Orion, obwohl sie Witze oft noch nicht richtig verstanden. Es machte ihnen aber nichts aus, glaube ich.

Pego legte sich eine Salamischeibe aufs Brot.

»Noch einer«, bat Arti. Sie liebte Hundewitze.

»Sagt ein Hund zum anderen: Wie heißt du? Sagt der andere: Ich glaube SITZ.«

»Der ist gut, Alter!« Finn und Jasper johlten.

Mir fiel auf, dass Pego ständig Maria ansah, die aber irgendwie gequält lächelte. Vielleicht waren ihr Pegos Späße einfach zu dumm.

»Sagt ein Hund zum anderen: Wuff! Sagt der andere: Schnauz mich nicht so an!«

»Okay, Pego, jetzt haben es alle mitgekriegt, was für ein fantastischer Unterhalter du bist«, sagte ich.

Mama nickte. »Sonst kriegst du noch Ärger mit dem Tierschutzverein.«

Pego zog eine Grimasse.

Arti rappelte sich hoch. »Ich gehe noch mal mit Pan spazieren.« Pan sprang auf und bellte freudig.

Mama sah auf die Uhr. »Liebes, ich wollte, dass Pego das macht. Du gehörst bald ins Bett.«

Arti zog einen Schmollmund. »Bitte, Mama. Nur ganz kurz.«

»Ganz kurz ist sicher nicht in Pans Sinne, aber meinetwegen.«

»Danke. Ich hole nur schnell deine Leine, Pan!« Arti verschwand.

Pego starrte Maria immer noch an. Ich sah, wie sie seinem Blick erst auswich und dann wieder begegnete. Er zwinkerte ihr zu. Ganz schön frech. Konnte es sein, dass Pego Maria anbaggerte? Am ersten Tag? Vielleicht wusste er nicht, wie alt sie war.

»Hast du denn mit fast neunzehn schon deinen Führerschein?«, fragte Mama dann auch prompt. Sie hatte es also auch gesehen.

Pego hob eine Augenbraue.

Maria schüttelte den Kopf.

»Nein, noch nicht. Wir haben kein Auto.«

»Macht nichts«, sagte Mama. »Bus- und Bahnfahren ist sowieso viel besser für die Umwelt.« Sie stand auf.

Maria begann, unseren Picknickplatz abzuräumen. Ich half ihr. Orion und Triton balgten sich auf der Wiese, Nike war schon halb eingeschlummert. Gerade als Maria sich streckte und mit mindestens sechs Tellern in den Händen über Nike hinwegstieg, pfiff Arti nach Pan. Er machte einen Satz, sprang mitten auf die Picknickdecken, fegte mit seinem Schwanz mehrere Gläser um und rempelte dann so hart gegen Maria, dass sie das Gleichgewicht verlor. Sie schwankte ein paar Schritte, versuchte, sich zu fangen, aber Pan sprang auch noch an ihr hoch und bellte. Teller, Besteck, Gurkenschalen, Wurstpelle und jede Menge Krümel landeten auf dem Terrassenboden und verursachten zuerst ein ohrenbetäubendes Klirren und im nächsten Moment einen Scherbenberg. Pan bellte die ganze Zeit, Arti brüllte: »Aus!«, Orion und Triton hörten auf zu raufen, Nike rieb sich die Augen, Mama fuhr sich mit den Händen in die Haare. Pego und seine Freunde lachten. Ich balancierte meinen eigenen Geschirrberg an den Scherben vorbei und stellte ihn erst einmal auf dem Terrassentisch ab. Maria schaute zu Mama. Ihre Augen waren schreckgeweitet.

»Bin schon weg«, sagte Arti und verkrümelte sich mit Pan.

Mama fasste Maria behutsam an den Schultern. »Ist nur Geschirr. Mach dir keine Sorgen.«

»Es tut mir so leid«, stammelte Maria. »Sonst bin ich gar nicht so ungeschickt.«

»Davon bin ich überzeugt.« Mama ging nach drinnen und kam mit der Kehrschaufel wieder. Sie gab den Zwillingen ein Zeichen.

»Nike, Orion, ihr beiden begleitet Maria auf ihr Zimmer.« Und zu Maria: »Ruh dich aus. Morgen ist ein neuer Tag. Und mach dir keine Sorgen wegen des Geschirrs.«

Maria schniefte. »Danke.«

»Ich hätte dir nicht das Aufräumen überlassen sollen. Gleich am ersten Abend«, sagte Mama.

»Mach dir nichts draus«, sagte auch Pego und schaute dabei wie ein Dackel, der um Wurst bettelt. »Ein bisschen Schwund ist immer.«

Maria schaute ihn verständnislos an.

»Ein Sprichwort«, erklärte ich.

Triton nickte wissend. »Nichts bleibt, wie es ist, irgendwas ist ständig am Verschwinden«, übersetzte er den Sinn. Meine Brüder übertrafen sich gerade in unbeholfenen Flirtversuchen.

Es schien auch Mama zu amüsieren. Sie wuschelte Triton durch seine struppigen Haare.

»Genau. Und als Nächstes verschwindet ihr.« Sie blickte erst Finn und Jasper, dann uns an. »Alle!«

Schlimmer als vor einer Mathearbeit.

So fühlte ich mich am nächsten Morgen. Mit klopfendem Herzen bummelte ich zur Bushaltestelle und stellte meine Ohren auf Empfang. Pego war schon ohne mich vorausgezischt. Sosehr ich auch lauschte, Skateboard-Rollen waren nicht zu hören. Ein Jammer. Andererseits ein Segen.

In meinem Kopf tobte ein Gedankenkrieg. Was, wenn sich Dennis im Bus wieder neben mich setzte? Gestern hatte ich noch aus dem Fenster schauen können, weil wir uns ja noch nicht kannten. Aber das war nun anders. Und ich hatte gestern eine Menge hirnverbrannter Äußerungen losgelassen. Er fand mich jetzt erstens bestimmt total blöd und zweitens hatte er eine Freundin. Was sollte ich mit ihm reden? Irgendetwas musste ich sagen, sonst hielt er mich für eingebildet. Oder dumm. Übers Wetter reden ging nicht, das machten nur Erwachsene. Übers Skateboarden? Das könnte heikel sein, weil Dennis sofort merken würde, dass ich keine Ahnung hatte. Nichts war schlechter als keine Ahnung. Je näher die Bushaltestelle kam, desto langsamer ging ich. Es gab einfach nichts, was mich interessant machte. Es gab nichts an mir, was toll aussah.

Obwohl ich mir besonders große Mühe gegeben hatte. Ich trug Chucks, meinen hellblauen Tellerrock, ein weißes T-Shirt und ein dunkelrotes Bolerojäckchen von Mama. Trotzdem, das würde mir auch nichts nützen.

In der Ferne sah ich den Bus. Ich wandte mich um. Kein

Skateboard-Fahrer weit und breit, auch nicht an der Bushaltestelle, über der genau in diesem Moment die Morgensonne leuchtete wie die große, runde Lampe in unserem Wohnzimmer. Als ich einstieg, war Dennis immer noch nicht in Sicht. Ich setzte mich auf den erstbesten Platz, unglaublich erleichtert und genauso enttäuscht.

Als Dennis dann später in die Klasse fuhr – er rollte tatsächlich auf dem Brett bis zu seinem Platz, und zwar ohne an einem einzigen Stuhl anzuecken –, konnte ich meinen Mund gerade noch daran hindern, schon wieder wie ein Fischmaul aufzuspringen. Dafür liefen meine Wangen knallrot an, was ich selbst zwar nicht sehen, aber leider deutlich fühlen konnte. Und was im Grunde ja noch schlimmer war. Schnell tauchte ich unter den Tisch und tat, als suchte ich etwas im Rucksack. Meine Unterlagen für die erste Stunde lagen schon draußen. Ich kramte eine Weile in der Tasche und angelte dann eine kleine Cremedose aus dem vorderen Fach. Während ich mich aufrichtete, mir umständlich die Hände eincremte und dabei Hellis amüsierten Blick ignorierte, betrat unser neuer Klassenlehrer mit einem tönenden »Morgen!« den Raum.

Ich riskierte einen Blitzblick nach hinten. Dennis hatte sein Mathebuch aufgeklappt und starrte hinein. Vermutlich war an ihm vorbeigegangen, dass ich seinetwegen rot geworden war. Wahrscheinlich hatte er mich noch überhaupt gar nicht bemerkt an diesem Morgen.

In der nächsten Stunde war es das Gleiche. Dennis schaute in seine Bücher. War er ein Streber? Das passte gar nicht. Gemeldet hatte er sich noch nie. So gut es ging, beobachtete ich ihn. Aber er schaute mich kein einziges Mal an, sondern stierte immer nur nach unten. Fast sah es nach Absicht aus. Die Frage war nur, woran lag es? Ich jedenfalls schaffte es fast nicht, dem Unterricht zu folgen. Stattdessen träumte ich vor mich hin oder zerbrach mir den Kopf über einen Jungen, den ich genau genommen erst seit einem Tag kannte. Zwischendurch holte Helli mich mit einem leichten Knuff zurück in die Wirklichkeit, aber nie für lange.

In der ersten großen Pause zog Dennis auf dem Board seine Bahnen über den Schulhof. Mehrmals zischte er dabei ganz knapp an Helli und mir vorbei. Wir saßen auf einer Bank, futterten unsere Brote, und ich versuchte, Helli die Geschehnisse des gestrigen Nachmittags haarklein wiederzugeben. Das war aber nicht so einfach, weil Dennis sich ständig in Hörweite aufhielt.

»Das macht er absichtlich«, sagte Helli. Sie streckte die Beine weit von sich. Ich kicherte. Als Dennis das nächste Mal vorbeikam, musste er ausweichen. Aber dann bremste er plötzlich scharf und sprang ab, direkt vor mir. Ich zuckte zusammen, dabei fiel eine Salamischeibe aus meinem Brot auf meinen schönen, sauberen Tellerrock. Helli lachte.

»Mist!«, rief ich und fieselte die Wurst ab.

Dennis tat so, als würde er sich wegwerfen vor Lachen. Er zeigte mit dem Finger auf die Salami. »Was ist DAS denn?«, rief er. »Großfamilienwurst oder was?«

Helli und ich schauten auf die Wurstscheibe und mussten lachen. Sie war tatsächlich riesig. Und ziemlich dick. Ich wusste nicht, was ich machen sollte, also schob ich mir die Wurst in den Mund. Das sah offenbar ulkig aus, denn Dennis brach schon wieder lachend zusammen.

Ich hielt ihm meine geöffnete Brotdose hin. Darin lag noch ein Salamibrot.

Er wehrte ab. »Vielen Dank. Ich stehe nicht so auf chinesische Hundewurst.«

»Waff?«, brabbelte ich mit vollem Mund. Die Salami schmeckte ohne Brot nicht so lecker, aber auch nicht wirklich schlecht.

»Wusstest du nicht? Die Chinesen machen die größten Salamis, aus Hunden!« Er legte den Kopf schief, winselte und schaute mich treuherziger an, als jeder Hund es je könnte. Ich musste lachen und verschluckte mich. Schnell sprang ich auf, machte einen Satz zu den Büschen hinter der Bank und spuckte.

Hinter mir hörte ich Dennis wieder lachen.

»Lil, das stimmt garantiert nicht«, rief Helli, aber sie lachte auch.

Ich wischte mir den Mund ab. »Weiß ich. Aber ich bin sowieso total satt.«

Dennis grinste sein Dreieckszahnlächeln. »Darf ich mir eure Schlabberzunge mal ausleihen?«, fragte er.

»Was?«, sagte Helli.

»Er redet von Pan«, erklärte ich, froh über das neutrale Thema. »Ich denke schon«, wandte ich mich an Dennis. Ich überlegte. »Vielleicht kann Arti erst einmal mitgehen und dir zeigen, auf was man so achten muss bei Pan.«

Sah ich da ein Blitzen in seinen Augen? Für den Minibruchteil einer Sekunde? Ein Zögern? Vielleicht war es auch nur die Spiegelung eines Sonnenstrahls.

»Klar, cool«, sagte Dennis, schob die Hände in die Jeans und setzte einen Fuß auf sein Board. »Ich komme am Nachmittag mal vorbei.« Er rauschte ab.

Helli knuffte mich in die Seite. »Sag mal, was ist denn das für eine Logik? Arti?«

»Natürlich Arti, die verstehen sich super. An mir hat er sowieso kein Interesse. Und außerdem hat er eine Freundin.«

Helli machte große Augen. »Wer sagt das?«

»Er selbst. Ich habe gehört, wie er es meiner Schwester erzählt hat.«

Dazu fiel auch meiner klugen HALF nichts mehr ein.

Zu Hause packten die Zwillinge gerade zwei große Schultüten aus, die Maria in Mamas Auftrag für sie gefüllt hatte. Ihre Augen sprühten beinahe Funken. Unter tausend Ohs und Ahs beförderten sie den Inhalt zutage. Genau wie wir anderen es vor Jahren getan hatten, hoben sie nacheinander jedes Teil einzeln heraus, begutachteten es und legten es dann beiseite.

Orion beobachtete sehr genau, was Nike in der Hand hielt. Am Ende verglich er dann noch einmal. Schließlich zählte er sogar alles durch. Typisch Raffzahn. Er nickte zufrieden. Erst dann konnte er sich seinen eigenen Sachen widmen.

Nike drückte einen kleinen Plüschanhänger an sich. »Schau nur, ein Pferd.«

Orion reagierte nicht. Er schälte gerade das Alupapier von seinem Überraschungsei.

»Darf ich mal deinen Eisbären sehen?«, fragte Nike.

Orion nickte. »Aber nur kurz. Und dann wieder hinlegen.«

Nike hielt Pferd und Eisbär nebeneinander und betrachtete sie.

»Wie niedlich. Die würden so schön nebeneinander aussehen.«

Orion riss ihr den Eisbären aus der Hand. Nike tauschte einen Blick mit Arti und mir, dann stand sie auf und lief zu ihrem Schulranzen, der im Flur vor dem großen weißen

Bücherregal stand. Arti half ihr, den Pferdeanhänger zu befestigen.

»Jetzt ist er noch schöner«, sagte Nike zufrieden. »So einen Anhänger habe ich mir schon immer gewünscht.«

»Ich finde ihn auch schön.« Arti streichelte das Pferdchen. Sie sah ein bisschen so aus, als wünschte sie sich auch eins. Sie seufzte.

»Wie war dein zweiter Schultag?«, fragte ich.

Das Telefon klingelte. »Erst öd und dann blöd«, rief Arti und lief zum Telefon.

»Hallo, Papa!«, sagte sie in den Hörer. Sie nickte ein paarmal und legte wieder auf.

»Ich soll euch sagen, dass er leider die frühe Maschine verpasst hat und deshalb die Abendmaschine nach München nehmen muss. Wir sollen nicht mit dem Essen auf ihn warten.«

Orion schmollte. »Nie ist er an unserer Einschulung dabei.«

Maria lächelte und strich ihm über den Kopf. »Ihr könnt das bestimmt ein anderes Mal feiern.«

»Aber wir haben doch keine mehr«, sagte Nike.

»Doch. Wenn ihr in die fünfte Klasse kommt, dann ist das auch so was wie eine Einschulung.« Arti rubbelte sich über ihre grünen Grasknie. Offenbar war sie wieder mit Pan über den Rasen gerobbt.

»Aber du hast gestern gar keine Schultüte bekommen«, stellte Orion fest.

Arti nickte. »Leider.« Dann setzte sie hinzu: »Das finde ich auch ungerecht.«

Die Zwillinge schauten Arti schuldbewusst an. Nike hielt ihr einen Schokoriegel hin.

»Danke.« Arti wickelte sofort das Alupapier ab.

Orion hielt natürlich schützend die Hände über seine Schätze.

Arti schnupperte genüsslich an der Schokolade, bevor sie vorsichtig daran knabberte. »Keine Panik, ich nehme dir nichts weg.«

»Du hattest deine Einschulung ja auch schon. Da habe ich von dir auch nichts bekommen«, behauptete Orion.

»Ha, woher willst du das noch wissen, da warst du erst zwei. Ich wette, du erinnerst dich nicht.«

»Doch, das tue ich. Du hast mir nichts gegeben.«

»Rede keinen Müll, Orion. Ihr Kleinen habt immer etwas abbekommen«, sagte ich.

Pan bellte. »Siehst du, sogar Pan erinnert sich.« Arti sah auf die Küchenuhr und sprang auf. »Ich muss zum Tennis!«

Ich verschluckte mich und bekam einen Hustenanfall. Maria schaute mich etwas verwundert an, aber die anderen nahmen keine Notiz davon. Arti rannte in den Keller, um ihren Tennisschläger zu holen.

Wieder klingelte das Telefon. Dieses Mal ging ich ran. Es war Mama.

»Hallo, mein April-Kind«, sagte sie, »alles in Ordnung?«

»Joah.« Mir fiel Papas Anruf ein. »Papa kommt erst spät aus Berlin. Er hat den Flieger verpasst.«

»Kann ja jeder behaupten«, erwiderte Mama verärgert.

Ich verstand nicht, was sie damit meinte. »Wieso?«

»Ach, nichts«, sagte sie. »Ist doch wirklich zu dumm, ausgerechnet am Einschulungstag. Kannst du dann bitte Brot und Käse fürs Abendbrot kaufen? Mit Maria? Ich schaffe es nicht rechtzeitig aus der Redaktion.«

»Menno …«, maulte ich. »Immer ich. Wieso fragst du nicht Pego?«

»Weil ich dich gerade an der Strippe habe, mein Schatz. Nun komm schon, großes Mädchen.«

»Meinetwegen.«

Wir legten auf und ich ging auf mein Zimmer. Das Gespräch mit Mama hallte noch in mir nach. Was hatte sie gemeint mit »Kann ja jeder behaupten«? Sagte Papa einfach etwas, obwohl es nicht stimmte? Auf einmal beschlich mich ein schwummeriges, ungutes Gefühl.

Später, Maria und ich waren schon von unserem Einkauf zurück, ging Arti mit Dennis an unserem Haus vorbei. Seelenruhig und einträchtig schlenderten die beiden nebeneinanderher, die Tennisschläger unterm Arm. Arti hatte die langen Haare zum Pferdeschwanz gebunden und sah fröhlich aus, Dennis hatte auch Sportsachen an und plauderte ganz locker mit meiner Schwester. Wie machten die das? Ich stand am Fenster und bebte innerlich. Die beiden konnten mich zum Glück nicht sehen. Bestimmt mochte Dennis nur Mädchen mit langen, wippenden Pferdeschwänzen. Und bestimmt hatte seine Freundin auch lange, glatte Haare, jede Wette!

Die beiden blieben stehen, machten dann plötzlich kehrt und kamen auf unser Haus zu. Oh Schreck. Hatten sie mich gesehen? Ich stand wie versteinert in meinem Zimmer und wartete. Im nächsten Moment klingelte es. Niemand im Haus regte sich. Ich wollte zur Haustür rennen, aber eine eigenartige Lähmung erfasste mich. Es klingelte noch einmal. Ich wollte ja. Ich wollte hinuntergehen. Aber ich musste leider erst zehnmal durchatmen, mich abregen und mir überlegen, wie sich der nächste peinliche Auftritt vermeiden ließ. Endlich, nach dem dritten Klingeln, öffnete ich die Tür.

»Sitzt du auf den Ohren?«, begrüßte Arti mich und schob

nahtlos »Wir gehen noch mal mit Pan« hinterher. Sie schoss an mir vorbei. »Pan, Gassi!«

Meine Zunge klebte am Gaumen. »Okay«, brachte ich mühsam heraus.

»Hey, Salami«, hörte ich Dennis sagen. Ich streckte den Kopf nach draußen. Er hatte sich versteckt und lugte nun in den Türrahmen. Fettes Dreieckszahnlächeln.

»Hey, du …« Natürlich fiel mir keine passende Antwort ein.

»Anrufbeantworter?«, sagte er.

»Schlabberzungenfreund.« Das war nicht riesig kreativ, aber immerhin hatte ich irgendetwas gesagt. Und dann kam unsere Schlabberzunge auch schon angaloppiert und tropfte hechelnd den Boden voll.

Dennis klopfte Pan die Flanke. »Na, dicker Hund, wie geht's?«

Man konnte ja viel von Pan behaupten, zum Beispiel dass er eine schlabberige Schlabberzunge war, aber dick war er bestimmt nicht. Bevor ich protestieren konnte, kam Arti mit der Hundeleine aus dem Keller zurück. Sie hatte ebenfalls gehört, was Dennis gesagt hatte.

»Hör mal, das ist Majestätsbeleidigung«, sagte sie angriffslustig. »Du weißt schon, dass er dich BEISST, wenn ich das will?«

Dennis wich einen Schritt zurück. Er kratzte sich am Kopf. Arti war schlagfertig wie Sprühsahne. Ich beneidete sie darum, denn mir fiel nie etwas Lustiges ein. Höchstens natürlich unfreiwillig. Das war meine Spezialität.

»Darf ich auch mit Tennis anfangen?«,
hörte ich mich während des Abendessens
plötzlich fragen.

Mama hob eine Augenbraue. »Hattest du nicht einmal gesagt, das sei kein Sport für dich?«

Ich suchte etwas auf meinem Teller. Wenn Mama mir in die Augen sah, würde sie den wahren Grund für mein Interesse an Tennis erkennen. Ich schwöre, Mama kann so etwas, es war schon öfter passiert.

»Ich weiß nicht«, sagte ich und durchbohrte mit den Augen eine Käsescheibe. »Ich könnte es doch mal probieren. Vielleicht macht es mir Spaß.«

Ich spürte, wie sich Artis Blick von der Seite in meine rechte Wange brannte. »Gute Idee«, sagte sie. »Dann können wir Doppel spielen.«

Pego nahm sich eine Scheibe Brot aus dem Korb und tat so, als sei sie ein Tennisschläger. »Auf zum Tennis, denn da treff ich Dennis!«

Triton und die Zwillinge lachten.

Arti runzelte die Stirn und schaute erst zu Pego, dann zu mir. Sie lief rot an. Ich konnte fast sehen, wie es in ihrem Kopf arbeitete.

»Pego, hüte deine Zunge«, sagte Mama.

Die Zwillinge blödelten herum. »Tennis, Dennis, Bennis, Rennis.«

»Hört auf!« Ich sprang auf.

Mama drückte mich zurück auf den Stuhl. »Schluss mit der Stänkerei«, sagte sie.

»Wir stänkern doch gar nicht, wir dichten!«, sagte Pego und lachte dabei auch noch frech.

Orion nickte wild. »Genau. Was reimt sich auf Tennis?«

»Ihr seid alle beknackt!«, schrie ich, und jetzt hielt Mama mich nicht mehr am Tisch. Ich lief zur Tür. Drehte mich noch einmal um. »Und du«, ich zeigte auf Pego, »du bist am allerbeknacktesten.«

»Aufhören«, sagte Mama. »Lilaia, komm zurück an den Tisch.«

Aber ich hatte keinen Appetit mehr. Und eine Stinkwut auf meinen bescheuerten großen Bruder.

Arti kam mir hinterhergelaufen. Ich stand in unserem Zimmer und schaute aus dem Fenster. Meine Schwester stupste mich an.

»Lass mich in Ruhe.«

»Lil, warum bist du so sauer auf Pego?«

Ich rückte einen Schritt von ihr ab und starrte weiter aus dem Fenster. »Weil er blöde Sachen redet.«

»Lass ihn reden, kann dir doch egal sein.«

»Ist mir aber nicht egal.«

Arti kam wieder näher. »Sag mal, Lil, bist du in Dennis verknallt?«

Ich reckte mein Kinn in die Luft. »Wie kommst du denn darauf? Natürlich nicht.«

»Aber das mit dem Tennis und Pegos Stänkerei, das verstehe ich nicht.«

»Ich fände es eben auch cool, Tennis zu spielen. Aber das hat mit Dennis doch nichts zu tun.«

Arti ging zu ihrem Bett und setzte sich. »Dann ist doch alles okay.«

Sie sagte es so treuherzig, harmlos und irgendwie auch verwundert, dass ich plötzlich kapierte, sie war auf jeden Fall nicht in Dennis verknallt. Er interessierte sie auf ihre kindliche Art. Sie war schon immer gut mit Jungs klargekommen und hatte früher mit ihnen »Krieg der Sterne« und so typische Jungensachen gespielt. Jetzt mochte sie Dennis, weil er Pan mochte, vermutete ich.

»Und, was habt ihr so geredet beim Gassigehen?«, fragte ich, drehte mich vom Fenster weg und ließ mich rückwärts auf mein Bett fallen.

»Er hat nach dir gefragt«, sagte Arti.

Ich sah sie zum ersten Mal richtig an. »Nach mir?«

»Ja.«

Ich wollte unter gar keinen Umständen rot werden und dachte blitzschnell an meinen letzten Zahnarztbesuch, aber da das noch nie geklappt hatte, schaute ich vorsichtshalber auch noch in den Beutel, der auf meinem Bett lag. Ich tat so, als würde mich der Inhalt interessieren.

»Was wollte er denn wissen?« Mein Kopf steckte noch in der Tasche. Ich hoffte, Arti würde denken, meine Stimme vibrierte deswegen so seltsam und nicht, weil mich das Thema ganz furchtbar aufregte.

»Warum du nicht Tennis spielst.«

Ich hob meinen Kopf. Wir sahen uns an und mussten plötzlich lachen.

»Vielleicht mag er dich«, sagte Arti. Sie hatte sich auf ihrem Bett ausgestreckt.

»Pffff.« Ich wandte mich wieder der Tüte zu. »Ist er nett?«, fragte ich vorsichtig.

»Äh, weiß nicht, habe ich noch nicht darüber nachgedacht.«

»Dann denk mal nach.«

»Er hat mich noch etwas gefragt«, sagte Arti statt einer Antwort. »Ob ich weiß, wie du ihn findest.«

Jetzt verlor ich leider ein bisschen die Beherrschung. »Es ist wirklich nicht zu fassen!« Ich sprang auf und machte einen Schritt Richtung Artis Bett. »Der stellt dir solche Fragen, und du kommst nicht auf die Idee, dir dabei etwas zu denken!«

Arti zuckte zusammen.

»Hast du wirklich so eine lange Leitung oder tust du nur so?«

Arti verschränkte die Arme und setzte eine beleidigte Miene auf. »Was für eine Leitung?«

»Lange Leitung, ich sag's ja.«

»Hör auf!«, rief Arti. »Du sollst nicht so reden. Du bist total blöd.«

Sofort tat es mir leid. Arti konnte ja nichts dafür, dass sie kein Gespür für diese Sachen besaß. Sie war noch ein Kind. Aber wenn es stimmte, was sie erzählte, was hatte das zu bedeuten? Warum fragte Dennis meine kleine Schwester nach mir? War das ein Zufall? Hatte er einfach nur etwas sagen wollen? Hieß das, er mochte Arti? Oder eher mich? Oder hieß es gar nichts, weil er ja eine Freundin hatte? Verwirrt ließ ich mich wieder auf mein Bett fallen. Ich wollte das so gerne herausfinden.

»Wenn er das nächste Mal nach mir fragt, dann könntest du ihn im Gegenzug ja mal fragen, warum er das wissen will.«

Arti nickte freundlich. »Okay, mach ich.« Sie hielt inne. »Aber du sagst doch, es ist dir egal.«

»Ich möchte natürlich wissen, warum jemand meine Schwester nach mir ausfragt.«

Sie nickte wieder. »Ja, seltsam ist das schon. Immerhin geht er in deine Klasse. Da könnte er doch genauso dich selbst fragen.«

Später bekam ich noch einmal Hunger. Die Kleinen waren im Bett und auch Arti schlief schon. Ich schlich auf Socken die Treppe hinunter und spähte in die Küche. Sie war leer. Maria schien auch im Bett zu sein, Mama wahrscheinlich nebenan im Wohnzimmer. Ich öffnete so leise wie möglich den Kühlschrank und musste grinsen. Orion würde laut Alarm schlagen, wenn er mich hier sähe.

Von nebenan hörte ich Mamas Stimme. Sie klang ungewöhnlich aufgebracht.

»Nein, Zeusel, das glaube ich dir nicht!«

Ich spitzte die Ohren. Mama telefonierte mit Papa. Wieso war sie sauer? Immer noch wegen der Einschulung? Jetzt war es still. Hatte sie aufgelegt? Ich nahm schnell einen Joghurt aus dem Kühlschrank, holte mir einen Löffel und ging auf Zehenspitzen zur Wohnzimmertür. Sie war nur angelehnt.

»Theo! Es reicht. Ich mache das Versteckspiel nicht mit«, sagte Mama. »Du hattest lange genug Zeit. Es ist unfair. Mir gegenüber und auch den Kindern gegenüber.«

Am anderen Ende redete jetzt wieder Papa. Durch den Türspalt konnte ich Mamas Gesicht sehen. Sie sah wütend aus. Was meinte sie bloß mit unfair? Und was mit Versteckspiel?

»Doch, das ist mein letztes Wort«, sagte Mama nun. »Ja. Bis später.«

Sie drückte eine Taste, dann legte sie das Telefon weg und starrte ins Leere. Das ging eine ganze Weile lang. Mein Herz klopfte. Mama sah müde aus. Und traurig. Sollte ich hineingehen? Ich dachte an den Joghurt in meiner Hand. Mama konnte es nicht leiden, wenn wir nicht ordentlich bei Tisch aßen. Besser, ich verzog mich nach oben.

Ich tapste wieder zurück in mein Zimmer, machte es mir im Bett bequem und zog den Joghurtdeckel ab. Ich dachte über das Telefonat nach. Das Wort »unfair« ging mir nicht aus dem Kopf. Was sollte unfair sein an Papa? Dass er erst das späte Flugzeug nehmen konnte? Dass er die Einschulung der Zwillinge versäumt hatte? Nein, Mama würde sich darüber nicht so aufregen. Sich ärgern, ja, aber nur kurz. Doch wütend? Die Einzigen, die wirklich schnell wütend wurden in unserer Familie, das waren wir Kinder. Mama war nicht so schnell aus der Ruhe zu bringen. Warum ausgerechnet jetzt? Irgendetwas war nicht in Ordnung, sagte mir eine innere Stimme. Das war gar nicht gut. Was wäre, wenn Papa irgendetwas Unfaires machte? Was könnte es sein? Ich zermarterte mir das Hirn.

Mir fiel ein, was Dennis vor ein paar Tagen zu Arti gesagt hatte. Seine Mutter lebte woanders, seine Eltern hatten sich aus irgendeinem Grund getrennt. Ich hätte zu gern gewusst, warum. Ob ich das Dennis einfach so fragen konnte? Bestimmt nicht.

Ich stellte den leeren Joghurtbecher weg und holte mein LLB hervor. Mit den genialen farbigen Tuschestiften, die ich zu Weihnachten bekommen hatte, zeichnete ich ein buntes Tennis-Outfit, bestehend aus Rock, Top und richtig hippen Schuhen. Dann skizzierte ich noch einen Jungen in Tennisklamotten, der einen wuscheligen, großen braunen Hund an der Leine führte. Als ich den Jungen betrachtete, fühlte sich mein Herz dabei an, als hätte es einen Krampf. Es tat weh. Mit dem Finger zeichnete ich die Umrisse der Figur nach.

Und je länger ich auf das Bild schaute, umso deutlicher schälte sich kein schwummeriges, sondern ein sehr klares Gefühl heraus. Es ließ sich nicht länger leugnen oder vertuschen. Ich musste es mir endlich eingestehen. Auch wenn meine Chancen miserabel waren und ich bis jetzt in jeden Fettnapf getappt war, der sich geboten hatte. Auch wenn Dennis eine Freundin hatte und wesentlich mehr Interesse an Pan als an mir zeigte: Ich war zum ersten Mal in meinem Leben total und schrecklich und leider auch hoffnungslos verliebt.

Im Bett gegenüber regte sich Arti. Es war schon nach zehn. Schnell klappte ich mein LLB zu, verstaute es unter dem Bett und knipste das Licht aus.

Beim Frühstück wurde ich an ein wichtiges Ereignis erinnert.

Hast du dir schon Gedanken über deinen Geburtstag gemacht?«, fragte Mama. Sie hatte Käse, Butter und Wurst auf der Arbeitsplatte verteilt und schmierte Schulbrote.

Tatsächlich, bald war mein Geburtstag. Ich muss sehr erschrocken ausgesehen haben, denn die Zwillinge lachten.

»Hast du das vergessen?«, fragte Orion.

»Nein«, sagte ich, schob mir einen Löffel Müsli in den Mund und warf meinem kleinen Bruder einen strengen Blick zu. Ich hatte keine Lust, darüber bei Tisch zu reden. Das Problem war nämlich, ich wollte nicht feiern. Geburtstagsfeste sind kindisch für eine Dreizehnjährige. Aber ich hatte mich noch nicht getraut, es Mama zu sagen.

»Wo ist eigentlich Maria?«, fragte ich, um vom Thema abzulenken.

»Die ist sicher noch mit Pan draußen.« Mama sah auf die Uhr. »Keine Ahnung, wo sie bleibt. Eigentlich sollte sie hier helfen.« Sie seufzte.

Triton schrie auf. »Halt! Nicht mit Käse!«

Mama schaute verwirrt auf die Dosen. Sie hatte gerade ein Käsebrot in Tritons grüne Dose gelegt. Jetzt nahm sie es heraus und legte es in meine rote Dose. Sie bestrich ein neues Brot mit Mettwurst und hielt es Triton hin.

Er nickte. »Mama, du musst wirklich besser aufpassen.«

»Ich weiß, mein Schatz.« Mama lächelte ihn an. »Gut, dass ich dich habe.«

Tritons rechte Schulter zuckte. Das war seine neueste Macke. Er hatte ständig Tics, immer wieder neue, ohne dass er etwas dagegen machen konnte. Vor dem Zucken hatte er ständig seinen Zeigefinger angeleckt und sich dann damit an die Stirn getippt. Oder mit den Füßen im Takt gewippt, wenn er sprach. Zwischendurch plagten ihn auch immer mal Tic-Geräusche. Er gab dann komische Laute von sich, die ganz schön nerven konnten. Schulterzucken war dagegen harmlos.

Ich stellte die Müslischale in die Spüle und nahm meine Brotdose. »Wir müssen los.«

Arti und Pego standen ebenfalls auf. Die Zwillinge und Triton blieben sitzen, sie gingen zehn Minuten später los. Pego drückte Mama einen Kuss auf die Wange und hatte es mal wieder eilig.

»Warte auf deine Schwester«, sagte Mama.

Ich umarmte sie. »Schon okay.« Ich flüsterte Mama ins Ohr: »Muss ich unbedingt Geburtstag feiern?«

Überrascht schaute Mama mich an. »Nein, natürlich nicht. Aber …«

»Wirklich?« Ich fühlte mich schlagartig um fünf Kilo leichter. Weiß der Himmel, warum ich gedacht hatte, Mama würde deswegen sauer oder traurig oder enttäuscht sein.

»Kriege ich trotzdem Geschenke?«

»Natürlich bekommst du Geschenke.« Mama schob mich Richtung Tür. »Wieso kommen Maria und Pan nicht zurück?«

Ich schnürte meine Chucks. »Vielleicht hat sie sich verlaufen?«

Mama schüttelte den Kopf. »Mit Pan? Niemals.«

Aus dem Keller drang leises Winseln.

»Was ist … wieso …?« Verdattert schaute Mama mich an.

Pego war in drei Sätzen im Keller. Wir hörten, wie er an Marias Tür klopfte. Triton kam aus der Küche und rannte hinter Pego her.

»Hier stinkt es!«, rief Pego von unten. »Mensch, Pan, du alte Wutz!«

Im nächsten Moment jagte Pan die Treppe herauf und begrüßte uns schwanzwedelnd. Inzwischen waren auch Arti und die Zwillinge aus der Küche gekommen.

»Mama, er hat gepinkelt!«, rief Triton aus dem Keller.

Mama stöhnte. »Also, ehrlich, das Leben ist beschwerlich!« Das war einer ihrer Lieblingssprüche, wenn etwas an ihren Nerven zerrte.

Mit einem Putzlappen und einer Rolle Küchenpapier ging sie hinunter ins Schlafzimmer. Wir folgten ihr.

Unten im Flur herrschte wie immer ein ziemliches Durcheinander. Schuhe, Sportklamotten, mehrere Kisten Mineralwasser, leere Kartons, alles Mögliche versperrte den Weg. Triton stand im Schlafzimmer und hielt sich die Nase zu. Von unangenehmen Gerüchen wurde ihm oft übel. Mir ging es ganz ähnlich.

»Warum hast du ihn hier eingesperrt?«, wollte Pego wissen.

»Scherzkeks. Ich habe es gar nicht bemerkt.« Mama war gereizt. Sie bückte sich, um Pans Pfütze aufzuwischen.

»Armer Panni«, sagte Nike. »Hat bestimmt ganz doll gewinselt und keiner hat ihn gehört.«

Maria riss ihre Zimmertür auf. Erschrocken sah sie uns an. »Oh Gott, ich habe verschlafen! Der Wecker … er war gestellt, aber ich habe ihn nicht gehört.«

Mama stopfte die nassen Papiertücher in eine Plastiktüte.

»Guten Morgen, Maria. Ist kein Drama. Aber ab morgen klopfe ich zur rechten Zeit an deine Tür, einverstanden?«

Maria machte ein schuldbewusstes Gesicht. »Es tut mir so leid.«

»Kann doch jedem passieren.« Pego versuchte es mit einem großen Verführerlächeln, das aber ziemlich belämmert aussah. Mama schob ihn aus dem Flur Richtung Treppe. »Ja, und es kann auch passieren, dass ihr euren Bus verpasst, wenn ihr nicht auf der Stelle verschwindet!«

In der großen Pause erörterten Helli und ich das Thema Geburtstag.

»Meinst du, mit vierzehn kann man eine richtige Party feiern?«

Helli kicherte. »Du meinst, mit …«

Ich nickte. »Ja, genau. Und mit Partyspielen!«

Helli hob den Daumen. »Ja! Und mit Klammerblues.«

»Mit was?«

Sie lachte. »Hat mir meine Mutter erzählt. Früher haben sie auf Partys extra langsame Lieder gespielt, für die Pärchen. Damit die Blues tanzen konnten.«

Ich versuchte, mir meine Eltern beim Klammern vorzustellen, aber es stellte sich als schwierig heraus. Mama war eher der lässige Typ. Und Papa hatte wahrscheinlich im Leben noch keinen Fuß auf eine Tanzfläche gesetzt.

»Mit fünfzehn mache ich auf jeden Fall eine Party.«

Helli hakte mich unter, und wir zogen zu einer Bank auf dem Schulhof, die gerade frei geworden war.

»Ich brauche dringend eine Tennisausrüstung und ein geringeltes T-Shirt«, sagte ich.

»Ich denke, du kriegst ein Handy.«

»Ich weiß. Das ist ja das Blöde.«

»Schlag ihnen vor, deine Feier gegen Shirt und Schläger einzutauschen«, sagte Helli. Wir setzten uns auf die Bank. Genau in dem Moment fuhr Dennis haarscharf an uns vorbei und grinste ganz schön keck. Ich versuchte ein Lächeln.

»Hey, Lilami!«, rief er. Ich tat so, als hätte ich nichts gehört. Helli konnte ich aber nichts vormachen.

»Lilami?«, fragte sie gedehnt. »Was ist das?«

Ich hob die Schultern. »Eine Mischung aus Lil und Salami, fürchte ich.«

Helli presste die Hand vor den Mund. Sie versuchte, nicht zu lachen, aber ihr ganzer Körper wackelte vor Erheiterung.

Ich stieß sie in die Rippen. »Verräterin«, zischte ich, aber dann lachte ich auch. »Er ist eben kreativ.« Ich schaute zur gegenüberliegenden Seite des Schulhofs. »Ach, er ist einfach ein DENNIS.«

»Ja?« Helli kräuselte die Stirn. »Und das heißt?«

Ich seufzte. »Definitiv ehrlich netter, neuer, irreguter Skateboard-Fahrer.«

»Lil, nicht träumen«, sagte Helli. »Wir waren bei deinem Geburtstag. Deine Eltern sparen Geld, wenn du nicht feierst. Dafür kaufst du dir das T-Shirt. Und vielleicht den Tennisschläger.«

Ich riss meinen Blick von Dennis los. »Keine schlechte Idee.«

»Oder du wünschst dir Geld und wir gehen an deinem Geburtstag shoppen. Und machen dann endlich mal wieder ein paar coole neue Fotos.«

Auf der anderen Seite des Pausenhofs rutschte Dennis vom Brett ab und landete auf seinem Hintern. Ein paar Kinder lachten und einer zeigte mit dem Finger auf ihn. Ich sah, wie er schnell auf die Füße sprang und für eine Millisekunde zu uns herüberschaute.

Helli kicherte. »Wie peinlich ist das denn!«, lästerte sie.

»Sei still.« Ich versuchte, nicht zu lachen. »Das kann doch jedem passieren.«

Dann prusteten wir beide los.

»Hast du die UHK gesehen?«, fragte Helli.

Ich spürte, wie ich mal wieder rot anlief. Bei Helli machte es mir aber nicht so viel aus. »Ich wusste, dass du das sagst.«

Wir grinsten. »Ein M!«

Helli lachte. »Ja, ein fettes M. Das gibt leider Punktabzug.«

»Ich glaube, wir müssen unser Bewertungssystem noch einmal überdenken.«

Die Sache war nämlich so: Schon im letzten Schuljahr hatten wir uns ein spezielles Bewertungssystem für die Jungen aus der Klasse ausgedacht. Wir nannten es UHK und das hieß UnterHosenKommunikation. Nach der UHK signalisierte der Träger einer roten Boxershorts »Ich steh auf dich«. Blau hieß »Ich bin cool«, Weiß bedeutete »Ich hasse dich« und Grün »Deine Frisur ist beknackt«. Gepunktete Shorts bedeuteten für den Träger »Pickel am Po«. Kariert und gestreift dagegen signalisierten »Ich bin okay«. Zeigte eine Boxershorts wie die von Dennis kleine rote und schwarze Autos, dann fiel sie in die Kategorie »Motive«, und das bedeutete leider »Furchtbar kindisch«.

»Kommt nicht infrage«, sagte Helli und zog mich auf die Beine. »Autos gehören auf jeden Fall zur allerletzten Kategorie.«

»Na, Pony, was ist denn so lustig?« Pego stand plötzlich vor uns. Neuerdings fand er es witzig, mich so zu nennen. Auf seinem T-Shirt stand »Rock 'n' Roll, Mops!«.

Ich schenkte ihm einen meiner Ich-warne-dich-Blicke.

Er machte eine beschwichtigende Handbewegung. »Keine Sorge, ich bin zwar ein Dichter, aber keine Petze.«

»Hahaha. Dreimal kurz gelacht.«

Pego zuckte mit den Achseln.

Mir fiel etwas ein. »Wir müssen übrigens etwas besprechen.«

Pego hielt nach etwas auf dem Schulhof Ausschau, wahrscheinlich nach einem Mädchen. »Besprechen? Hört, hört.«

Ich hatte ihm von Mamas Streit mit Papa und meinem vagen Verdacht erzählen wollen, aber jetzt bereute ich, dass ich davon angefangen hatte.

»Vergiss es.« Ich wollte mich umdrehen und mit Helli weitergehen.

Er stellte sich mir in den Weg. »War nur Spaß. Ist es etwas …« Er suchte nach einem passenden Ausdruck.

»Etwas Familiäres«, sagte ich.

»Maria?« Er biss sich auf die Lippen.

Verplappert, ätschbätsch. Ich sah es ihm an. Aber ich ging großzügig darüber hinweg.

»Nein. Es ist …« Ich kam nicht weiter. Irgendwie war es mir plötzlich peinlich, vor Helli darüber zu reden. Auch wenn sie meine beste Freundin war. Sie hielt uns sowieso schon für ziemlich chaotisch und verrückt, jetzt sollte sie nicht auch noch denken, meine Eltern würden nicht zusammenhalten. »Ist nicht so wichtig«, sagte ich schnell.

Pego schnitt eine Grimasse. »Typisch Pony.« Dann strahlte er mich mit einem Lächeln an, das er im Moment höchstens

Maria schenkte und das mich deshalb sofort misstrauisch machte.

»Was?«, fragte ich.

»Du zeichnest doch gerne, Schwesterchen.«

Aus dem Augenwinkel sah ich, wie Helli an seinen Lippen hing.

Pego schien es auch irgendwie zu registrieren, jedenfalls zwinkerte er ihr zu. Helli errötete.

»Bist du jetzt der Chef aller Schleimergötter?«

Normalerweise hätte ich für so eine Bemerkung einen Boxhieb geerntet, aber Pego lachte nur.

»Wir müssen in Kunst Perspektive zeichnen, ey, das kriege ich nicht hin, und zwar null.«

»Ich kann dir zeigen, wie es geht«, bot ich an.

»Ach, Lil, ich bin ein hoffnungsloser Fall. Ich hasse Kunst. Dir macht so was doch Spaß. Bitte!«

Helli räusperte sich. Offenbar hatte sie sich von dem kleinen Zwinkerschock erholt. »Was ist denn das Thema?«, fragte sie.

Pegos Blick glitt über das Gesicht meiner Freundin. Dieses Mal zwinkerte er nicht. »Straßenachsen.« Er lächelte.

Helli lächelte auch. Sie sah mich an.

Ich schüttelte den Kopf. »Vergiss es.«

Pego legte bittend die Hände aneinander. »Lil, wenn ich in Kunst wieder eine Fünf kriege und dann vielleicht noch in Latein, dann … bitte!«

»Wer ist denn euer Kunstlehrer?«, fragte Helli.

»Van Berg«, antwortete Pego finster. »Der ist beinhart.«

»Der glaubt dir sowieso nicht, wenn du mein Bild abgibst«, sagte ich.

»Doch, das kriege ich schon hin. Bitte, Lil.«

»Pego, weißt du, wie viel Arbeit das ist? Das kostet mich Stunden.«

»Ach komm, Lil, wir haben zwei Wochen Zeit.«

Ich sah Helli an.

Die zuckte mit den Schultern. Wieso war ich immer so leicht zu überreden?

»Straßenachsen, so ein Scheiß. Wenn es wenigstens Mode wäre. Ein Laufsteg in Perspektive oder so. Das würde ich gerne zeichnen.« Ich schaute ihn an. »Meinetwegen.«

Pego drückte mir ganz sacht seine geballte Faust gegen den Arm. »Danke, Superpony.« Er lächelte, aber jetzt war es wieder sein typisches Pegoistengrinsen. »Ach ja, es müssen zwei Achsen sein.«

»Was?«

»Yep. Zwei Straßen, zwei Perspektiven. Auf einem Blatt. Kein Problem für dich.«

Pego ließ uns stehen, drehte sich dann aber noch einmal um. »Coole Frisur, Helli.«

Sie schaute, als hätte er Chinesisch gesprochen. Erst als Pego schon weiter weg war, grinste sie. Ich diagnostizierte mehrere rote Flecken an ihrem Hals.

»Oh Gott, Helli, sag mir bitte, dass mein Bruder dir vollkommen egal ist. Bitte! Du siehst doch, er nutzt einen schamlos aus!«

Sie kniff mich in den Oberarm.

Ich quiekte. »Ey!«

»Ich habe es mir doch nicht ausgesucht«, sagte sie.

Ich zeigte auf zwei Mädchen aus Pegos Jahrgangsstufe. Sie waren riesig und sahen schon aus wie fertige Frauen.

»Schau mal hin«, sagte ich. »Auf *so* was steht mein Bruder.«

Helli sah an ihrem zierlichen, schlanken Körper hinab und dann mich an. »Jaja, schon gut.«

Auf dem Weg von der Bushaltestelle nach Hause tauchte plötzlich Dennis auf. Im Bus hatte ich ihn nicht gesehen und mir schon das Hirn zermartert, wo er abgeblieben war. Auf dem Schulhof hatte er mich nämlich noch überholt. Jetzt legte er eine elegante Bremsung hin und stand mir quer im Weg. Sofort fing mein Herz wie verrückt an zu schlagen. Ich hatte Angst, Dennis könnte es sehen. Oder hören.

»Hast du mich erschreckt.« Ich wurde rot und ärgerte mich. Hoffentlich rede ich nicht wieder so einen Mist, dachte ich.

»Hi«, sagte er.

»Hi.«

Wir schauten uns an. Dennis grinste. Meine Gedanken wirbelten durcheinander. Seine Augen waren braun mit gelben Sprenkeln, stellte ich fest. Ich überlegte panisch, was ich am besten sagen könnte.

»Du stehst mir im Weg«, sagte ich schließlich, weil mir nichts anderes einfiel.

»Wie bitte?« Er rückte ein Stück zur Seite. »Ich habe gestern noch so ein Bild gesehen«, sagte er.

»Bild? Was für ein Bild?«

»Na, so eins wie das an der Fassade.« Er zeigte in Richtung des bunten Hauses, das ein Stück die Straße runter stand.

»Das Graffiti?«

Dennis grinste schief. »Ey, das andere ist ein Skaterbild, voll cool.«

Es gab in unserem Stadtteil zwei Skater-Graffitis, das wusste ich.

»Meinst du das hinter den Tennisplätzen?«

Dennis nickte. »So eine Tapete müsste man haben.«

Ich fand es nett, dass er das sagte. Und nicht alle Graffiti für Schmiererei hielt.

»Ich wollte dich was fragen«, sagte Dennis. Er zappelte auf seinem Board herum. »Kannst du mir Latein erklären?«

»Was?« Ich verstand nicht sofort.

»Latein. Ich habe das nicht kapiert mit dem AcI.«

Dennis fummelte am Reißverschluss seiner Sweatjacke herum. Ich guckte die ganze Zeit auf seine Hände. Seine Fingernägel sahen abgeknabbert aus. Da musste ich grinsen. Wir hatten eine Gemeinsamkeit.

»Früher hat mir meine Mutter geholfen. Aber …«, er schaute immer noch auf seine Hände, »die hat nicht mehr so viel Zeit. Und außerdem wohnt sie woanders.«

Es war die Gelegenheit. Ich musste ihn jetzt fragen. »Wieso wohnt sie denn woanders?«

»Sie hat … sie ist … na ja, sie hat eine eigene Wohnung.«

»Da könnte sie dir ja aber trotzdem Latein erklären, oder?« Ich hoffte, Dennis bekam das Beben in meiner Stimme nicht mit.

»Ich mag ihren neuen Kerl nicht«, platzte es aus ihm heraus. Sein Gesicht verzog sich zu einer Grimasse. »Der ist voll Panne.«

»Panne? Wie meinst du das?«

»Blöd halt. Der labert mich voll, die ganze Zeit. Weiß alles besser.«

Armer Dennis. Ich konnte mir das gar nicht vorstellen, wie eine Familie plötzlich keine Familie mehr sein sollte.

»Ich kann dir Latein erklären, wenn du willst.« Ich schaute wieder auf seine Hände. »Aber ich kann nichts besprechen, ich meine, ich kann nichts versprechen, ich meine besonders gut erklären, glaube ich.« Ich sah hoch.

Die gelben Sprenkel in seinen Augen leuchteten. »Egal. Ich meine, du kannst das bestimmt. Jetzt gleich?«

Das konnte ich nicht so schnell entscheiden.

»Ich muss erst mal nach Hause.« Ich schaute auf die Uhr. »Wir könnten uns vielleicht später treffen, in unserem Garten«, schlug ich vor.

Dennis hob sein Board auf und klemmte es unter den Arm.

»Dann um fünf?«

»Okay.«

Später, als Dennis auf seinem Brett um die Ecke gebogen war, fragte ich mich, warum wir nicht gemeinsam den Rest des Weges gegangen waren. Das war doch irgendwie komisch. Ich sollte ihm Latein erklären, aber nach Hause laufen wollte er nicht mit mir. Dann verstand ich, warum. Natürlich. Es ging nicht um mich. Es ging ihm nur um Latein. Oder? Ich musste sofort Helli anrufen und sie um ihre Meinung bitten.

Dazu kam ich erst einmal nicht, weil zu Hause überraschenderweise Mama und Papa auf der Terrasse saßen. Mama nippte an einer Kaffeetasse, Papa trank Tee. Sie waren in eine Unterhaltung vertieft und machten ernste Gesichter. Mich bemerkten sie erst, als ich vor ihnen stand.

»Papa!« Ich gab erst Papa, dann Mama einen Kuss. »Was macht ihr denn um diese Zeit hier?«

Mama stellte die Tasse auf den Gartentisch und sah auf die Uhr. »Ich habe mir eine Pause gegönnt, muss aber gleich noch mal in die Redaktion.«

»Ich auch«, sagte Papa.

»Du?« Mamas Gesicht verfinsterte sich noch mehr. »Ich dachte, du bist heute Nachmittag hier.«

»Lisa, wie stellst du dir das vor? Ich hatte gerade drei Wochen Urlaub.«

Ich beobachtete meine Eltern. Sie wirkten irgendwie verspannt im Umgang miteinander. Das war mir schon ein paarmal aufgefallen in letzter Zeit.

»Du warst gerade zwei Tage beruflich unterwegs, unser Urlaub liegt hundert Jahre zurück.«

»Sei nicht albern.« Papa erhob sich und nahm mich in den Arm. »Und, Lilaia, wie läuft es in der siebten Klasse?«

»Wir haben einen Neuen«, sagte ich. »Und Herrn Rabe als Klassenlehrer.«

»Einen Jungen?«, wollte Mama wissen.

»Herr Rabe? Ist das nicht dieser schräge Vogel?«, fragte Papa.

»Haha. Er ist sehr nett.«

»Man kann ein schräger Vogel und sehr nett sein«, erwiderte Papa.

»Stimmt.« Mir fiel etwas ein. »Sagt mal, habt ihr früher getanzt, ich meine, ihr zwei, zusammen?«

Papa sah Mama fragend an. Die machte ein Gesicht, als würde sie tief in ihrem Gedächtnis graben müssen.

»Nicht regelmäßig«, sagte sie ausweichend.

»Wie unromantisch«, rutschte es mir heraus. »Wart ihr denn nie auf Partys?«

»Doch, schon.« Mama lächelte Papa an. »Dein Vater war aber nie ein großer Tänzer.«

»Du aber auch nicht, meine Liebe«, sagte Papa.

Hatte ich's mir doch gedacht. Schade. Keine Tanzgene für mich. Irgendwie hatte mir Hellis Klammer-Idee gut gefallen.

»Ich wollte D… diesem Neuen später Latein erklären«, sagte ich. Beim Gedanken an meine Verabredung begann mein Herz sofort heftig zu klopfen.

»Das ist nett von dir und überhaupt nicht schräg«, witzelte Papa. Er strich mir eine meiner widerspenstigen Strähnen aus der Stirn. »Dann viel Spaß euch beiden.«

»Das ist kein Spaß, das sind Hausaufgaben.«

Mama griff nach ihrer Handtasche. Drinnen klingelte das Telefon.

»Papa!«, rief Triton. »Für dich.«

Mama schaute verwundert zu Papa. »Warum rufen sie nicht auf dem Handy an?«

»Habe ich in Berlin vergessen.« Papa ging Richtung Terrassentür, wo ihm Triton mit dem Hörer in der Hand entgegenkam.

»Du hast was?« Mama runzelte die Stirn. »Wo bist du nur mit deinen Gedanken?«

Papa hielt die Hand über den Hörer. »Sie schicken es mir mit der Post«, sagte er.

Mama und ich sahen uns an und schüttelten den Kopf. Ich nahm meinen Rucksack. »Gibt es eigentlich ein griechisches Sprichwort für jemanden, der verpeilt ist?«

»Nein, aber es gibt ein schönes altmodisches deutsches Wort dafür: Schussel.«

Wir lachten. Ich warf mir den Rucksack über die Schulter.

In meinem Zimmer riss ich den Kleiderschrank auf. Sollte ich mich zum Lateinlernen umziehen? Ich sah an mir hinunter. Mein grünes Top war ziemlich zerknittert, die kurze Jeans verbeult. Das war nicht schlimm, aber andererseits vielleicht auch nicht optimal. Ich wollte ja gut aussehen, wenn

Dennis neben mir saß und mit mir lernte. Die kleine schwarze Weste fiel mir ins Auge. Ich streifte sie über und drehte mich vor dem Spiegel. Ja, das ging. Ich hatte mich nicht richtig umgezogen, was Dennis ja auch irgendwie seltsam finden könnte, sondern mein Outfit ergänzt. Das war okay. Als ich den Kleiderschrank schloss, klingelte das Telefon wieder. Ich raste die Treppe hinunter und nahm ab.

»Hi, Lilami«, hörte ich Dennis sagen. »Ich kann leider nicht.«

»Oh, hi ... wieso ...?«, stammelte ich.

»Muss zu meiner Freundin.«

Ich erlitt einen mittelschweren Schock mit Atemstillstand. Aus meiner Kehle kam kein Laut. Selbst wenn ich ausnahmsweise mal gewusst hätte, was ich zu SO EINER NACHRICHT sagen sollte, wäre das leider nicht möglich gewesen, weil man beim Sprechen auch atmen muss, was normalerweise ja auch völlig automatisch funktioniert. Bei normalen Menschen. Nicht bei mir.

»War ein Witz. Ich muss zum Kieferorthopäden.«

Meine Atmung setzte wieder ein. Leider war das sehr gut hörbar, mit Sicherheit auch am anderen Ende der Leitung.

»Ach so, verstehe ... macht nichts ... ja dann ...«

»Dann bis morgen.«

»Ja, tschüss.«

Dieser Junge hatte wirklich einen schrägen Humor. Oder stimmte das mit der Freundin doch? Vielleicht hatte Dennis meinen Atemstillstand bemerkt und gnädigerweise den Kieferorthopäden eingebaut. Als Notlüge. Damit ich nicht während eines Telefonats erstickte.

Ich ging in mein Zimmer zurück, zog die Weste aus und warf sie in den Kleiderschrank. Blöder Mist! Megablöder, extrabescheuerter Kackmist! Wo ich mich so gefreut hatte! Wer wusste schon, ob Dennis mich ein zweites Mal fragen würde. Am Telefon jedenfalls hatte er nichts gesagt und ich selber war so überrascht und verpeilt und überrumpelt und deshalb mal wieder zu keinem einzigen klaren Gedanken oder Satz fähig gewesen.

»Wir haben ein Problem mit Pan«, sagte Mama beim Abendessen.

Wie, was, wieso?«, fragten alle durcheinander.

Mama sah von einem zum anderen. Ihr Gesicht war ernst.

»Er hat heute mehrere Pfützen hinterlassen, hier im Haus.«

Allgemeines Gemurmel und Gerede brachen los. Außer Arti sprachen alle wild durcheinander.

»Zum Platon!«, rief Papa. »Lasst eure Mutter ausreden!«

Wir schauten zu Mama.

»Wahrscheinlich ist er inkontinent.«

»Kannst du vielleicht deutsch reden?«, bat ich.

»Er kann seinen Urin nicht halten«, erklärte Papa.

»Urin? Wer ist Urin?«, fragte Nike.

»Das ist Pipi!«, sagte Triton.

»Wie, Pipi?«

»Urin ist ein anderes Wort für Pipi.« Triton setzte sein Lehrergesicht auf. »Es heißt auch Harn.«

Pego und ich lachten. Nike und Orion zogen die Nasen kraus. »Was? Wieso sagt man Urin, wenn es Pipi heißt?«

»Oder Harn«, verbesserte Triton.

»Hört mal auf«, sagte Arti jetzt. »Es wäre doch mal interessant zu erfahren, in welchem Kontinent Pan sein Pipi macht.«

Pego klatschte in die Hände. »Der war gut, Arti!«

Mama und Papa sahen sich an und schüttelten die Köpfe.

»Arti, mein Schatz, inkontinent, nicht im Kontinent«,

sagte Mama. »Pan ist nicht mehr der Jüngste. Und ältere Hunde entwickeln leider manchmal eine Blasenschwäche.«

»Was ist denn das nun wieder?«, fragte Orion.

»Das Gleiche in Grün, Zwerg«, antwortete Pego.

Papa stöhnte und schüttelte den Kopf. »Das Chaos ist ein Zustand vollständiger Verwirrung und Unordnung.«

Mama lachte. »Genau. Und du«, sie sah Papa an, »bist der Meister des Chaos.«

»Was ist denn nun mit der Blasenschwäche?«, fragte ich. »Müssen wir jetzt immer Pans Pipi aufwischen?«

Mama sah mich an. »Genau darum geht es.« Sie wartete.

Triton verschränkte die Arme vor der Brust. »Also, ich wische nichts weg, weil davon wird mir schlecht.«

Orion pflichtete ihm bei. »Mir wird auch schlecht.«

Pego lachte. »Arti, Pan ist doch *dein* Hund. Da ist doch ganz klar, wer die Wischerei übernimmt.«

Artis Augen funkelten zornig. »Das würde dir so passen. Pan gehört uns allen!«

»Jetzt auf einmal.« Pego ließ die Finger knacken. »Also, ich werde niemandem den Hintern abwischen, auch keinem Hund.«

»Aber doch hoffentlich dir selber?«, fragte Papa spöttisch.

Pego schnitt eine Grimasse und deutete mit der Hand eine Wischbewegung an. Nike, Orion und Triton prusteten los.

Mama hob die Hand. »Niemand soll hier dauerhaft Pfützen wegwischen. Das wäre das Letzte. Hier würde es außerdem bald riechen wie in dem Tierheim, aus dem wir Pan geholt haben.«

Ich erinnerte mich ganz dunkel an ein schäbiges, fast verfallenes Haus, in dem ein bestialischer Geruch geherrscht hatte. »Gleich wird mir übel«, sagte ich.

»Mir auch«, sagte Pego.

Arti zuckte mit den Schultern. Kein Wunder, sie war damals noch zu klein und nicht dabei gewesen.

Papa räusperte sich. »Was eure Mutter versucht zu sagen, ist, dass wir Pan wahrscheinlich leider abgeben müssen, sollte sich seine Inkontinenz als dauerhaft erweisen.«

»Waaas!«

»Nein!«

»Ihr seid gemein!«

»Abgeben, das ist ja der Hammer!«

»Gibt's ja wohl nicht.«

Alle schrien durcheinander.

Mama hob beschwichtigend die Hände. »Langsam. Ihr wollt doch immer einbezogen werden. Fakt ist, wir haben ein Problem, das nach einer Lösung, nicht nach Geschrei verlangt.«

»Wenn ich dich höre, dann klingt das so, als sei alles schon entschieden«, sagte Pego.

Mama schwieg einen Moment. »Nach allem, was ich herausgefunden habe, ist Inkontinenz leider fast nicht behandelbar.«

Maria, die bis jetzt still dabeigesessen und zugehört hatte, meldete sich zu Wort: »Der Hund meiner Freundin Alexa wurde geheilt, soviel ich weiß.«

»Siehst du!« Arti tätschelte Pan unter dem Tisch den Kopf. »Es ist nicht unheilbar.«

»Tja, wenn das so wäre … nichts wäre mir lieber als das.« Mama sah Papa an.

»Hört mal her«, sagte Pego. Er schaute von einem zum anderen. »Garantiert gibt es eine Möglichkeit, Pan zu heilen.«

Es gibt seltene Momente, in denen Pego schon total erwachsen wirkt. Wo er sein wichtigtuerisches Gehabe irgendwo verstaut, sodass ein relativ normaler Junge übrig bleibt. So wie jetzt.

»Was?«, rief Orion.

»Wie denn?«, fragte Nike.

»Lasst mich ausreden, Leute.«

Normalerweise sagte Pego »Zwerge« oder »Würmer« oder »Knirpse« oder, noch schlimmer, »Miniaturen« zu den Jüngeren. »Leute«, das klang so freundlich. Ich sah, wie die Kleinen gleich um ein paar Zentimeter wuchsen.

»Zuallererst bringen wir ihn mal zum Tierarzt«, sagte Pego jetzt. »Und zwar zu diesem genialen Hundeflüsterer.«

Alle machten große Augen.

Mama horchte auf. »Welchen Hundeflüsterer?«

»Nina, äh, also, ein Mädchen aus meiner Klasse hat davon erzählt. Der kriegt alle Krankheiten weg. Sogar Krebs.«

Mama schaute skeptisch. »Was meinst du, Zeusel?«

»Ja, das klingt äußerst vielversprechend«, sagte Papa ironisch. Er tupfte sich den Mund ab, faltete seine Serviette und erhob sich. »Entschuldigt, ich muss noch zu einem wichtigen Termin.«

Mama sah zur Uhr. »Jetzt noch?«

Es war zehn vor sieben.

»Hey, du hast versprochen, Finn und mich später zum Training zu fahren«, motzte Pego.

Papa runzelte die Stirn. »Tut mir leid, mein Sohn, das ist nicht möglich. Vielleicht können Finns Eltern einspringen?«

»Nein, können sie nicht. Deshalb hatte ich dich ja gefragt.«

»Ich muss noch mal ins Institut, das lässt sich nicht schieben.«

Ich dachte an Papas Telefonat vom Nachmittag. Er hatte »Bis später« gesagt und dabei irgendwie komisch geklungen. Sofort rollte das mulmige Gefühl in mir wieder heran. War es anfangs noch ziemlich schwach und vage gewesen, so hatte es sich inzwischen zu einer echten Gefühlslawine entwickelt.

»Pff. Das ist ja wirklich das Letzte«, schnaubte Pego.

Papa stand im Raum, als wollte er noch etwas loswerden. Ich behielt Mama im Auge. Konnte es sein, dass sie traurig wirkte? Ja, das tat sie, fand ich.

»Wir wollten den Kindern doch noch etwas sagen.« Sie drehte sich zu Papa um.

»Wie, was, noch etwas?«, redeten alle sofort wieder durcheinander.

Papa nickte. »Stimmt.« Er blickte lächelnd von einem zum anderen. »Nicht wer alt ist, weiß viel, sondern wer viel herumgekommen ist.«

Pego schlug sich mit der Hand vor die Stirn. »Hör auf! Lass uns doch mal in Ruhe mit deinen alten Sprüchen und komischen Weisheiten. Die sind übelst.«

Ich sagte nichts, gab Pego aber insgeheim recht. Die anderen murrten auch.

Mama lachte. »Theo, du musst langsam mal deine Strategie ändern. Die Kinder werden groß.«

»Das ist keine Strategie. Das ist abendländische Bildung.«

Pego reckte seine geballte Faust vor. »Und das hier ist ein abendländischer rechter Haken!«

Wir lachten.

Papa schien unbeeindruckt. »Gut. Was Lisa und ich euch sagen wollten ...«

Er schielte zu Mama, als sei er nicht sicher, was sie überhaupt sagen wollten.

»Wenn Pan bis zu den Herbstferien gesund ist, dann machen wir eventuell eine Flugreise«, beendete Mama den Satz.

Allgemeiner Jubel brach los. Wir waren noch nie in den Urlaub geflogen. Weil wir so viele und Flugreisen deshalb so kostspielig waren, wie Mama es nannte.

»Wie cool!«

»Hammer!«

»Wohin denn?«

Mama hob die Hand. »Beruhigt euch. Einzelheiten stehen noch nicht fest. Und wie gesagt, einen inkontinenten Hund kann man nicht in eine Hundepension geben.«

Unsere Freude verflog so schnell, wie sie gekommen war.

Papa verabschiedete sich.

»Na super«, sagte Pego mit finsterer Miene. »Der geht einfach. Fährst du mich zum Training, Mama?«

»Ich frage mich zwar, wann ich den Wochenplan mit Maria durchsprechen soll, aber ja, ich fahre euch.«

»Gut. Danke.« Pego lächelte.

»Und was ist mit dem Hundeflüsterer?«, fragte Arti.

»Kannst du die Adresse organisieren, Pego?«, fragte Mama.

»Klaro. Der soll Pan mal schön was ins schmalzige Ohr flüstern.«

Alle kicherten, außer Arti. »Selber schmalziges Ohr.«

In diesem Moment erhob sich Pan von seinem Platz unter dem Küchenfenster und kam an den Tisch getrottet, um den wir versammelt waren. Hinter ihm bildete sich eine Spur kleiner Tropfen. Wir alle sahen es.

Mama seufzte. »Am besten, Pego, du besorgst uns die Adresse sofort.«

Ich schaute durch die Luke in den Olymp. Pego lag auf dem Bett und stemmte seine Hanteln in die Luft. Er ächzte ganz schön dabei. Er war gerade erst aus dem Training gekommen und übte schon wieder. Total übertrieben. Ich klopfte gegen die Holzklappe.

Pego hob den Kopf.

»Was gibt's?«

Ich schwenkte ein DIN-A3-Blatt und mein LLB. »Der Anfang deiner Straßenachsen. Willst du mal sehen?«

»Wenn's sein muss.«

»Haha. Außerdem möchte ich als Gegenleistung eine Zeichnung von dir machen.«

»Von mir? Wieso?«

Für die neue Skateboard-Kollektion, wäre mir fast herausgerutscht.

»Nur so. Ich brauche mal ein neues Motiv.«

»Du meinst, du brauchst endlich mal ein cooles Motiv.«

»Jaja, genauso ist es.« Ich wollte vor allem mit Pego über Papa reden und kletterte durch die Luke. »Also?«

Pego grunzte etwas, was sich wie »Von mir aus« anhörte.

Ich krabbelte hinüber zu dem großen Sitzsack, der in einer Zimmerecke lag, und streckte ihm das DIN-A3-Blatt hin.

Er betrachtete es. »New York?«

»Glaub schon. Hab mir im Internet ein paar Städte angeschaut.«

»Saugut.« Pego nickte. »Weiter so.«

Ich legte das Blatt weg, machte es mir auf dem Sitzsack bequem und klappte mein LLB auf. Pego stemmte wieder Gewichte.

Ich skizzierte ein Pferd mit ausgebreiteten Flügeln. Oben auf den Schwingen balancierte es zwei Hanteln. Darunter schrieb ich »starker Pegasos«. Ich musste kichern. Pego ließ seine Gewichte sinken und robbte durchs Zimmer. Er lugte über meine Schulter.

»Sehr witzig.«

Ich legte einen Arm über das Buch. »Noch nicht.«

»Nicht schlecht, dein Gekritzel. Kannst du so ein Pferd auch für mich malen?«

»Mit Flügeln?«

»Und mit Hanteln. Schließlich bin ich Pegasos, das boxende göttliche Flügelpferd.«

»Ich kann dir auch noch Boxhandschuhe über die Hufe stülpen«, sagte ich.

»Krass. Ein hochgereckter Huf mit Handschuh!«

Ich versuchte, mir nicht anmerken zu lassen, dass ich mich freute. »Joah, mal sehen, vielleicht mach ich's.«

Pego bewegte die Arme, als hätte er Flügel, und hechtete zurück auf sein Bett.

»Sag mal, findest du nicht, Papa ist etwas komisch in letzter Zeit?«, fragte ich ihn.

Pego angelte nach den Hanteln und begann wieder zu stemmen, dieses Mal mit beiden Gewichten in einer Hand.

»Das kannst du laut sagen! Der nervt voll«, keuchte Pego. Sein rechter Arm zitterte.

»Ja, er ist seltsam. Ich habe das Gefühl, er hat ein Geheimnis.«

Pego ließ den Arm sinken und schaute mich an. »Was für ein Geheimnis?«

»Ich weiß nicht. Mama und er haben gestritten und dauernd machen sie finstere Gesichter.«

Pego nahm beide Hanteln in die linke Hand. »Haben seine Leute was Sensationelles ausgegraben, oder was?«

»Das wäre doch eher ein Grund zur Freude. Nein, da ist irgendetwas anderes im Busch.«

»Wieso fragen wir ihn nicht einfach?« Pegos linker Arm zitterte noch mehr als zuvor der rechte. Er zählte leise vor sich hin, bei zehn legte er die Hanteln weg.

»Ja, warum eigentlich nicht?« Auf die Idee war ich noch nicht gekommen.

Nachdem ich mehrere Skizzen vom fliegenden Pegasos mit Boxhandschuhen gemacht hatte, ging ich zurück in mein Zimmer. Für heute kam einiges zusammen. Ich zeichnete noch einen braunhaarigen Jungen mit Skateboard und ein Mädchen mit blonden Locken, die sich gegenüberstanden und anlächelten. Aus dem Kopf des Mädchens stieg Rauch auf, hinein in eine Gedankenblase voller Fragezeichen und Ausrufezeichen. Über dem Kopf des Jungen schwebte eine Sprechblase, darin standen zwei Worte: AcI? Freundin? Ich zeichnete auch eine Familienversammlung und einen Mann mit Bart, der auf dem Boden kniete und einem Hund etwas ins Ohr flüsterte. Und dann noch Mama und Papa, die mitten am Tag auf der Terrasse saßen und redeten. Es war schon fast elf, als ich mein Buch zuklappte. Bevor ich einschlief, fragte ich mich noch ungefähr eintausend Mal: Würde Dennis das Lateinlernen nachholen wollen oder war die Sache für ihn erledigt?

Ich stand in uralten Klamotten im Mädchenbad und musterte mich im Spiegel.

Mama hatte mir für heute Nachmittag Gartenarbeit aufgetragen. Pego durfte zum Boxen gehen, Arti zu ihrer Freundin Luise, und die drei Kleinen machten sowieso, was sie wollten. Nur ich musste Büsche schneiden. Immer erwischte es mich!

»Voll ungerecht.«

Ich zwirbelte meine Locken zu einem Dutt. Er erinnerte mich an die Nester dieser afrikanischen Webervögel, nur waren die viel schöner und weniger unförmig.

»So sieht doch kein Mensch aus.«

Ich zog das Haargummi wieder heraus, öffnete das Badezimmerfenster und schaute hinunter in unseren Garten. Es sah nach einem herrlichen Herbstnachmittag aus. Ich sog die Luft ein. Sie roch erdig und auch ein bisschen nach Zitrone. Ich mochte unseren Garten, am allerliebsten die Blumen, aber auch die Sträucher, Gräser und Bäume. In Papas Pflanzenatlas hatte ich einmal nachgelesen, wie man Äste fachmännisch schnitt. Dabei hatte Mama mich ertappt. Seitdem verdonnerten sie mich zur Gartenarbeit. Eigentlich machte es mir ja Spaß, aber wenigstens Pego und Arti sollten auch ihren Teil dazu beitragen.

»Immer, immer, immer ich«, murmelte ich vor mich hin.

Arti kam ins Bad. »Mit wem redest du?«

»Mit niemandem.«

Sie grinste, als sie mein Outfit sah. Ich schaute an mir

hinunter. Das rosa Mickymaus-T-Shirt saß ziemlich knapp. Ich zuckte mit den Schultern.

»Sieht mich doch sowieso keiner.«

Draußen fuhr unser Golf vor.

»Papa? Was macht der denn schon hier?« Meine Stimmung besserte sich schlagartig. »Der will bestimmt im Garten arbeiten!«

Wir rannten die Treppe hinunter.

»Guten Tag, meine Lieben.« Papa gab zuerst Arti, dann mir einen Kuss auf die Stirn.

»Hallo, Herr Professor. Sie möchten bestimmt den herrlichen Nachmittag nutzen, um Ihrer allerliebsten Tochter im Garten zu helfen.«

»Zweimal denselben Fehler begehen ist eines weisen Mannes Sache nicht«, antwortete Papa.

Arti und ich rollten die Augen.

»Mensch, Papa«, sagte Arti. »Dich versteht keiner, wenn du so redest.«

»Lilaia-Schatz, Gartenarbeit ist gesund für junge Menschen. Ich würde herzlich gern helfen, habe aber etwas Dringendes zu erledigen.«

Ich bekam sofort schlechte Laune. »Wieso glauben eigentlich alle, ICH hätte nichts Dringendes zu erledigen?!«

Papa sagte nichts mehr. Das war ein ganz fieser Trick von ihm. Er tat einfach so, als wäre nichts. Er nahm zwei Stufen auf einmal die Treppe hinauf. Wahrscheinlich, um die Dringlichkeit seiner dringenden Angelegenheit noch dringender aussehen zu lassen.

Arti band sich die Schuhe zu. »Ich nehme Pan mit zu Luise.«

Ich hielt es wie Papa und sagte einfach nichts. Arti pfiff

nach Pan. Als er angetrottet kam, musste ich wider Willen lachen. Pan trug jetzt nämlich eine Windel. Zumindest bis zu seinem Termin beim Hundeflüsterer. Arti lachte auch, aber dann guckte sie plötzlich böse.

»Hör auf, das ist nicht lustig.«

»Doch, ist es, hast ja selber gelacht.«

Arti verdrehte nur die Augen und sie und Pan trollten sich. Ich seufzte. Eigentlich hätte ich mich jetzt gerne in die

Hängematte gelegt. Und zwar mit meiner neuesten *StyleIn*-Ausgabe. Es konnte ja nicht schaden, wenigstens mal nachzusehen, ob die Post sie pünktlich geliefert hatte.

Auf dem Weg zum Briefkasten sah ich Dennis auf der anderen Straßenseite. Er kam direkt auf Arti zu. Mich hatte er noch nicht entdeckt. Ich verdrückte mich schnell hinter den dicken Ahornbaum in unserem Vorgarten. Dennis sollte mich auf keinen Fall sehen. Mist! Wieso hatte ich bloß meine Haare noch nicht gewaschen? Außerdem trug ich diese Gartenklamotten. Hoffentlich kam Papa jetzt nicht aus dem Haus. Der wäre imstande und würde Dennis auf Altgriechisch begrüßen.

Dennis war ausnahmsweise nicht auf dem Board unterwegs. Pan und er begrüßten sich, und es war nur schwer zu erkennen, wer von den beiden sich mehr freute.

»Ja, Schlabberzunge, guter Hund, feiner Hund!« Dennis' Stimme überschlug sich fast.

»BHW«, fasste Arti zusammen.

»Was soll das denn heißen?«, fragte Dennis.

»Bester Hund der Welt.«

Die Abkürzung hatte sie von mir. Typisch kleine Schwester.

»BHW, schon klar. Und was ist das da?« Dennis zeigte grinsend auf die Windel.

»Das ist ein Saunahandtuch, sieht man doch«, sagte Arti bissig. »Wir wollten gerade schwimmen gehen.«

Ich verschluckte mich fast und presste eine Hand gegen den Mund. Arti war originell und witzig, da wurde ich direkt wieder neidisch.

Auf der anderen Straßenseite kam ihnen in schnellen Schritten Maria entgegen.

»Hallo, Maria!«, rief Arti. »Ich gehe zu Luise! Über Nacht! Und ich nehme Pan mit.«

Maria kam näher. »Hast du Ersatzwindeln dabei?«, fragte sie und strich Pan im Vorbeigehen übers Fell. Sie lächelte Dennis an. Der schaute ungläubig, zeigte seinen Dreieckszahn und kratzte sich gleichzeitig hinterm Ohr. Maria gefiel ihm. Natürlich. Maria schien eine magische Wirkung auf Jungs zu haben. Dennis glotzte sie regelrecht an, aber sie merkte es nicht oder wollte es nicht merken und ging einfach weiter. Als sie mich hinter dem Ahornbaum entdeckte, legte ich schnell einen Finger an die Lippen. Maria schmunzelte und ließ mich auf meinem Beobachterposten.

»Wer ist das?«, fragte Dennis.

»Unser Au-pair.«

»Sehr lustig. Au-was? Wofür ist das nun die Abkürzung?«

»Keine Ahnung«, sagte Arti. »Es heißt, glaube ich, Kindermädchen auf Englisch. Oder Französisch.«

»Aha.« Dennis schaute zum Haus und räusperte sich. »Ist Lilaia da?«

In meiner Brust flatterte es. Ganz kurz nur. Als hätte sich ein kleines Vögelchen darin verirrt. Ich hielt die Luft an.

»Hast du wieder Schwierigkeiten in Latein?«

Oh Gott, wieso sagte Arti das? Das klang ja, als hätte ich mich über Dennis lustig gemacht. Ich wäre am liebsten aus meinem Versteck gesprungen.

Dennis sah sie misstrauisch an. »Was geht dich das an?«

Arti zuckte mit den Schultern. »Nichts. Ich meine ja nur.« Sie wandte sich zum Gehen. »Lil ist hinter dem Haus. Sie hat Gartentag.«

Ich rannte, so schnell ich konnte, ums Haus herum in den hinteren Teil unseres Gartens. Wo war die Gartenschere? Ich fand sie in der kleinen Gerätehütte. Und meine Haare! Ich kramte in der engen Hosentasche nach dem Gummiband und friemelte in Windeseile einen Haarknoten. Dann schnitt ich Büsche und wusste nicht, was ich hoffen oder wünschen sollte. Dass Dennis tatsächlich einfach hier in den Garten käme oder dass er sich lieber doch nicht traute und wieder nach Hause ging.

Zeit für einen Klamottenwechsel hatte ich nicht mehr und so trug ich das alte, sehr pinke, sehr kurze T-Shirt und sehr enge Shorts.

Ich fragte mich gerade zum zehnten Mal, ob Dennis noch kommen würde, als es hinter mir knackte. Und obwohl ich damit gerechnet hatte, erschrak ich furchtbar. Ich fuhr herum. Neben unserem Holunderstrauch stand er.

»Hast du mich erschreckt!« Ich ließ den Zweig zurückschnellen, den ich gerade abschneiden wollte. Er verfing sich in meinem Dutt. »Oh, Mist.«

Ich versuchte, den Zweig aus meinem Haarwebernest zu ziehen, wobei ich wohl etwas zu fest rüttelte. Mein Dutt rutschte bis übers Ohr. Es sah anscheinend lustig aus, wahrscheinlich nicht mehr wie ein Nest, sondern wie ein verfilztes Wollknäuel. Dennis lachte. Super. Ständig brachte ich ihn zum Lachen. Allerdings immer dann, wenn es gar nicht in meiner Absicht lag.

»Hallo«, sagte er. Sein Blick wanderte von meiner verrutschten Frisur zu meinem supergenialen Gartenoutfit. »Cooles Shirt.« Er grinste.

»Wie bitte?« Ich schaute auf die verwaschene Mickymaus auf meinem T-Shirt. Was mir jetzt erst richtig klar wurde: Das T-Shirt war so eng, dass sich alles, was ich darunter verbergen wollte, leider gar nicht verbarg, sondern sich im Gegenteil sehr deutlich abzeichnete. Ich kam mir vor, als stünde ich nackt im Garten. Vor Dennis. Konnte es etwas Peinlicheres geben?

Es konnte. Es ging noch sehr viel peinlicher. Aber das war mir in diesem Moment noch nicht klar.

Dennis sagte nichts mehr. Stand nur da und starrte mich an, die ganze Zeit.

»Wieso platzt du einfach hier rein?«, fragte ich, und es klang leider ziemlich schroff.

Dennis erwachte aus seiner Starre. »Arti hat gesagt, du bist hier.«

»Aha.« Ich legte die Gartenschere auf den Boden und verschränkte sicherheitshalber die Arme vor der Brust.

»Erzählst du eigentlich jedem, dass ich Probleme in Latein habe?«, fragte Dennis.

»Wie bitte? Wie kommst du denn darauf?«

»Deine Schwester tut so, als wärst du meine Nachhilfelehrerin.«

Oh Gott, wie peinlich. Er hielt mich bestimmt für geschwätzig und wahrscheinlich auch für eine Angeberin.

»Arti redet manchmal Unsinn«, sagte ich.

Einen Moment sagte keiner von uns etwas. Ich hoffte,

meine gekreuzten Arme würden das Nötigste zudecken, traute mich jedoch nicht, es mit einem Blick zu überprüfen. Nervös stand ich dort neben den Büschen und wartete, dass Dennis wieder ging. Doch er dachte nicht daran.

»Soll ich dir helfen?«, fragte er stattdessen.

»Danke, aber wir haben nur eine Schere«, sagte ich schnell.

»Egal, ich kann etwas anderes machen.« Er zeigte auf das Zweighäufchen. »Abtransport zum Beispiel.«

»Nicht nötig«, sagte ich. »Das macht mein Vater morgen. Er bringt das Zeug zum Wertstoffhof.«

Dennis nickte. »Ach so.«

In diesem Augenblick trat Papa auf die Terrasse.

»Lilaia, Tochter des Flussgottes Kephisos, könntest du mir bitte verraten, was um alles in der Welt dein …«, er räusperte sich, »dein Büstenhalter auf meiner Zeitung verloren hat?«

Papa hatte Dennis nicht bemerkt. Er stand auf der Terrasse, schirmte die Augen gegen die Sonne ab und schien auf eine Erklärung zu warten. Dennis riss Augen und Mund auf. Dann klappte er lautlos lachend in sich zusammen.

»Papa! Muss das sein?«, rief ich.

»Genau das habe ich mich gefragt«, entgegnete Papa. »Muss ich wirklich die Unterwäsche meiner Kinder nicht nur auf dem Küchentisch, sondern auch noch auf meiner Zeitung vorfinden?«

Ich stemmte die Arme in die Hüften, bewegte mich aber keinen Schritt. Selbst wenn ich gewollt hätte, ich war leider kurzfristig angewurzelt. Neben dem Holunderbusch richtete Dennis sich wieder auf, das Gesicht rot wie eine Johannisbeere.

»Worauf wartest du?«, rief Papa, und seine Stimme klang jetzt ziemlich sauer. »Räum ihn weg!«

Leider konnte ich mich immer noch nicht bewegen. Nicht richtig zumindest. Ich versuchte es und wollte auch ins Haus rennen oder mich in Luft auflösen oder in den Erdboden abtauchen, aber leider bewegte ich mich nur in Zeitlupe. Es war grauenhaft. Ich schaute zu Dennis. Der schien gerade zu überlegen, ob er ebenfalls das Weite suchen sollte, und hob die Hand, was wohl so viel wie »Ist schon okay« heißen sollte. Er machte einen Schritt Richtung Vorgarten. Dabei trat er auf irgendetwas, einen Zweig vermutlich. Es knackte. Papa wandte den Kopf. Rückte seine Brille zurecht. Schaute kurz zu mir, dann wieder zu Dennis und deutete dann ein winziges Kopfschütteln an.

»Zeige mir deine Freunde, und ich sage dir, wer du bist«, sagte er mit einer leichten Verbeugung zu Dennis. Jetzt war definitiv der Punkt erreicht, an dem ich mich gerne in meine einzelnen Atome zerlegt hätte.

»Hallo«, presste Dennis hervor.

Papa musterte ihn von oben bis unten. Dann huschte ein Lächeln über sein Gesicht.

»Du musst der neue Junge in Lilaias Klasse sein. Meine Tochter hat bereits von dir erzählt.«

»Papa!« Mehr kam mir leider nicht über die Lippen.

Papa schüttelte jetzt Dennis' Hand. Dann schaute er zu mir. Wenn er jetzt noch einmal das Wort mit B ausgesprochen hätte, ich schwöre, ich wäre wie eine Rakete über die Wipfel unserer Apfelbäume hinweg in den Himmel geschossen.

»Ja, Kinder, dann spielt noch schön«, sagte er, kehrte sich ab, hielt dann aber noch mal inne. »Ach, Lilaia, ehe ich es vergesse. Ich kann übermorgen die Zwillinge zum Schwimmen begleiten, für den Fall, dass du deine Verabredung noch wahrnehmen möchtest. Bei mir hat sich etwas anderes ergeben.«

Etwas anderes ergeben, was das wohl heißen sollte? Darüber musste ich später nachdenken. Jedenfalls würde sich Helli freuen, wenn ich nun doch Zeit für sie hätte. Ich nickte stumm.

Als Papa im Haus verschwunden war, atmete ich auf.

Dennis grinste.

»T-tut mir leid«, stammelte ich.

»Was meinte er denn mit diesem Spruch?«, fragte Dennis und kam ein Stück auf mich zu.

Tickte der noch richtig? Wollte er allen Ernstes wissen, warum ich meinen BH auf dem Küchentisch liegen ließ? Sollte ich erklären, dass mir das blöde Ding neu und ungewohnt und eng war und so gezwickt hatte, dass ich es hatte loswerden müssen?

»Das geht dich gar nichts an.«

Dennis schob die Brauen zusammen. Er musterte mich.

»Du bist echt seltsam«, sagte er langsam. »Man wird wohl noch mal fragen dürfen.«

»Mann, das ist total peinlich hier, merkst du das nicht?«, zischte ich. Ich schaute immer wieder zur Terrassentür. Falls Papa noch mal auftauchte, würde ich losrennen. Ich wusste nur nicht, wohin. Schon gar nicht in diesem Outfit.

Dennis machte jetzt eine beschwichtigende Handbewegung.

»Mensch, ich meine ja gar nicht das mit … mit der Zeitung«, sagte er. »Zeige mir deine Freunde, und ich sage dir dings …«

Oh Mann, ich war so ein Rindvieh. Null Blende, wie Pego behauptete. Warum war ich nicht selbst darauf gekommen?

»Ach so, 'tschuldigung.« Ich versuchte zu lächeln, aber Dennis lächelte nicht zurück. »Das ist so ein Sprichwort, keine Ahnung, was er damit meint.«

Jetzt nickte Dennis. »Redet dein Vater immer so?«

»Meistens.«

»Aha.«

Ich wusste nicht, was ich darauf antworten sollte. Wir standen uns gegenüber und schauten uns an.

»Kann ich mir dein Physikheft ausleihen?«, fragte er dann.

Ich war ja so froh, dass er das Thema wechselte. Mein Physikheft! Natürlich, er wollte sich einfach nur ein Heft ausleihen. Das war überhaupt der Grund, warum er hier war. Nichts dabei, wenn er mal eben in meinen Garten lief und mich fragte. Er fand das in Ordnung. Und ich ja auch. Eigentlich. Enttäuscht war ich trotzdem ein kleines bisschen. Irgendwie schien ich insgeheim immer zu hoffen, Dennis könnte meinetwegen kommen. Wie sagte Mama immer? »Die Hoffnung ist wie Hunger, sie kommt ganz automatisch.«

»Jaaa, klar«, sagte ich und stapfte aufs Haus zu. »Wenn du es mir Montag zurückgibst. Warte.«

Ich jagte ins Esszimmer, schnappte meinen BH, den Papa über einen Stuhl gehängt hatte, sauste hoch in mein Zimmer, riss das Physikheft aus meinem Rucksack und suchte dann ein neues T-Shirt. In meinem Schrank war keines mehr, auf dem Boden lag auch keins, auf dem Bett auch nicht.

»Verflixt«, fluchte ich. »Immer dieses Chaos!«

Während ich ins Mädchenbad lief, schwor ich mir, in Zukunft ordentlicher mit meinen Sachen umzugehen. Sollten die anderen weiter alles stehen und liegen lassen, ich würde meine Klamotten in den Schrank räumen.

Im Bad fand ich wenigstens den Tellerrock mit Salami-fettfleck und das weiße T-Shirt. Ich zog alles so schnell wie möglich an, auch den BH, rubbelte mit einer nassen Hand-tuchspitze über den Fleck, was leider nichts brachte, und lief dann zurück in den Garten. Ich fühlte mich wesentlich besser.

Dennis lag in der Hängematte und schaukelte.

»Voll fett, so eine Hängematte«, sagte er, als ich ihm das Heft hinstreckte.

»Pego hat eine in seinem Zimmer«, sagte ich.

»Cool.« Er setzte sich auf und nahm das Heft.

»Was willst du eigentlich damit?«, fragte ich. »Viel steht ja noch nicht drin.«

Dennis klappte das Heft auf. »Ich wollte mir den Ver-suchsaufbau von heute Morgen noch einmal anschauen.«

»Hast nicht aufgepasst, was?«

»Nicht wirklich«, gab er zu. Er betrachtete meine Zeich-nung und runzelte die Stirn.

»Soll ich's dir erklären?«, fragte ich.

»Wenn es dir nichts ausmacht.« Er sah zu mir hoch. »Du hast was anderes an.«

»Rutsch mal«, sagte ich nur.

Ich zwängte mich neben ihn auf die Hängematte. Und während ich Dennis erklärte, wie sich das Prinzip der Erdan-ziehungskraft in einem Versuch nachweisen ließ, begannen wir beide gleichzeitig, vor- und zurückzuschaukeln. Ich rede-te und redete, und weil ich Angst hatte, der schöne Moment würde zu schnell vorbei sein, fing ich, als ich fertig erklärt hatte, einfach noch mal von vorne an. Als ich damit dann fertig war, erzählte Dennis von seinen defekten Skateboard-Rollen. Auch eine Frage der Physik, erkannten wir.

Dann kam mir wieder Latein in den Sinn. Dennis erklärte, welche Arbeitsweise sie in seiner früheren Schule gehabt hätten, total anders. Es war eine riesige Umstellung für ihn. Er hatte das Gefühl, an unserer Schule seien wir viel weiter. Ich bot ihm an, ihm zu helfen, bis er den Stoff aufgeholt hatte. Wir begannen mit dem AcI. Mein Heft brauchte ich dazu nicht. Ich wollte nicht aufstehen und nach oben laufen. Wie wir da so saßen, nebeneinander in der Hängematte, das musste ich noch ein Weilchen auskosten. Niemand um uns herum, der störte, sich lustig machte oder schreckliche Dinge über Unterwäsche durch den Garten rief. Wir saßen einfach nur da, hatten den dummen Anfang von vorhin schon wieder vergessen, zumindest ich, und schaukelten in den warmen Abend hinein. Seite an Seite, Dennis und ich. Vor fünf Tagen noch hatte ich ihn heimlich von meinem Fenster aus beobachtet! Helli würde Augen machen, wenn ich es ihr erzählte. Ich würde ihr alles haarklein beschreiben. Wie die Vögel zwitscherten, die Sonne schien und die Jasminzweige sich sanft im Abendwind bewegten. Und das nur wenige Tage vor meinem dreizehnten Geburtstag. Vor einer halben Stunde noch hätte ich mich am liebsten im eigenen Garten vergraben, jetzt fühlte ich mich ziemlich glücklich.

Dennis war höchstens zwei Minuten fort, als Pego vom Training zurückkam. Ich lag noch in der Hängematte und träumte vor mich hin. Mein Bruder machte einen Sprung über die Terrassenmöbel und landete direkt neben mir im Gras.

»Hey, Lil, hab ich gerade das Fliegengewicht durch unser Gartentor kommen sehen?«

Ich war viel zu gut gelaunt, um darauf einzusteigen.

»Papa ist übrigens wieder normal«, sagte ich stattdessen.

Pego hob eine Augenbraue. »Was soll das heißen? Ist er zu dir gekommen und hat gesagt, Tochter des Kephi-so-und-so, ich wandele wieder auf dem Pfad der Rechtschaffenen und Gerechten?«

Ich musste lachen. Pego sah manchmal genau aus wie Papa, vor allem wenn er versuchte, so geschwollen daherzureden.

»Ich glaube, wir haben uns getäuscht. Er geht am Samstag mit den Zwillingen zum Schwimmen. Das heißt doch, dass eine andere Verabredung geplatzt ist.«

»Das heißt gar nichts. Und welche andere Verabredung?«

Ich zuckte mit den Schultern. »Ach, Pego, ich habe gerade echt keine Lust auf ein Verhör mit Papa.«

»Pech. Dann machst du es eben ohne Lust, ist doch egal.«

»Morgen ist auch noch ein Tag.«

»Lil, jetzt zick nicht rum. Wir reden jetzt mit ihm.«

Widerwillig schälte ich mich aus der Hängematte. »Du kannst nerven.« Ich zeigte zum Bürofenster im ersten Stock. »Er arbeitet.«

Pego gab der Hängematte einen Schubs. »Dann ruf ihn doch mal.«

»Ruf du ihn.«

Pego schob zwei Finger in den Mund und pfiff, dreimal kurz, dreimal lang, dreimal kurz.

Ich hielt mir die Ohren zu. »Und du glaubst, darauf hört er?«

In der oberen Etage öffnete sich Papas Bürofenster.

»Wie du siehst«, sagte Pego.

Papa schob den Kopf durch das Fenster. »Die Herrschaften?«

»Hast du gerade Zeit?«, rief Pego nach oben.

Papa runzelte die Stirn. »Hast du gepfiffen, mein Sohn?«

»Yep.«

»Ist eine Gefahr besonders groß, dann ist Not am Mann«, sagte Papa. »Dürfte ich erfahren, in welcher Gefahr ihr euch befindet?«

»Wir wollten dich nur rufen.« Ich winkte ihm zu.

»Dreimal kurz, dreimal lang, dreimal kurz, das ist das internationale Notrufsignal«, sagte Papa.

Pego schaute begeistert. »Voll fett.«

»Nun? Seid ihr in Gefahr?« Papa klang ungeduldig.

»Nein. Wir wollten …« Bevor Pego weiterreden konnte, zog Papa einfach seinen Kopf zurück und schloss das Fenster.

Pego verdrehte die Augen. »Der hat auch schon mal mehr Spaß verstanden.«

Da musste ich ihm recht geben. »Komm, wir gehen zu ihm.«

Als wir an Papas Bürotür klopften, brummte er etwas Unverständliches. Pego öffnete die Tür. Papa saß am Schreibtisch und las. Er schaute nicht hoch.

Das Büro kam mir immer vor wie ein Museum, überall griechische Statuen, Skulpturen, Bilder und Zeichnungen. Ständig musste man Angst haben, etwas kaputt zu machen. Vor ein paar Jahren hatte Triton auf einem seiner Schnüfflerrundgänge eine der alten Vasen umgeworfen. Seitdem durften wir das Arbeitszimmer nur in Papas Gegenwart betreten.

»Hallo, Papa«, sagte ich. »Wir wollten dich doch etwas fragen.«

Wir schoben uns ins Zimmer und schlossen die Tür.

Papa nahm die Brille ab und blickte auf. »Und deswegen pfeift ihr SOS durchs halbe Stadtviertel?«

»Ja, okay, sorry, aber wir wussten das nicht«, sagte Pego.

»Man sollte immer wissen, was man tut«, antwortete Papa.

»Na ja, in gewisser Weise besteht ja auch die NOTwendigkeit, etwas zu klären.« Ich gab mir Mühe, Papa mit meinen wohlgesetzten Worten zu beeindrucken. Ich wusste, darauf stand er total. Pego dagegen konnte es nicht ausstehen. Er stieß mich in die Rippen. Ich knuffte ihn zurück.

»Lil meint, wir fragen uns, ob irgendwas im Busch ist«, sagte Pego.

Papa rollte seinen Schreibtischstuhl ein Stück zurück. »Im Busch? Welchen Busch meinst du denn, Pego?«

»Ich meine den Busch der Heimlichkeiten, Papa«, antwortete Pego scharf. »Du bist dauernd im Institut, kriegst ständig Anrufe, verpasst dein Flugzeug, brichst deine Versprechen … Da wird man doch mal fragen dürfen.«

Ich bin sicher, wenn statt Pego ich die Frage gestellt hätte, und zwar auf meine Weise, dann hätten wir eine Antwort bekommen. So aber wurde Papa einfach nur sauer.

»Pegasos und Lilaia, es steht euch nicht zu, so zu reden. Und meine beruflichen Verpflichtungen habt ihr zu respektieren, basta.« Er rollte zurück an den Schreibtisch und setzte die Brille auf. »Und wenn ihr mich jetzt bitte in Ruhe arbeiten lasst.«

Spät am Abend, als Mama und Papa im Bett lagen, schlichen Pego und ich ins Arbeitszimmer.

Ich war immer noch etwas sauer auf Pego. Wie konnte man sich nur so ungeschickt anstellen! Aber Pego hatte dann vorgeschlagen, Papas Heimlichtuerei weiter auf den Grund zu gehen und Detektiv zu spielen. Den Kleinen sagten wir davon nichts. Wir wollten sie nicht beunruhigen.

»Meinst du, wir können Licht machen?«, fragte ich.

»Warum nicht? Vom Keller aus sehen sie uns hier ganz bestimmt nicht.« Pego schlürfte an seinem abendlichen Eiweißdrink. Aus der Dose drangen gluckernde Geräusche.

»Mach nicht so einen Krach.« Ich fand, Pego übertrieb das Theater um Eiweiß und Muskelaufbau.

Ich knipste das Licht an und sah mich um. Papas Laptop lag nicht auf dem Schreibtisch.

»Mist«, sagte Pego. Er zog die oberste Schublade auf. »Auch nichts. Heute Nachmittag war er doch noch da.«

Neben dem Schreibtisch lehnte Papas Aktentasche. Ich klappte den Deckel nach oben. »Ich habe ihn«, flüsterte ich.

Ich fühlte mich plötzlich, als marschierten eine Million Ameisen durch meine Adern. Ich hatte noch nie in meinem Leben in Papas oder irgendjemandes Sachen herumgeschnüffelt.

Wir setzten uns auf den Boden und zwängten uns nebeneinander zwischen Schreibtisch und Regal. Ich schaltete den Computer an.

»Vielleicht ist es doch zu hell hier«, flüsterte Pego. Er

klemmte seine Getränkedose zwischen die Oberschenkel. Ich stand auf und machte das Licht aus.

Dann starrten wir auf den Bildschirm.

»Oh nein! Wir brauchen das Passwort.«

Ich sah Pego an. Im blauen Computerlicht sah er plötzlich unheimlich jung und milchgesichtig aus. Wie früher, als wir nebeneinander in unseren Autositzen saßen, wenn Mama uns morgens in den Kindergarten fuhr.

»Wusstest du das?«, fragte ich.

»Natürlich nicht«, sagte Pego. »Was machen wir jetzt?«

»Nachdenken«, sagte ich. »Was könnte es sein?«

»Du willst raten?« Pego nuckelte an seinem Strohhalm. »Das ist sehr riskant.«

Ich überlegte. Mit Sicherheit würden wir das Passwort nirgends hier im Büro finden. »Hast du eine bessere Idee?«

Pego schüttelte den Kopf. »Übelst.« Er grinste. »Also gut. Wie wäre es mit Platon?«

Ich nickte. »Hätte ich jetzt auch gesagt.«

Ich tippte das Wort ein.

»Passwort fehlerhaft«, meldete der Computer.

»So ein Scheiß«, fluchte Pego.

»Vielleicht Mamas Vorname?«

Pego zuckte mit den Schultern, wenig überzeugt. »Versuch es.«

Ich tippte »Lisa«. Der Computer meldete: »Passwort fehlerhaft.«

»Verdammt, was ist, wenn er es merkt?«, flüsterte ich.

»Dann gibt's, zum Zeus, ein Donnerwetter wie in einer richtigen griechischen Tragödie«, sagte Pego mit Grabesstimme.

Wir lachten nervös. Und dann sagten wir gleichzeitig:

»Zeus!« Der Obergott der olympischen Götter. Ich tippte die vier Buchstaben. Der Bildschirm leuchtete auf. Wir waren drin.

»Ich fasse es nicht, dass wir das tun«, sagte ich. Was würde passieren, wenn Papa davon erfuhr? Ich sah Pego an. »Sollen wir wirklich?«

»Geh aufs E-Mail-Konto.«

Meine Hände zitterten, und so brauchte ich eine Weile, bis ich fand, was wir suchten. Papa hortete massenhaft E-Mails.

»Sortier sie nach Datum und wir schauen uns nur die letzten an«, sagte Pego und gähnte. »Ich habe keine Lust, die halbe Nacht hier zu sitzen.«

Ich musste auch gähnen.

»Da, schau. Mehrere vom Deutschen Institut in Berlin«, sagte Pego.

Die letzte Mail war zwei Tage alt. Ich klickte auf »Öffnen«. »›Lieber TT‹«, las ich halblaut vor, »›du hast am Dienstag voll und ganz überzeugt. Wir bekommen grünes Licht. Ich kann es kaum abwarten. Wir sehen uns am 25., wie immer bei B., bis dahin danke, mein Freund, D.‹«

Ich hob den Kopf. »Verstehst du das?«

Pego überflog die Zeilen noch einmal. »Der 25., das ist kommende Woche.«

»Das ist mein Geburtstag, du Dummkopf.«

»Ist ja gut.«

»›Wir sehen uns bei B.‹ Was hat das zu bedeuten?«

»Vielleicht ein geheimer Treffpunkt.« Pego gähnte wieder. »Sicher heißt es nicht Berlin, sonst hätte er oder sie ›in B.‹ geschrieben.«

»Er oder sie nennt ihn TT«, stellte ich fest.

Pego lehnte mit dem Kopf an der Wand.

Ich stieß ihn in die Seite. »He, nicht einschlafen. Die hier schauen wir uns noch an.«

Die restlichen E-Mails der letzten Woche stammten von allen möglichen Leuten, mehrere von Studenten, die Papa mit »Sehr geehrter Herr Professor April« anredeten und in seine Sprechstunde wollten. Wir staunten, wie viele Termine Papa mit Studenten zu koordinieren hatte. Der oder die geheimnisvolle D. hatte noch eine weitere E-Mail geschrieben, die aber aus der Zeit vor den Sommerferien stammte. In der stand nur: »In Ordnung.«

Pego musste schon wieder gähnen.

»Was hat das zu bedeuten? Und was heißt TT?«, fragte ich.

»Theo.« Pego kratzte sich am Kopf.

»Sehr schlau. Theo Tapril?«

»Toller Theo? Wir werden es herausfinden«, sagte Pego. Er wollte den Laptop zuklappen und in dem Moment passierte es. Sein blöder Eiweißdrink kippte um. Ich zog reflexartig den Laptop weg, und Pego versuchte, die Dose zu greifen, aber es ging schief. Statt die Dose zu halten, gab er ihr nur einen Stoß, und sie schepperte direkt auf die Tastatur. Eine helle, trübe, klebrige Flüssigkeit sickerte zwischen die Tasten.

»Nein!«, schrie ich.

»Scheiße!«, rief Pego.

Ich riss den Laptop hoch, die Dose fiel auf den Boden, verursachte noch mal Lärm und rollte zur Statue der Aphrodite. Pego rappelte sich hoch, klaubte die Dose vom Boden, rannte ins Bad und kam Sekunden später mit einem Handtuch wieder.

Wir wischten mindestens zehn Minuten an der Tastatur herum und dann auch noch sehr gründlich über den Boden.

Ich war stinksauer auf Pego.

»Das ist deine Schuld«, sagte ich, nachdem wir den Laptop zugeklappt und wieder in der Aktentasche verstaut hatten.

»Nein, ist es nicht.«

»Ist das dein blöder Drink oder meiner?«

»Hast du mir den Ellenbogen in die Seite gerammt oder nicht?«

»Was? Du spinnst wohl!«

»Du hast mich gestoßen und deshalb hab ich das Gleichgewicht verloren.«

Wir hockten auf dem Boden und zischten uns an. In Pegos Augen schimmerten tatsächlich Tränen. Er hatte seit hundert Jahren nicht geheult, zumindest nicht vor uns. Hatte ich ihn wirklich gestoßen? Das hatte ich gar nicht bemerkt.

»Stimmt nicht. Ich habe ganz normal und ruhig hier gesessen.«

»Klar, ganz normal. Du hast mich angerempelt, wenn ich es dir sage.«

»Gar nicht wahr! Du kannst nur nicht zugeben, wenn du einen Fehler gemacht hast. Jetzt willst du es mal wieder auf mich abwälzen!«

Pego sprang auf. »Übelst, was für eine Show du abziehst. Das blöde Ding wäre nicht umgekippt, wenn du mich nicht gestoßen hättest.«

Ich saß auf dem Boden und starrte wütend auf Papas Computer.

»Jetzt glaub mir.« Pegos Stimme zitterte ein wenig. Ich sah zu ihm hoch. »Bitte.« Er schwang die Fäuste, doch dann lächelte er.

»Wie du meinst. Tut mir leid«, sagte ich.

»Ist ja noch mal gut gegangen.«

»Hoffentlich.« Der Laptop hatte sich ganz normal runterfahren lassen, vielleicht war gar nichts passiert.

»Ja. Die Teile vertragen mehr, als man denkt.«

»Wenn du es sagst.« Wir grinsten uns an.

Wir machten das Licht aus und spähten in den Flur. Alles still. »Viel schlauer als vorher sind wir nicht«, wisperte ich.

Pego tappte zu seiner Luke, drehte sich dann aber noch einmal um. »Morgen früh checken wir sein Handy.«

Ich konnte nicht schlafen. Obwohl ich mich zerschlagen und von den nicht nachlassenden Ameisenströmen in meinen Gliedern total kaputt fühlte, war mein Kopf hellwach. Unzählige Gedanken wirbelten durcheinander wie Wolken in einem Gewitter. Ein riesiges schlechtes Gewissen lag wie eine schwere Kugel in meiner Magengrube, weil wir tatsächlich Papas Laptop durchsucht hatten. Ob er uns das verzeihen würde, wenn er davon erführe? Würde ich jemandem verzeihen, wenn er oder sie heimlich meine LLBs durchblättern würde? Ich war mir nicht sicher. Und was, wenn der Laptop doch beschädigt oder vielleicht sogar kaputtgegangen war?

Ich wälzte mich auf die andere Seite. Artis Bett war leer, sie schlief ja bei Luise. Ich setzte mich noch einmal auf und klappte mein LLB auf. Wofür stand das D.? Das war noch wichtiger als TT. Der Druck in meiner Magengrube wurde stärker. Zum schlechten Gewissen drängelte sich jetzt auch noch die Angst, etwas wirklich Unangenehmem auf die Spur gekommen zu sein. Vielleicht wäre es besser, gar nicht zu wissen, was Papa mit diesem oder dieser D. teilte. Vielleicht wäre es das Beste, sich Mama anzuvertrauen.

Das Gewicht im Bauch wurde unerträglich. Ich legte den

Stift weg. Genau das war es. Plötzlich wollte ich nichts lieber als Mama um Rat fragen. Oder wenigstens zu ihr ins Bett kriechen, mich an sie kuscheln wie früher, wenn ich nachts nicht schlafen konnte.

Ich legte das Buch weg, schlug die Bettdecke zurück, löschte das Licht und schlich aus dem Zimmer. Auf dem Flur drehte ich noch mal um, ging zurück und holte mein platt gedrücktes, allerliebstes Plüschschaf. Es hieß Mähmäh und war genauso alt wie ich. In letzter Zeit hatte ich es nicht mehr oft im Arm gehalten, aber jetzt tat es gut, Mähmäh noch mal fest an mich zu kuscheln. Ich steckte die Nase in sein Fell. Es roch wie sonst nichts auf der Welt. Nach einer Mischung aus Bettwäsche, Haarshampoo und vielleicht auch nach mir und ein bisschen nach Staub. Ich stieg mit dem Schaf im Arm in den Keller hinunter und öffnete leise, ohne zu klopfen, die Schlafzimmertür meiner Eltern.

So vorsichtig wie möglich quetschte ich mich in den schmalen Spalt zwischen Mama und Papa und zog ein wenig an Mamas Decke. Sie grummelte irgendetwas, das sich anhörte wie »Spätzchen«. Ich schlang den Arm um sie und schloss die Augen. Die Ameisen waren auf dem Rückzug. Das Gedankengewitter auch. Auch wenn das Problem noch nicht gelöst war, so konnte ich jetzt doch wenigstens endlich einschlafen.

Leider ließ uns Papa am nächsten Morgen keine Gelegenheit, sein Handy zu checken, weil er, was selten vorkam und deswegen echtes Pech für uns war, schon früh in sein Institut fuhr. Auch Mama hatte es besonders eilig. Maria schmierte Brote für alle und unser großer Pegoist stand selbstlos neben ihr und half. Das fiel sogar Nike auf.

»Du hilfst doch nie freiwillig«, sagte sie, während sie eine Brotdose in ihrem rosaroten Ranzen verstaute.

»Sei nicht so frech, Zwillingswurm.«

Beleidigt zog Nike ab. Pego warf eine Scheibe Käse wie eine Frisbeescheibe. Sie landete punktgenau auf der unteren Hälfte eines Brötchens. Maria lachte.

»Das soll erst mal einer nachmachen!«, prahlte er.

Ich nahm ihm das Brötchen aus der Hand und legte es in meine Dose. »Vielen Dank. Du hast es einfach voll drauf.«

Maria füllte ein paar Himbeeren in meine Dose. Sie schmunzelte und zwinkerte mir zu. Pego sah es, aber ihm machte das nichts aus. Sein Selbstbewusstsein reichte für zwei, vielleicht sogar für drei. Er warf die nächste Scheibe auf das nächste Brötchen, dieses Mal Salami für Arti oder Triton.

Ich half Nike noch beim Schnürsenkelbinden und verließ dann ein paar Minuten früher als nötig möglichst unauffällig das Haus. Falls ich Dennis auf dem Weg zum Bus treffen würde, sollte Pego nicht in Reichweite sein.

Es war ein kühler, beinahe schon herbstlicher Morgen. In der Nacht hatte es geregnet und die Feuchtigkeit hing nebelschwer auf der großen Wiese hinter unserer Siedlung. Auch mein Atem war neblig. Ich steckte die klammen Hände in die Taschen meiner Jeansjacke. Als ich am Ende der Wiese ankam, hörte ich das vertraute Skateboard-Geräusch. Der Asphalt unter mir verwandelte sich schlagartig in Gummi. Das Gehen fühlte sich an wie auf den schweren Matten aus dem Sportunterricht.

Schon tauchte Dennis neben mir auf. Ich blieb kurz stehen. Er trug ein weißes Shirt mit einem Surfer vorne drauf, der gerade auf der Spitze einer riesigen Welle ritt.

»Hi, Lilami.« Dennis bremste ab und fing das Brett mit einer gekonnten Bewegung auf.

»Hi, SZF«, antwortete ich. Die Abkürzung für Schlabberzungenfreund hatte ich mir vorsorglich während des Frühstücks zurechtgelegt. Sie kam aber erfreulich spontan rüber.

Dennis schaute verdutzt, und ich konnte sehen, wie es in seinem Kopf arbeitete. Dann grinste er. Eins zu eins. Mal sehen, wie lange er mir die Salamischeibe noch unter die Nase reiben würde.

»Surfst du?«, fragte ich, weil mein Vorrat an getarnter Schlagfertigkeit leider schon wieder zur Neige ging.

Er stutzte. »Wie kommst du denn darauf?«

»Ich dachte, dein Shirt …«

Er sah an sich hinunter. »Ach so. Nein.« Er machte ein ernstes Gesicht. »Aber fast.«

Ich spürte, dass ich mal wieder kurz davor stand, in ein Fettnäpfchen zu treten. Trotzdem fragte ich: »Wie, fast?«

Wir liefen nebeneinanderher.

»Du stellst Fragen«, sagte er ausweichend.

»Schwierige Fragen?«

»Genau.« Er sprang wieder aufs Brett, und ich dachte schon, er würde davonsausen, aber er schob das Board nur leicht an und hielt mein Tempo. »Ich wollte dich eigentlich etwas fragen.«

Ich warf einen schnellen Blick zurück über die Schulter. Pego war noch nicht in Sicht. »Was denn?«

»Ob wir morgen noch mal zusammen lernen können. Latein.«

Am nächsten Tag war Samstag. Ich musste Arti Nachhilfe geben und, noch wichtiger, ich wollte zum FSP mit Helli.

»Geht auch heute Nachmittag?«

Dennis schaute auf sein Board.

»Nein, leider nicht. Ich muss … ich hab schon was vor, das kann ich nicht absagen.«

»Klar. Ja, warte mal, Samstag …« Ich dachte nach. Wieso konnte er nicht? Das musste ja etwas Wichtiges sein. Garantiert wegen seiner Freundin. Das wollte er natürlich nicht absagen. Am Sonntag fuhren wir zu Oma und Opa nach Regensburg. Daran war nicht zu rütteln und dort konnte ich auch nicht mit Arti üben. Mathenachhilfe ließ sich also nicht schieben. Helli hatte ursprünglich mit mir und den Zwillingen ins Schwimmbad gewollt, aber jetzt waren wir für unser FSP verabredet. Mist, Mist, Mist. Dennis brauchte unbedingt gute Noten in Latein, das hatte er mir gestern ja gesagt. Ich hoffte, dass Helli Verständnis haben würde.

»Also, Samstag ginge schon«, sagte ich. »Nachmittags, so gegen drei Uhr?«

»Cool«, sagte Dennis und zeigte den Dreieckszahn.

»Bei dir?«, fragte ich.

»Äh, geht auch bei euch?«

»Hm, im Prinzip schon, es ist nur am Wochenende oft ziemlich voll.«

»Das macht mir nichts aus.«

»Warum geht es denn bei euch nicht?«

Dennis nahm Anlauf und fuhr ein paar Meter voraus. »Wir sind noch nicht richtig eingerichtet«, rief er.

»Ach so.« Plötzlich tat er mir leid. Seine Eltern hatten sich getrennt und nun hatten sie in der neuen Wohnung noch nicht mal alle Möbel.

»Sag mal, dein Bruder, auf welche Schule geht der eigentlich? Ich hab ihn noch nie gesehen.«

Dennis bremste wieder ab. Er grinste. »Den willst du auch nicht sehen. Voll der Emo.«

»Tja, Geschwister können sehr merkwürdig sein. Ich spreche aus Erfahrung.«

»Glaube ich dir sofort, Lilami.«

Wir lachten.

»Du kannst mir ALLES glauben. Ich bin der ehrlichste Mensch, den ich kenne.«

»Kann ja jeder behaupten.«

Sein Zweifel war berechtigt. Ich konnte viel behaupten. Ich log zwar äußerst selten, zumindest bis vor Kurzem hatte ich das geschafft, aber leider schaffte ich es oft nicht, das zu sagen, was ich wirklich dachte. Das war nicht gelogen, aber ganz ehrlich war es auch nicht.

An der Bushaltestelle war noch nichts los. Ich setzte mich auf einen der Sitze aus schmuddeligem gelbem Kunststoff. Dennis hampelte auf seinem Brett herum.

Ich schaute ihm zu. »Was ist jetzt mit deinem Bruder?«

Er sprang mit beiden Füßen gleichzeitig aufs Brett. »Der geht auf die Berufsschule in Obergiesing.« Dennis hüpfte mir fast auf die Zehen. »Und meistens hängt er mit seiner Emo-Freundin ab. Ich sehe ihn kaum.«

»Du hast es gut. Meine Geschwister sind ständig da und nerven.«

Dennis lachte kurz, aber es war kein fröhliches Lachen. Er sah mich nicht an, sondern schaute die Straße hinunter, die wir entlanggekommen waren. Er schaute, als suchte er dort etwas. Vielleicht eine Antwort auf das traurige Gesicht, das er mit einem Mal machte? Das hatte ich ihn gerne gefragt. Aber ich traute mich nicht. Und außerdem waren inzwischen andere Schüler und Pendler aus unserer Siedlung an der Haltestelle eingetrudelt, auch Jasper und Finn, Pegos Freunde, die mich übersahen. Wie immer.

In der Schule mied ich den direkten Blickkontakt mit Dennis. Die anderen sollten nicht merken, wie gut wir uns inzwischen kannten. Was sollte ich tun, wenn sie mir das Verknalltsein anmerkten und sich lustig machten? Helli hätte ich so gerne alles erzählt, von dem peinlichen Zwischenfall mit Papa und meinem BH, von der romantischen Nachhilfe in der Hängematte, von Pegos und meiner Schnüffelaktion, ja, und auch von meiner zweiten Verabredung mit Dennis. Aber es gab ein Problem. Ich hatte Dennis für Samstag zugesagt, obwohl ich mit Helli verabredet war. Bis zur ersten großen Pause überlegte ich, wie ich ihr das beibringen sollte, ohne sie zu enttäuschen. Mir fiel nichts ein.

Auf unserer Lieblingsbank turnten ein paar Sechstklässler, also zogen Helli und ich in der Pause Seite an Seite über den Schulhof. Ich knabberte wortlos an meinem Brötchen.

»Schau mal, Dennis bekommt einen eingeschenkt vom Pfarrer.«

Neben dem Haupteingang standen Dennis und unsere Direktorin. Dennis kratzte sich am Kopf. Die Direktorin hielt offensichtlich eine ihrer Predigten. Sie mimte dann nämlich immer den Priester, mit geöffneten, halb erhobenen Händen, als hoffte sie darauf, dass etwas Gutes vom Himmel fiel. Ihr Gesicht wirkte nicht richtig sauer, sie schien Dennis eher ins Gewissen zu reden.

»Hast du mitbekommen, was passiert ist?«, fragte Helli.

Ich schüttelte den Kopf.

Helli gab mir einen Schubs. »Hey, Lil, was ist los mit dir?«

Dennis nickte, klemmte sein Board unter den Arm und

ging ins Schulgebäude. Vielleicht hatte die Direktorin ihm Fahrverbot erteilt.

Ich sah Helli an. »Mir ist leider was dazwischengekommen. Ich kann nicht am Samstag.«

Helli blies die Wangen auf. »Och nee, echt jetzt.«

»Es tut mir leid. Ich …« Mir fiel immer noch keine gute Ausrede ein. Von wegen ehrlichster Mensch, den ich kannte. Hier stand ich und schwindelte meine beste Freundin an. Ich schaute in den Wipfel der alten Linde, die auf dem Schulhof stand.

»Weißt du, das nervt. Immer ist etwas mit deiner Familie.«

Ich sah Helli an. Obwohl ich noch gar keinen Grund genannt hatte, ging sie davon aus, dass meine Familie uns einen Strich durch die Rechnung machte. Das war einerseits praktisch, weil ich gar nichts sagen, also auch nicht wirklich lügen musste, aber andererseits verdoppelte das mein schlechtes Gewissen. Sicher, ich hatte nichts Böses getan, ich wollte einfach nur Dennis helfen, aber trotzdem war es doch irgendwie unfair. Helli gegenüber und auch meiner Familie gegenüber, die ausnahmsweise völlig schuldlos war.

Ich hielt Helli meine Brotdose hin, in der noch ein paar Himbeeren lagen. »Willst du?«

Sie pickte sich die schönsten heraus. »Ich hatte mich so gefreut.«

»Nächsten Samstag kommt ganz bestimmt nichts dazwischen«, versprach ich.

Sie nahm sich noch eine Himbeere. »Das wäre ja auch noch schöner. Nächsten Samstag feiern wir deinen Geburtstag!«

Auf die Wettervorhersage war kein Verlass.

Am Samstagmorgen schüttete es. Blöder Mist. Während Arti neben mir auf einem Bleistift herumkaute und versuchte, Bruchaufgaben zu lösen, schaute ich den Wassermassen zu, die unaufhörlich vom Himmel fielen. Eigentlich liebte ich Wasser und auch Regen machte mir nichts aus. Jetzt aber hing unsere Hängematte schwer und traurig triefend im Garten. Es würde Tage dauern, bis wir sie wieder benutzen konnten. Ich würde mit Dennis in meinem Zimmer lernen müssen. Zum Glück ging Arti nachmittags zur Klavierstunde.

Als Dennis um fünfzehn Uhr klingelte, regnete es immer noch. Ich öffnete die Tür.

»Mein Vater macht voll Stress, obwohl wir noch gar keinen Test schreiben«, sagte er und wedelte mit dem Lateinbuch.

Sein Vater? Ich hatte geglaubt, sein Vater sei total locker und cool.

»Wieso das?«

»Weil er Angst hat, dass ich es nicht schaffe. Wie mein Bruder.«

In diesem Moment öffnete Arti das Gartentor.

»Hi.« Sie ging an Dennis und mir vorbei ins Haus, schüttelte die nassen langen Haare, wobei sie den antiken Spiegel neben unserer Kommode vollspritzte, und kickte ihre Schuhe in die Garderobe. Dennis und ich standen daneben.

»Wieso bist du wieder da?«, fragte ich.

»Klavier fällt aus«, sagte meine Schwester und stellte ihren Rucksack in den Flur. Ohne ein weiteres Wort ging sie hoch in unser Zimmer.

Ich sah Dennis an, der immer noch in der Tür stand, mit dem Lateinbuch in der Hand.

»Komm rein«, sagte ich.

Während Dennis seine Schuhe auszog, überlegte ich, wo wir ungestört arbeiten konnten. Mein Schreibtisch fiel jetzt leider aus, weil Arti garantiert in unserem Zimmer lag und Musik hörte. Mama war wie jeden Samstag zum Großeinkauf im Supermarkt, Papa mit den Zwillingen im Schwimmbad und Triton bei einem Freund. Alle konnten aber jeden Moment wieder hier aufkreuzen. In die Küche oder ins Wohnzimmer wollte ich nicht, da konnte auch jederzeit jemand hereinplatzen. Pegos Olymp kam nicht infrage, genauso wenig wie Marias Zimmer oder das von Mama und Papa. Bad fand ich blöd, denn da wollte unter Garantie jemand rein. Natürlich war Papas Büro tabu. Wir durften nur hinein, wenn er da war. Andererseits, ich wollte das Zimmer ja zum Lernen nutzen. Dafür war ein Arbeitszimmer doch da. Das war so klar wie ein griechischer Morgen. Und außerdem konnte ich nirgends sonst mit Dennis hin. Draußen war alles nass.

Ich legte den Finger auf die Lippen. Dennis schaute etwas verständnislos. »Komm mit, aber leise. Sonst haben wir gleich meine Familie an der Backe.«

Wir huschten die Treppe hinauf. Wie ich vermutet hatte, hörte Arti Musik.

Kaum betraten wir Papas Büro, veränderte Dennis sich schlagartig. Er stand da und schaute auf die Skulpturen, Bilder und antiken Scherben. Sein Blick blieb auffallend lange auf dem nackten Oberkörper der Aphrodite hängen, bevor er zu den Bildern an der Wand wanderte. Vielleicht bildete ich es mir ein, aber ich glaube, er wurde rot. Ich wusste gar nicht, wo ich hinschauen sollte. Diese Zeichnungen und Skulpturen waren schon immer da und hatten mich noch nie gestört. Aber jetzt fand ich sie mit einem Mal mega-unpassend. Wieso hatte ich einen so peinlichen Vater?

»Papa ist Archäologe«, versuchte ich möglichst lässig zu sagen.

»Abgefahren«, stammelte Dennis. »Sind die echt?«

»Nein, die echten stehen im Museum in Berlin und Athen.«

»Hat er die alle ausgegraben?«

»Nein. Er gräbt überhaupt nicht. Er untersucht das, was schon ausgebuddelt ist.«

Ich hockte mich auf die breite Fensterbank. Die Scheibe war voller winziger Wassertropfen. Dennis sah noch immer die antiken Repliken und Bilder an.

»Jetzt komm, sonst schaffen wir die Lektion nicht.«

Endlich riss er seinen Blick los und plumpste neben mich. Zu zweit war es ganz schön eng, noch enger als in der Hängematte. Ich nahm Dennis das Lateinbuch aus der Hand und schlug es auf. Die Stimmung war seltsam, als hinge mein schlechtes Gewissen wie abgestandene Luft im Raum. Ich konnte kaum atmen. Zu allem Überfluss stand plötzlich auch noch Arti in der Tür.

»Ihr dürft hier nicht rein.«

Dennis und ich zuckten zusammen und dotzten dabei mit den Köpfen zusammen.

»Au!«, riefen wir.

Ich versuchte, meine Schwester mit der Hand wegzuscheuchen. »Verschwinde.«

Wir hörten die Haustür ins Schloss fallen und gleich darauf Stimmen unten im Flur. Wahrscheinlich die Zwillinge oder Triton mit einem Freund. Ich hoffte, dass es nicht Triton war, aber wir hatten Pech. Es waren Triton, Orion und Nike und binnen weniger Sekunden standen sie alle in Papas Arbeitszimmer.

»Was 'n hier los?«, wollte Nike wissen. Sie strahlte Dennis an.

Mir war es definitiv zu eng auf der Fensterbank, aber ich wollte auch nicht so tun, als wäre mir etwas peinlich oder als hätten Dennis und ich etwas Verbotenes oder Geheimes gemacht.

»Was ist mit dem Schwimmkurs?«, fragte ich.

»Fertig.«

»Und Papa?«

»Ist noch mal ins Institut.«

»Aha.« Ich schaute meine Geschwister so streng wie möglich an. »Wir müssen arbeiten. Verschwindet!«

»Wie viele seid ihr eigentlich?«, fragte Dennis.

»Zu viele«, antwortete ich.

»Zu viele«, äffte Arti mich nach.

Tritons große Kulleraugen fixierten mich. In seinem Oberschlaubergerkopf ratterte es, das konnte ich sehen.

»Seid ihr am Knutschen?«, platzte er heraus.

Jetzt sprang Dennis auf und ich hielt es auch nicht mehr aus auf der Fensterbank.

»Seid still und verzieht euch!«, rief ich. »Wir müssen arbeiten!«

Triton tippte sich an die Stirn. »Arbeiten, jaja. Deshalb

habt ihr euch wohl auch ganz heimlich ins Arbeitszimmer gesetzt, auf die Fensterbank. Tsetsetse.«

Nike und Orion lachten.

»Tsetsetse«, machte Orion.

»Tsetsetse«, wisperte jetzt sogar Nike.

»Raus!«

»Wir sagen es Papa«, sagte Triton.

Darauf hätte ich wetten können. Diese dumme kleine Petze.

»Das lässt du schön bleiben!«

»Das werden wir ja sehen!«

»Ich warne dich!«

»Lil ist verknallt, Lil ist verknallt!«, rief Triton und hüpfte auf und ab vor lauter Begeisterung über seine beknackte Feststellung. Orion hopste mit. Ich wollte gerade das Lateinbuch nach ihnen werfen, da sah ich, wie die Skulptur der Aphrodite von dem Gehopse zu wackeln begann. Ich streckte eine Hand aus.

»Stopp!«

Die beiden Kleinen hüpften weiter. Ich wollte alle miteinander aus der Tür schieben, aber sie bildeten eine regelrechte Wand. Eine hüpfende Wand. Ich duckte mich, um mich zwischen ihnen hindurchzuschlängeln, aber Triton kitzelte mich am Bauch. Er wusste genau, das war meine empfindlichste Stelle. Ich machte einen Satz nach hinten, stieg dabei Dennis auf den Fuß und rammte ihm einen Arm in den Bauch.

»Au!« Dennis taumelte nach hinten. Er stieß gegen Papas Bücherregal. Ein paar der antiken Figürchen fingen an zu zittern. Sofort hörten alle auf zu hüpfen. Alle außer Orion. Wer weiß, wenn er auch noch rechtzeitig aufgehört hätte, wäre vielleicht nichts passiert. So aber wackelten die Figuren ganz gewaltig und eine von ihnen stürzte sich kopfüber in die Tiefe. Dennis versuchte, sie zu fangen, verfehlte sie aber knapp.

Jetzt hörte auch Orion auf zu hüpfen. Wir starrten auf die Figur, die plötzlich aus zwei Teilen bestand. Kopf und Körper lagen sich gegenüber, und es sah so aus, als würde der Kopf den Körper anglotzen.

»Ihr seid solche Idioten«, flüsterte ich, während ich mich bückte und die zwei Teile aufhob. »Blöde, bescheuerte Idioten.«

Die vier zogen sich in den Flur zurück. Arti und die Kleinen machten ein schuldbewusstes Gesicht, Triton aber zeigte mit dem Finger auf mich. »Ihr habt sie kaputt gemacht!«

»Ich glaube, ich verschwinde lieber«, sagte Dennis. Er ging Richtung Tür.

Ich wusste nicht, was ich sagen sollte. Es gab keinen Raum, wo ich in Ruhe mit ihm lernen konnte. Wie sollte ich ihm da verübeln, dass er gehen wollte? Trotzdem war ich unglaublich enttäuscht. Nicht nur das: Ich war wütend, stinkwütend, wütender als stinkstinkwütend.

»Na warte«, knurrte ich Arti an, während ich mich hinter Dennis aus dem Zimmer zwängte und Triton mit einem mörderischen Blick bedachte. Der zuckte nur mit der Schulter. Ob aus Frechheit oder wegen seines Tics, ließ sich nicht sagen.

»Wir könnten in der Küche lernen«, schlug ich vor, während ich hinter Dennis die Treppe hinunterschlich. Ich hielt immer noch die zwei zerbrochenen Teile in der Hand.

»Ich muss sowieso nach Hause«, sagte Dennis. Er blickte auf meine Hände. »Tut mir leid. Kriegst du jetzt Ärger?«

Ich zuckte mit den Achseln. »Ist nicht so schlimm.«

Als ich wieder nach oben kam, standen meine Geschwister immer noch im Flur und grinsten dämlich. Ich hätte sie erwürgen können. Stattdessen ging ich in mein Zimmer und schloss zum ersten Mal in meinem Leben die Tür ab. Ich kickte alle herumliegenden Klamotten von Arti über die Trennlinie in ihre Hälfte, legte die zerbrochene Figur auf meinen Schreibtisch, dann warf ich mich auf mein Bett, biss tief ins Kopfkissen und brüllte, so laut ich konnte. Fünf Mal ganz lang. Bis ich merkte, wie es in meinem Hals heiser kratzte. Danach trommelte ich, so fest ich konnte, mit den Fäusten auf mein Kopfkissen.

Wenn Dennis jetzt in Latein eine schlechte Note schrieb, dann war es meine Schuld. Wenn Papa furchtbar sauer würde, auch meine Schuld. Wenn Helli sich zurückgesetzt fühlte, meine Schuld. Nie lief es mal so, wie ich es mir wünschte! Immer standen mir meine Geschwister im Weg! Ich hätte am liebsten meine Sachen gepackt und wäre ausgezogen. Weg von diesem chaotischen, nervtötenden Haufen. Die Frage war nur, wohin? Darauf wusste ich leider, wie auf so vieles, keine Antwort.

An diesem Abend stritten wir immer wieder darüber, wer die Schuld an der zerbrochenen Figur trug. Für mich waren es ganz klar meine Geschwister, und zwar alle zusammen. Arti aber behauptete, ich sei schuld, weil ich Dennis unerlaubt ins Büro geschleppt hatte. Triton und die Zwillinge hielten Dennis für den Übeltäter. Er hatte den Figürchen den entscheidenden Stoß gegeben. Für Papa aber spielte das keine Rolle. Er ließ uns alle (außer Dennis) unsere Spardosen plündern und für seine zerbrochene Figur zusammenlegen. Insgesamt hundertzwanzig Euro. Das war der Preis, den er für die Reparatur beim Restaurator bezahlen musste. Damit war für ihn die Sache erledigt. Eigenartigerweise ging er darüber, dass ich unerlaubt mit unserem Nachbarjungen sein Büro betreten hatte, einfach hinweg. Es bestand kein Zweifel, Papa war momentan nicht er selbst.

Zur Unterstützung hatten wir die Zwillinge angeheuert. Beim Frühstück schlabberte Orion vor lauter Aufregung so schnell und geräuschvoll seine Cornflakes in sich hinein, dass Pego ihn quer über den Tisch hinweg anraunzte. »Alter, du fliegst gleich raus!«

Papa und Mama blickten von ihrer Zeitung auf und warfen erst Orion, dann Pego einen tadelnden Blick zu.

»Ich meine den schmatzenden Zwerg«, blaffte Pego. »Nicht euch!«

Mama schüttelte den Kopf, Papa schaute Pego weiter durchdringend, aber schweigend an. Was Pego da machte, war ganz schön riskant. So wie es aussah, verdarb er gerade sowohl Orion als auch unseren Eltern die Laune. Vor allem Papa konnte superstreng sein, wenn man ihn respektlos behandelte. Aber aus irgendeinem Grund sagte er schon wieder nichts, genau wie am Samstag. Vielleicht hatte er einfach keine Lust auf Streit.

Mir ging es jedenfalls ähnlich. Nach dem Spektakel in Papas Büro hatten wir uns gestern relativ schnell wieder vertragen. So war das in unserer Familie. Selbst wenn man wollte, es war schlicht nicht möglich, über einen längeren Zeitraum böse zu sein oder sich abzusetzen. Früher oder später kam wieder einer angedackelt und machte einen Scherz oder brauchte Hilfe oder sonst etwas.

Papa vertiefte sich wieder in die Zeitung, die ausgebreitet

vor ihm lag. Weil wir so aufgeregt waren, mussten wir uns zusammenreißen, um nicht laut loszulachen. Nike wippte neben mir vor und zurück. Seit ich ihr kurz zuvor im Bad unseren Plan erläutert hatte, war sie ganz zappelig. Sie wusste zwar nicht, weshalb wir das Handy brauchten, aber das war ihr nicht so wichtig.

Orion schob den Teller weg. Nike zwinkerte ihm zu. Dabei schloss sie beide Augen, mit einem allein zu zwinkern, das schaffte sie noch nicht. Die Zwillinge standen auf und gingen zu Papa. Wenn Papa Zeitung las, ließ er sich meistens nicht stören. Trotzdem quetschten sich Orion und Nike nun auf seinen Schoß, jeder auf ein Bein, Orion rechts, Nike links.

Papa nahm davon kaum Notiz. Er besaß eine geniale Fähigkeit, sich zu konzentrieren. Noch nicht mal größter Trubel lenkte ihn ab, wenn er nicht abgelenkt werden wollte. Ich wünschte, die Gabe besäße ich auch. Arti schien sie geerbt zu haben. Sie saß seelenruhig am Tisch und las in einem Buch. Nike patschte mit ihrer Hand auf Papas Kopf. Dann rieb sie ihre kleine Stupsnase an seiner Wange.

»Hm, du riechst gut, Papi.«

Papa grunzte etwas. Orion hielt seine Nase an die andere Wange.

»Ja. Riecht lecker. Ist das dein Affen-Chef?«, fragte Orion.

Papa brummte »Hm« und blätterte die Zeitung um.

»Es heißt Aftershave, du Affe«, sagte Pego. Orion funkelte ihn wütend an. Pego tippte mit dem Zeigefinger auf seine Armbanduhr, was so viel heißen sollte wie »Beeilt euch«.

Orion schlang die Arme um Papa. »Papa, krieg ich dein Handy?«

»Hmpf.«

»Ich auch, ich möchte auch mal dein Handy«, sagte Nike.

»Hm.«

»Papi!« Nike schrie in sein Ohr.

Papa zuckte zusammen. »Also, wenn ihr euch nicht benehmt, müsst ihr runter.«

»Papa, wir möchten dein Handy.«

»Mein Handy …«

»Bitte, nur kurz«, bettelte Nike.

»Ich muss ihr was zeigen. Im Internet«, sagte Orion.

Nike nickte wichtig. »Im Internet. Nur kurz.«

»Wahrscheinlich wieder so ein grässliches Spiel, stimmt's?«

Die Kleinen lächelten geheimnistuerisch. Kaum hatte Papa sein Handy herausgegeben, verzogen sie sich nach nebenan.

Pego stand auf und folgte ihnen. Mama war zum Glück in ihre Zeitung vertieft. Maria schmierte Schulbrote. Triton putzte gerade Zähne und das war gut so. Er wäre in der Lage gewesen und hätte uns alle an Papa verpetzt. Ich stand zwischen Wohnzimmer und Küche, damit ich Pego warnen konnte, nur für den Notfall, und linste durch den Türspalt.

Pego nahm den Zwillingen das Gerät ab.

»Lasst mal sehen«, flüsterte er. Er tippte ein paarmal auf den Bildschirm.

»Was suchst du eigentlich?«, quengelte Orion.

»Still, Knirps«, fuhr Pego ihn an. »Bring mir Stift und Zettel.«

Orion schmollte. Nike flitzte zu ihrem Schulranzen und kam mit dem Zeichenblock sowie einem Bleistift wieder. Hastig kritzelte Pego etwas auf den Block, tippte zwischendurch wieder auf den Bildschirm, kritzelte wieder. Seine

Zunge wanderte dabei von einem Mundwinkel zum anderen.

Maria rief aus der Küche: »Leute, Zähne putzen. In fünf Minuten müsst ihr los!«

»Ich will wissen, was du suchst.« Orion ließ nicht locker.

»Die Ergebnisse vom Boxkampf letzte Nacht«, sagte Pego ungerührt. »Mein Akku ist leer.«

Orion wandte sich gelangweilt ab. Auch Nike schien enttäuscht.

Pego riss das beschriebene Blatt aus dem Block, versetzte das Handy zurück in seinen Ursprungszustand und reichte es Orion. Der rannte in die Küche, wo Papa immer noch lesend am Tisch saß.

»Tschüss, Papa.« Orion legte das Telefon neben die Zeitung und drückte Papa einen Kuss auf die Wange.

»Tschüss, tschüss, tschüss, mein Sohn.« Papa blickte von seiner Zeitung auf und lächelte Orion an. »Halt.«

Orion, der schon davonrennen wollte, bremste und drehte sich noch einmal um. »Was ist denn?« Seine Stimme zitterte ein bisschen.

»Weißt du, was die alten Griechen sagten?«, fragte Papa.

Die alten Griechen, zum Glück, dachte ich, und die anderen dachten es garantiert auch. Wenn Papa so anfing, war er gut gelaunt.

»Nein, Papa.«

»Höre viel und sage nur Nötiges.« Papa erhob sich und faltete die Zeitung zusammen.

»Was heißt das?«, fragte Orion artig.

»Das ist mein Rat für dich an diesem Schultag.« Er blickte Richtung Flur, wo wir uns schon versammelt hatten. »Mein Rat für euch alle übrigens.«

»Was meinst du damit?«, rief Arti, die sich gerade von Pan verabschiedete, indem sie ihm einen dicken Kuss auf die feuchte Nase gab.

»Aufpassen und wenn nötig klugscheißen«, übersetzte Pego die griechische Weisheit.

Mama kam lachend aus der Küche und fuhr Pego durch die zerzausten, immer länger werdenden Haare. »Ein Friseurbesuch wäre vielleicht mal eine Idee.«

»Sage nur Nötiges, Mama!«, rief Pego.

»Eben!«

»Lil, komm jetzt«, drängte Pego.

Mama warf mir einen Blick zu. »Alles okay, mein Herz?«, fragte sie. Seit meinem Überraschungsbesuch in ihrem Bett fragte sie mich das andauernd.

Ich wandte die Augen nicht vom Spiegel. »Jaja.«

»Jetzt mach!« Pego riss die Haustür auf. Ich stürzte hinter ihm her.

Auf dem Weg zur Bushaltestelle zog Pego das zusammengefaltete Papier aus seiner Jeans. Ich versuchte, mit ihm Schritt zu halten und gleichzeitig sein Gekrakel zu entziffern.

»Ging das nicht leserlicher?«

Hinter uns näherte sich ein Skateboard. Ohne mich umzusehen, wusste ich, wer es war.

»Hi.« Dennis bremste neben mir ab und lächelte mich an. Es war das netteste, schönste Lächeln, das er bisher zustande gebracht hatte. Offenbar war er nicht sauer wegen der verpatzten Lateinnachhilfe am Samstag. Ich antwortete mit einem hoffentlich ebenso schönen Lächeln, doch Pego klappte das Blatt zusammen und fuhr ihn an, bevor ich Guten Morgen oder irgendetwas anderes sagen konnte. »Verzieh dich.«

»Mit dir rede ich nicht.« Das war mutig von Dennis, denn bestimmt hatte er keine Lust, sich mit dem Muskelpaket von meinem Bruder anzulegen.

»Sag ihm, er soll die Kurve kratzen«, sagte Pego zu mir.

Mein Mund war trocken wie ein zehn Tage alter Toast. Ich sammelte Spucke und rang mit mir. Ich musste unbedingt wissen, was auf dem Zettel stand. Pego hatte mir beim Hinausgehen schon »Es ist ernst« zugeflüstert. Aber wie sollte ich Dennis erklären, dass ich mit meinem Bruder die SMS-Nachrichten meines Vaters lesen musste? Das ging auf keinen Fall. Leider wusste ich überhaupt nicht, was ich sagen sollte. Ich schaute Dennis einfach nur zerknirscht an.

Pego dauerte das zu lange. »Los, wackel ab, du Brettkutscher.«

Dennis sah zu mir.

Sein Blick schien mir etwas mitteilen zu wollen, etwas wie: »Ey, Lil, jetzt mach den Mund auf.« Genau das wollte ich und versuchte es auch, aber es gelang mir nicht. Stattdessen zuckte ich mit den Schultern. Dennis öffnete den Mund, aber dann presste er die Lippen zusammen. Zwischen seinen Augenbrauen zeigte sich eine Falte, die ich bisher noch nicht gesehen hatte. Mit einem Mal war mir ganz schlecht. Da stieß Dennis sich mit einem Fuß ab und sauste davon.

»Wurde ja auch Zeit«, murmelte Pego.

Kaum war Dennis weg, brachte ich wieder etwas Verständliches heraus.

»Du hättest ruhig netter sein können«, sagte ich.

»Wieso, wenn der nervt?«

Ich riss ihm das Blatt aus der Hand und blieb stehen. Pego nahm es mir wieder ab. Ich stellte mich auf die Zehenspitzen und griff noch einmal danach, aber ich hatte keine Chance. Pego war einfach viel stärker.

»Mann!« Ich boxte gegen seinen Arm, das Blatt schwebte über mir.

»Lil, jetzt chill mal!« Pego funkelte mich an. »Ist gut!«

Ich ließ von ihm ab. Endlich schauten wir gemeinsam auf den Zettel und lasen.

»›Lisa wird außer sich sein, wenn sie es erfährt.‹« Die Nachricht stammte vom fünfzehnten September, das hatte Pego notiert, sie war also nur einige Tage alt. Papa hatte die SMS geschrieben, an wen, war nicht ganz klar, weil er im Adressbuch keinen Namen gespeichert hatte, nur die Mobilnummer. Die hatte Pego sicherheitshalber auch notiert.

Pego zerknüllte das Papier. Dann sah er mich an. »Sollen wir es behalten? Als Beweisstück?«

Ich sagte nichts. Ich war schrecklich deprimiert. Irgendetwas ging vor sich. Papa hatte ein Geheimnis, sogar vor Mama.

»Hey, Lil, kein Grund abzufratzen.« Pego boxte mich gegen den Arm.

»Au. Lass das!« Pego dachte immer, ich vertrüge so viel wie seine Kumpel, dabei haute er viel zu fest. »Du bist so was von grob.«

»Sagen die Mädchen in meinem Alter nicht.« Pego grinste.

Ich sah ihn von der Seite an. Davon wollte ich gerade überhaupt nichts hören, auch wenn ich es sonst spannend fand, wenn Pego über ältere Mädchen sprach.

»Verrate mir lieber, was wir jetzt machen sollen.«

»›Lisa wird außer sich sein‹«, wiederholte Pego den Wortlaut der SMS. »Die Frage ist doch, weiß Mama es jetzt oder nicht? Und wenn ja, ist sie außer sich? Und wenn ja, warum, verdammt, kriegen wir nichts davon mit?«

»Wir haben etwas mitgekriegt«, sagte ich. »Denk an das Telefonat, wo sie ihm sagte, das sei unfair.«

»Stimmt. Aber trotzdem kann Mama nicht alles wissen. Sonst würde da nicht stehen ›Lisa wird außer sich sein‹.«

Wir waren an der Bushaltestelle angekommen. Dennis stand am anderen Ende der Haltestelle und drehte uns demonstrativ den Rücken zu. Ich traute mich nicht, zu ihm hinzugehen, hier standen zu viele herum. Aber mit Pego konnte ich jetzt auch nicht weiterreden. Außerdem hatte ich überhaupt keine Idee, wie wir unser Problem lösen könnten.

»Ich muss erst einmal darüber nachdenken«, sagte ich, während ich mit hunderttausend unguten Gefühlen in den Bus stieg.

Im Klassenzimmer behandelte Dennis mich wie Luft. Als ich ankam, drehte er sich weg und begann ein sehr lautes Gespräch mit seinem Tischnachbarn Luis.

Ich ging zu meinem Platz. In der ersten Stunde stellte ich mir vor, wie sein Blick sich in meinen Rücken bohrte. Mir wurde übel davon. Ich hatte es verdorben. Ganz sicher mochte er mich jetzt nicht mehr. Ich konnte mich nicht auf das konzentrieren, was Herr Rabe sagte. Ich dachte dauernd an die missglückte Begegnung am Morgen, und je länger ich darüber nachdachte, desto wütender wurde ich auf Pego. Und auf mich. Ich hätte Pego widersprechen können. Müssen. Was dachte Dennis jetzt von mir? Ich wagte nicht, mich umzudrehen.

»Lilaia, hast du verstanden?«, fragte Herr Rabe. Helli stupste mich in die Seite.

Ich fuhr zusammen. »Äh?«

Herr Rabe runzelte die Stirn und zeigte zur Tafel. Jetzt erst sah ich, was dort stand. Eine ellenlange Anleitung für die Erstellung eines Herbariums. Die anderen hatten schon begonnen, die Aufgabe abzuschreiben. Schnell griff ich zu einem Stift.

»Es geht um heimische Bäume, klar?« Herr Rabe ging vor der Tafel auf und ab. »Keine Exoten, auch wenn ihr davon vielleicht eine Menge findet in München.«

Wenigstens etwas. Pflanzen mochte ich ja. Es würde mir Spaß machen, Blätter zu suchen, zu bestimmen, zu trocknen und dann zu sortieren. Mit Namen und Besonderheiten.

Hinter mir stöhnte jemand. Ein paar lachten. Ich konnte nicht anders, ich musste mich umdrehen und sah, wie Dennis lustlos die Aufgabe ins Heft kritzelte. Ich hätte ihm so gerne gesagt, dass ich ihm helfen würde. Schon wollte ich den Mund aufmachen, da hob Dennis den Kopf. Sein Blick traf mich wie ein Blitz. Schnell machte ich den Mund wieder zu und wandte mich meinem Heft zu. Es gab gar keinen Zweifel.

Ich hatte es definitiv vermasselt.

In der ersten Pause rannte Dennis mit seinem Skateboard als Erster aus dem Klassenraum, ohne mich anzusehen. Ich folgte ihm mit den Augen, bis er sich durch die nach draußen strömende Menge unserer Mitschüler hindurchgeschlängelt und die Tür zum Hof aufgedrückt hatte.

Traurig hakte ich Helli unter. Aus irgendeinem Grund konnte ich ihr das mit Papa nicht erzählen. Weil ich nicht wusste, wie. Und weil ich nicht genau wusste, was hier eigentlich geschah. Also erzählte ich ihr nur, wie schlimm sich

Pego gegenüber Dennis benommen hatte. Die Einzelheiten mit Papas SMS ließ ich weg.

»Pego spinnt echt ein bisschen«, sagte Helli gedehnt.

»Der ist so bescheuert«, sagte ich.

Wir traten ins Freie. Die Fünft- und Sechstklässler spielten wie meistens in letzter Zeit überall auf dem Gelände »Weiße Hand«, rannten wie blöd in alle Richtungen, versteckten sich hinter uns Älteren und mischten dabei den ganzen Hof auf.

Helli und ich steuerten unsere Lieblingsbank an, dort war es ein kleines bisschen ruhiger. Dennis konnte ich nirgends entdecken.

»Du musst dich eben wehren«, sagte Helli. Sie hockte sich auf die Bank und zog die Knie an.

»Habe ich ja versucht.«

Stimmte das? Heute Morgen hatte ich kläglich versagt, obwohl ich mich gerne gewehrt hätte.

»Bist du plötzlich auf Pegos Seite?« Ich schob die Hände unter den Po. Die Bank war noch etwas feucht vom Regen am Wochenende.

Helli zuckte mit den Schultern. Ich fröstelte plötzlich. Die Bank war mir zu klamm, der Platz zu schattig, die Stimmung zwischen uns so eigenartig kühl. Wenn ich Helli nicht nur die Hälfte, sondern alles erzählt hätte, dann hätte sie mich vielleicht verstanden.

Ungefähr fünfzig Meter entfernt stand mein Bruder. Er alberte mit Finn und zwei anderen Jungen aus seiner Klasse herum. Helli hatte sie jetzt auch gesehen. Wir schauten ihnen eine Weile zu. Sie hatten die Hände in ihren engen, tief sitzenden Röhrenjeans vergraben. Und alle trugen ein schwarzes, bedrucktes Shirt. Auf Pegos stand »Nicht therapierbar«. Wie die meisten seiner Shirts hatte er es selbst bedruckt.

Helli seufzte. »Meinst du, Pego und diese Nina …?«

Wir sahen uns an. »Keine Ahnung.«

»Wirklich?« Helli schob die Unterlippe vor.

»Ehrenwort. Zu Hause jedenfalls tigert er die ganze Zeit um Maria herum.«

»Und was hat das zu bedeuten?«

Ich sah wieder zu Pego und seinen Jungs hinüber. Ganz offensichtlich redeten sie nun über ein paar Mädchen aus ihrer Stufe, die in der Nähe zusammenstanden und kicherten.

»Vielleicht mag er sie wirklich, vielleicht will er sie aber auch einfach nur ganz pegoistenmäßig beeindrucken.«

»Und was glaubst du?«, fragte Helli.

»Ich weiß gerade nicht, was ich glauben soll.« Helli zog eine Grimasse. Ich zupfte ihr einen Fussel vom Ärmel. »Jedenfalls hat er sowieso keine Chance bei Maria. Gegen sie ist er voll das Baby.«

Es klingelte zum Ende der Pause. Am Rand des Schulhofs tauchte Dennis' brauner Schopf auf. Er bremste scharf vor einer Gruppe Mädchen aus der Parallelklasse. Zwei von ihnen kreischten vor Schreck. Dennis fuhr um sie herum. Dabei schaute er blitzschnell zu mir, ich sah es genau.

Er tippte einem der Mädchen, es hatte langes, glattes Haar, auf die Schulter. Das Mädchen wandte sich ihm zu und kicherte. Er lächelte sie an und sie wechselten ein paar Worte. Ich wünschte ihr eine Million Pickel in ihr hübsches Gesicht.

Helli beobachtete die Szene ebenfalls.

»Meinst du, das macht er absichtlich?«, fragte ich.

»Er hat doch sowieso eine Freundin«, antwortete Helli.

Ich seufzte. »Für mich interessiert er sich jedenfalls nicht mehr.«

Jetzt legte sie den Arm um mich. »Hey, der ist ein Idiot, wenn er so etwas macht. Lass ihn. Überleg lieber, wohin wir an deinem Geburtstag gehen.«

Helli hatte recht. Über den Ärger mit Papa und nun auch noch mit Dennis hatte ich meinen Geburtstag vergessen. Dabei war der nun wirklich schon in drei Tagen. Ich hatte am Wochenende mit Mama geklärt, dass ich mit Helli zum Einkaufen in die Innenstadt fahren wollte. Die Idee mit dem Tennisschläger fand Mama nicht so gut. Falls ich wirklich spielen wollte, konnten wir zu Beginn einen gebrauchten ausleihen. Aber statt einer Geburtstagsfeier würde ich nun Geld bekommen, um mir einen Ringelpulli zu kaufen und Helli auf einen großen Eisbecher einzuladen und um außerdem noch mit ihr ins Kino zu gehen. Wir beide liebten Filme. Wenn es später mit Malerei oder Modedesign nicht klappte, dann wollte ich vielleicht Filmemacherin werden. Schauspielerin war in meinen Augen auch ein toller Beruf, aber ich glaubte nicht, dass ich dafür genügend Mut, Temperament und Talent besaß. Auf einer Bühne stehen vor Hunderten von Leuten oder vor einer Filmkamera, das war schon eher Hellis Sache. Oder Artis. Ich hielt mich eigentlich ganz gerne im Hintergrund. Der bot oft eine gute Möglichkeit, andere zu beobachten, und das war wichtig beim Zeichnen.

»Wir fahren zum Marienplatz und dann grasen wir die Shops der Umgebung ab«, sagte ich, während wir zurück zum Klassenzimmer gingen.

Helli zwickte mich in den Arm. Juchhu, wir fuhren alleine zum Einkaufen in die Stadt! Da mein Geburtstag auf einen Donnerstag fiel, wo wir bis vier Unterricht hatten, verschoben wir den Ausflug auf Samstag. Und zum krönenden Abschluss würde Helli bei mir übernachten. Diese schöne Aussicht wollte ich mir von nichts und niemandem vermiesen lassen.

Pego hatte es nach der Schule auffallend eilig und jagte im gestreckten Galopp nach Hause.

Es kam mir so vor, als wollte er mich abschütteln. Garantiert hatte er ein schlechtes Gewissen. Ich eilte hinter ihm her. Weil ich sauer auf ihn war und ihm das sagen wollte.

»Ich finde es superbescheuert, wie du andere Menschen behandelst«, sagte ich. Sofort tat es mir leid. Nicht wegen Pego, sondern weil er eigentlich nicht wissen sollte, weswegen ich so wütend war. Er würde mich doch nur ärgern, wenn er es wüsste.

»Ach ja?«, blaffte Pego zurück und ging in Riesenschritten eine Armlänge vor mir her. »Interessant. Wie behandele ich sie denn?«

»Du bist ein blöder Wichtigtuer«, sagte ich. »Das nervt einfach. Wie du dich aufplusterst.«

»Andere Menschen«, äffte er mich nach. »Hattest wohl einen schlechten Tag.«

Als wir klingelten, öffnete Maria die Tür. Pego schleuderte seinen Rucksack in die Garderobe, ich stellte meinen auf die Treppe.

»Wie ist es gelaufen?«, fragte er atemlos.

Am Morgen hatte Maria die erste Therapiestunde mit Pan beim Hundeflüsterer verbracht. Ich hatte es ganz vergessen, Pego anscheinend nicht.

Maria lächelte. »Ganz gut.«

»Wo ist Pan?«, fragte ich.

Wie aufs Stichwort kam er aus dem Wohnzimmer getrottet. Er trug immer noch eine Windel.

»Wie, braucht er die noch?« Pego kraulte Pan zur Begrüßung hinter den Ohren.

Maria nickte. »Pego, das ist keine Zauberstunde, sondern eine Therapie.«

Pego schnitt eine Grimasse.

»Und, wie war es, ich meine, wie ist er, der Hundeflüsterer?«, wollte ich wissen.

»Ganz nett«, sagte Maria. »Aber ich durfte nicht mit rein.«

»Übelst«, sagte Pego. »Armer Hund.« Er kraulte wieder Pans Fell. »Ohne Maria zu dem fremden Mann.«

Aus dem Augenwinkel beobachtete ich meinen Bruder. Was der für einen süßlichen Mist redete. Und vor allem, wie. Seine Stimme klang fast wie Artis. Er war anscheinend echt in Maria verknallt. Keine Gelegenheit ließ Pego aus, in Marias Nähe zu sein. Sie war aber auch wirklich unglaublich hübsch, mit den lockigen dunklen Haaren und der niedlichen Stupsnase. Bestimmt interessierte Pego sich nur deswegen so sehr für Pan. Bisher war ihm unser Hund jedenfalls nie so wichtig gewesen.

Maria wollte zurück in die Küche gehen, aber Pego stellte sich in den Türrahmen.

»He, was soll das?«, fragte Maria. »Euer Essen brennt an.«

»Pego spielt gerne den Chef. Deshalb nennen wir ihn ja auch den großen Pegoisten.« Ich konnte es mir nicht verkneifen.

In der Pfanne auf dem Herd schmorte ein Berg krümeliges Hackfleisch, das nach Kräutern duftete.

»Riecht lecker«, sagte ich, obwohl ich Fleisch nicht sonderlich gerne aß.

»Wir haben doch schon in der Schule gegessen«, sagte Pego, der immer noch breitbeinig in der Tür stand. Er tat so, als hätte er meine Beleidigung nicht gehört.

Maria schob Pego sanft, aber bestimmt zur Seite.

»Für heute Abend. Ich koche vor«, sagte sie. »Moussaka.«

Pego ging zum Herd und warf ebenfalls einen Blick in die Pfanne. Maria griff einen Pfannenwender, drehte den Regler runter und rührte die Fleischmasse um.

»Und das wird eine Mousse?«

»Griechischer Auflauf. Fleisch, Gemüse und Soße, alles übereinander. Moussaka.«

Pego tänzelte die ganze Zeit um Maria herum. Ich behielt ihn im Blick. Von seinen Flirtkünsten konnte ich mir vielleicht etwas abschauen.

»Bitte mit viel Gemüse«, sagte ich.

Pego stibitzte sich einen Hackfleischkrümel. »Nee, ohne Grünzeug.«

Pan kam näher und winselte.

»Der Geruch macht ihn wahnsinnig.« Pego grinste. Er klaute sich noch ein Fleischbröckchen. Dann leuchteten seine Augen. »Mach Sitz!«, befahl er. Pan gehorchte. Pego ließ den Fleischkrümel in Pans Maul gleiten. Bevor er noch einmal in die Pfanne langen konnte, legte Maria den Deckel auf.

»Pfoten weg!«, sagte sie.

»Aha, Pfoten weg, ist ja interessant. Hast du gehört, Pan?« Pego versuchte, den Pfannendeckel anzuheben, aber Maria stoppte ihn.

»He.« Sie lachte. »Du hast schon verstanden.«

»Och, komm schon.« Pego setzte ebenfalls einen Hundeblick auf und winselte. Das verwirrte Pan. Er hockte brav auf seinem Windelhinterteil und winselte noch mehr. Maria musste lachen. Ich fand es auch lustig. Pego ging in die Knie, hockte sich neben Pan und hielt die Hände wie zwei erhobene Vorderläufe. Zum Dank schleckte ihm Pan über die Wange.

Pego sprang wieder auf die Füße. Er griff nach Marias ausgestreckter Hand und hielt sie fest. Ganz kurz nur. Dabei sah er ihr in die Augen, winselte und machte ein Gesicht wie ein halb verhungerter Dackel. Ich fragte mich plötzlich, ob Pego schon mal ein Mädchen geküsst hatte. Ohne es zu wollen, wurde ich rot. Ich setzte mich schnell an unseren Esstisch und blätterte in der Tageszeitung. Was für ein Glück, dass niemand meine Gedanken lesen konnte.

Ich schlug die Seite mit dem Fernsehprogramm auf, dann wandte ich mich den beiden wieder zu. »Sind andere Hunde in der Therapie?«

Maria ging ein paar Schritte rückwärts bis zum Schrank. Dort verschränkte sie die Arme vor dem Oberkörper.

»Ja. Da war noch ein ganz kleines, niedliches Hündchen im Wartezimmer.«

»Und, hat Pan sich angefreundet? Er ist doch immer ganz versessen auf Spielkameraden«, sagte ich.

Maria lächelte. »Ja, total süß. Wie die sich gegenseitig an ihren Windeln beschnuppert haben.«

Pego kniete sich wieder neben Pan. »Hey, Kleiner, welche Windelmarke trägst du? Also, ich benutze nur die von PO-POPUPS, ich sage dir, die halten total dicht.«

Wir lachten wieder.

»Ich bin nicht sicher, ob du noch ganz dicht bist«, sagte ich.

Maria nickte. Sie ging zum Herd und zog die Pfanne von der Platte.

Mit einem Satz war Pego wieder neben ihr. »Oh, es riecht einfach so übelst genial.«

Ich sah, dass Maria sich darüber freute. Und tatsächlich, sie öffnete den Deckel und ließ Pego noch zwei, drei Hackfleischkrümel herausfischen. Er setzte das größte Pegoistengrinsen auf, das ich je an ihm gesehen hatte.

»Aber jetzt lass mich mal in Ruhe arbeiten«, sagte Maria energisch.

Pego gehorchte ganz brav, ging zur Haustür und ließ Pan in den Garten.

Ich sah ihm nach und wurde plötzlich ganz neidisch. In Sachen flirten war Pego mir um Lichtjahre voraus. Ein Naturtalent. Unerreichbar. Natürlich übertrieb er maßlos, und es nervte, wie er da einen auf dicke Hose machte, aber trotzdem. Es wirkte. Maria war dahingeschmolzen wie Butter in der Sonne, das hatte ich genau bemerkt. Helli musste er nur ein albernes Kompliment für ihre Frisur machen und sie lag ihm zu Füßen. Pego hatte die Flirtgene und ich nur die verflixten Fettnapfgene geerbt. Das Leben war so ungerecht.

Ich ließ Maria in der Küche zurück und verzog mich in mein Zimmer.

Dort starrte ich sehr lange die Zimmerdecke an. Irgendwie fühlte ich mich im Stich gelassen. Papa verbarg seltsame Dinge vor uns. Dennis mochte mich nicht mehr, hatte sowieso eine Freundin und außerdem die Blonde aus der Parallelklasse angelächelt. Pego beeindruckte jedes Mädchen zwischen dreizehn und neunzehn mit seiner Masche. Wieso war für mich alles so schwierig? Erwachsene hatten es viel leichter. Sie mussten niemanden ständig um Erlaubnis fragen. Sie konnten jederzeit alles frei entscheiden. Sie konnten sich von ihrem Geld alles kaufen, was sie wollten. Sie verstanden viel mehr von der Welt und mussten sich nicht ständig diese vielen schrecklichen Fragen stellen. Es würde noch ewig dauern, bis ich so weit war. Jetzt wurde ich erst einmal dreizehn.

Ich schnappte mir mein LLB. Das Einzige, was in so einem Moment ein bisschen half, war Zeichnen. Es war wie Tagebuchschreiben, nur bunter. Beim Zeichnen fühlte ich mich immer leicht und unbeschwert. In meinem Schrank lagen fünf dicke Skizzenbücher. Niemand durfte dorthinein schauen, außer vielleicht Helli. Aber sogar die nur mit Sondererlaubnis.

Als ich meine letzten Modezeichnungen betrachtete, kam mir wieder der Wettbewerb in den Sinn, von dem Helli und ich heute in der zweiten großen Pause in der *StyleIn* gelesen hatten. Ein Nachwuchswettbewerb für junge Zeichentalente. Ausgerechnet Modezeichnen, genau mein Ding. Fand zumindest Helli. Sie behauptete ständig, ich sei so talentiert. Die Gewinner sollten nach Berlin eingeladen werden, um dort mit namhaften Designern eine eigene Kollektion zu kreieren. Eine einmalige Chance! Helli hatte gesagt, ich müsse unbedingt daran teilnehmen. Und ein bisschen gab ich ihr recht. Wenn ich es schaffte, dort zu gewinnen, würden mich alle mit anderen Augen betrachten. Pego, Mama, Papa, die Kleinen sowieso und Dennis. Ich versuchte, ein Kleid mit einer Art Schleier zu zeichnen, das aber nicht wie ein Brautkleid aussah, sondern eher wie eine Abendrobe.

Ich war fast fertig, als es an der Zimmertür klopfte. Das konnte nur Maria sein, die anderen hielten sich nicht an höfliche Umgangsformen. Und Mama würde erst später kommen, weil sie Redaktionssitzung hatte.

»Ja?« Ich klappte das LLB zu.

Maria schob den Kopf durch die Tür.

»Hi, Lil, Telefon für dich.« Sie reichte mir den Hörer.

Es war Helli. Sie schluchzte.

»HALFie, oh Gott, was ist passiert?«

Sie konnte nicht reden. Ich musste bestimmt eine Minute warten, bis Helli sich ein klein wenig beruhigt hatte. Dann stammelte sie immer noch ziemlich unverständlich in den Hörer: »Ich habe voll den Stress mit meinen Eltern.«

»Was? Du? Aber wieso denn?«

Helli zog die Nase hoch. »Weil … weil … meine Mutter will, dass ich nach England gehe.«

Die Nachricht traf mich härter, als ein Fausthieb von Pego es jemals könnte. Es haute mich im wahrsten Sinn um. Ich fiel zurück in mein Kissen. »Nein!«

Helli begann wieder zu weinen. »Das mach ich nicht! Die können mich nicht zwingen!«

»Aber wieso denn überhaupt? Was ist denn in die gefahren?«

»Warte mal«, sagte Helli. Ich hörte, wie sie den Hörer zur Seite legte und sich die Nase schnäuzte. Dann erzählte sie, immer wieder unterbrochen von heftigen Schluchzern.

»Ach, die beste Freundin meiner Mutter macht eine Riesenwelle, weil ihre Tochter auf so einer … tollen englischen Schule war … und dort dieses megatolle internationale Abi gemacht hat. Damit kann sie jetzt auf der … ganzen Welt studieren. Und meine Mutter will jetzt, dass ich«, Helli konnte einen Moment lang nicht weiterreden, »auch so ein Abi mache.«

Traurigkeit erfasste mich so heftig wie ein kalter herbstlicher Windstoß. Ich stellte mir meine arme Freundin allein in einem dunklen englischen Internatszimmer vor, weit weg von ihrem Zuhause. Gleichzeitig sah ich mich allein auf unserer Pausenhofbank sitzen, mich allein, ohne beste Freundin durch ein trostloses Leben ohne HALF-Witze, HALF-Ratschläge und HALF-Mutmachsprüche gehen. Da konnte ich gleich in die Wüste ziehen. Wenn Hellis Mutter sich etwas in den Kopf setzte, dann zog sie es durch, das wusste ich.

Die Zimmertür wurde aufgerissen, und Arti hüpfte herein, dicht gefolgt von Luise und Stella.

»Hi, Lil«, riefen alle drei und ließen sich vor Artis Playmobil-Tierklinik nieder.

Ich schoss in die Höhe, wischte mir die Tränen vom Gesicht und verdrückte mich in den Flur.

»Helli, ich wünsche mir, dass du hierher in unseren Stadtteil ziehst. Nicht nach England. Das ist so ungerecht!«

»Lil, rette mich. Ich will nicht nach England. Ich will kein internationales Abi. Mir reicht das deutsche voll und ganz. Ich will hierbleiben!«

Triton und Orion schossen die Treppe hinauf. Orion versuchte, Triton dabei zu überholen.

Ich verzog mich ins Bad, schloss die Tür hinter mir und setzte mich auf den Toilettendeckel. »Du brauchst gute Argumente«, sagte ich.

Die Badezimmertür wurde aufgerissen.

»Ich muss Pipi«, sagte Nike.

»Warte kurz«, sagte ich zu Helli. Ich stand auf und hockte mich auf den Badewannenrand, auf dem bergeweise gebrauchte Klamotten lagen. Nike ließ sich aufs Klo plumpsen und betrachtete mich neugierig. Ihr Pipi rauschte wie ein Gebirgsbach.

»Mit wem redest du?«, fragte sie.

Ich setzte meinen Nervblick auf. »Los, beeil dich.«

»Nur wenn du mir sagst, wer dran ist.«

Ich hörte Helli seufzen.

»Geht dich nichts an«, sagte ich.

Es plätscherte und dauerte ewig. Und es müffelte. Ich hielt mir mit der freien Hand die Nase zu. Endlich riss Nike ein Blättchen Papier ab.

»Damit wäre ich jetzt nicht so sparsam«, sagte ich.

Nike riss ein zweites Blättchen ab. Faltete erst das eine und dann das zweite sorgfältig und schichtete sie dann auf Kante übereinander.

»Das darf echt nicht wahr sein«, schimpfte ich.

»Wir können ja später noch mal telefonieren«, bot Helli an.

»Das ist genauso mein Bad wie deins«, sagte Nike. Sie saß immer noch auf der Toilette.

»Aber ich war zuerst hier«, gab ich zurück.

In der Toilette donnerte es. Nike lachte. Es war nicht zu fassen. Sogar Helli hatte es gehört. Sie prustete mir ins Ohr. Nike pupste noch einmal. Helli klang plötzlich wieder fröhlich.

»Also, was wird das jetzt?«, fragte ich meine kleine Schwester.

»Kacka.«

Ich sprang auf. »Oh Mann, schlimmer als im Zirkus!«

Helli stöhnte. Wir verabschiedeten uns. »Ich lasse mir etwas einfallen«, versprach ich. Mehr als dieser gut gemeinte, aber wenig hilfreiche Spruch fiel mir fürs Erste nicht ein.

Am Abend erzählte ich meinen Eltern von dem Wettbewerb. Ich hätte ihnen auch gerne vom englischen Internat und den Plänen von Hellis Eltern berichtet, aber das durfte ich nicht. Noch nicht. Darum hatte Helli mich gebeten. Meine Eltern saßen im Wohnzimmer auf unserem abgewetzten

Sofa und lasen Zeitung. Von meinen Geschwistern war gerade niemand in Sicht, bis auf Arti. Sie hockte am Klavier und übte ganz versunken ihr neuestes Stück. Zu Artis Füßen schlief Pan. Papas Kopf steckte hinter dem Kultur-, Mamas hinter dem Politikteil. Neben ihnen sowie auf dem niedrigen Couchtisch lagen überall Zeitungen. Ich quetschte mich zwischen meine Eltern.

»Na, mein Spätzchen«, murmelte Mama. »Alles erledigt für die Schule?«

Ich nickte und zupfte an ihrem Zeitungsrand. »Sag mal, warum sind die eigentlich so riesig und unpraktisch? Nervt euch das nicht?«

Papa hob den Blick. Er lächelte. »Im Gegenteil. Es fühlt sich herrlich altmodisch an. Das gibt mir ein gutes Gefühl.«

Mama ließ den Politikteil sinken. »Meinetwegen könnten sie handlicher sein. Aber es ist schneller und auch billiger, viel Text auf große Papierbögen zu drucken. Und man kann sich die Heftung und Bindung sparen.«

»Hellis Eltern lesen auf dem Tablet«, sagte ich.

»Ach, ich finde Papier dann doch schöner und griffiger«, sagte Mama. »Obwohl das Tablet auch Vorteile bietet. Viel weniger Papiermüll …«

Ich überlegte schon ganze zwei Minuten, wie ich ihnen geschickt mein Thema servieren könnte.

»Ich mag am liebsten Zeitschriften«, sagte ich. »Vor allem die *StyleIn*. Da kriegt man beim Lesen auch keine schwarzen Zeitungsfinger.«

»Ich weiß.« Mama lächelte.

»Du, Mama, in der neuen Ausgabe steht etwas von einem Modedesignwettbewerb.«

Ich erklärte meinen Eltern, worum es ging. Papa hörte,

wenn überhaupt, nur mit einem Ohr zu. Dachte ich. Als ich fertig war, hob er den Kopf.

»Ist das denn tatsächlich für Mädchen in deinem Alter?«, fragte er. Genau die Frage hatte ich befürchtet.

»Ich glaube, es ist ab vierzehn. Aber ein Jahr mehr oder weniger …«

»Schätzchen, ich fürchte, die nehmen deinen Beitrag gar nicht erst an, wenn du das Mindestalter nicht erfüllst«, sagte Mama. »Vielleicht dürfen sie es nicht einmal, aus gesetzlichen Gründen.«

Ich hatte das dringende Bedürfnis, an meinen Nägeln zu knabbern. »Aber ich könnte doch sagen, dass ich vierzehn bin. Bitte!«

Jetzt ließ Papa seine Zeitung sinken. »Lilaia, das möchte ich überhört haben. So etwas nennt man Urkundenfälschung.«

»Aber es ist doch keine Urkunde, sondern ein Zeichenwettbewerb! Bitte! Helli sagt, ich hätte Chancen!«

Mama sortierte ein paar Zeitungen auf einen Stapel. »Lil, in einem Jahr hast du vielleicht noch bessere Chancen. Dann bist du vierzehn, zeichnest noch besser …«

Ich verschränkte die Arme vor der Brust. »Aber in einem Jahr gibt es vielleicht keinen Wettbewerb mehr.«

»Es gibt immer Wettbewerbe«, murmelte Papa, der schon wieder am Lesen war. Er hielt das Thema für beendet. Das machte mich furchtbar wütend.

»Ihr hört mir ja gar nicht richtig zu«, rief ich.

Arti hörte zu spielen auf und wandte den Kopf. »Ich kann nicht üben, wenn ihr so einen Krach macht.«

Ich zog eine Grimasse. »Und ich kann nicht reden, wenn du so einen Krach machst.«

»Na, na, Lil, jetzt ist aber gut«, sagte Mama. »Arti übt für das Konzert in drei Wochen.«

Arti spielte weiter, dieses Mal noch lauter. Sie haute in die Tasten, dass es schepperte. Das machte sie absichtlich.

»Ja, wenn Arti etwas für ihr Hobby tut, dann findet ihr das gut«, maulte ich, »aber mich unterstützt niemand.« Ich war jetzt auch aufgestanden und auf dem Weg Richtung Flur.

»Es reicht, Lil«, kam es scharf aus Papas Ecke.

Ja, es reichte, dachte ich, als ich die Treppe hinaufstapfte und dabei mehr Lärm verursachte als Pego bei seinen gewagtesten Treppenhechtsprüngen. Ich pfefferte meine Zimmertür ins Schloss. Niemand schien es zu bemerken. Ich öffnete sie wieder und knallte sie ein zweites Mal mit Wut und Wucht.

Natürlich. Alle anderen wurden mit Aufmerksamkeit überschüttet, aber von mir nahmen sie überhaupt keine Notiz. Ich konnte sogar Türen knallen, ohne dass sie es bemerkten. Nicht mal Triton und die Zwillinge, die nebenan schliefen und gefälligst hätten aufwachen sollen bei dem Lärm.

Ich setzte mich an den Schreibtisch und stopfte missmutig die Hefte für den nächsten Tag in meinen Rucksack. Dann legte ich meine Arme auf die Schreibtischplatte und bettete den Kopf darauf. Eine Etage tiefer schien Arti genug gespielt zu haben. Ich lauschte. Plötzlich war es ganz ruhig. Ich hörte meinen Atem. Und dann ein Geräusch, das von draußen zu mir drang. Ich hob den Kopf und blickte aus dem Fenster. Es war schon fast dunkel. Hatte ich mich getäuscht?

Ich kniff die Augen zusammen, um besser zu sehen. Da, richtig, vor unserem Haus fuhr Dennis vorbei. Er rollte bis zur Straßenkreuzung, wendete und kam wieder zurück. Hin und her und her und hin. Immer wenn er vor dem großen

Mehrfamilienhaus sein Board wendete, warf er einen raschen Blick zu unserem Haus. Zu meinem Fenster? Oder täuschte ich mich? Auf die Entfernung konnte ich es nicht gut genug erkennen. Vielleicht blickte er auch nur die Straße hinunter, um sicherzugehen, dass kein Auto fuhr. Sooft er aber auch an unserem Haus vorbeifuhr, genau neun Mal, schaute er kein einziges Mal direkt zu mir hinauf. Dabei war ich mir seltsamerweise fast sicher, er wusste, dass ich da war. Das Licht in meinem Zimmer brannte und ich stand gut sichtbar am Fenster.

Warum ich dort wie festgewachsen wartete, war mir nicht ganz klar. Vielleicht weil mir gerade alles zu viel war. Weil alles schiefging. Dennis mochte mich nicht mehr, Papa hatte seltsame Geheimnisse, Helli sollte nach England ziehen, meine Eltern ließen mich nicht am Wettbewerb teilnehmen. Das war mehr, als ein Mensch vertragen konnte, fand ich. Schlimmer konnte es nicht werden. Das dachte ich zumindest an diesem Abend. Da ahnte ich nicht, wie schlimm es noch werden sollte.

Ich saß
mit der schlechtesten Laune meines Lebens
beim Frühstück.

Die halbe Nacht hatte ich in mein Kissen geweint, ehrlich gesagt ein bisschen auch, weil ich hoffte, Arti würde es Mama und Papa erzählen und damit vielleicht doch noch ihr Herz erweichen. Aber Arti schlief tiefer als jeder Siebenschläfer. Völlig umsonst hockte ich deshalb mit hässlichen geröteten Augen vor meiner Müslischüssel und vor einer Tasse Kakao mit Haut.

»Ich hasse Haut!« Ich fischte ein glibberiges Stück aus meiner Tasse und schnippte es auf den Tisch.

»Bäh!« Arti zog ihre noch volle Müslischüssel zur Seite. »Schau dir an, wie du den Tisch versaust. Ekelhaft.«

Die anderen murrten auch. Triton schloss die Augen.

Mama und Papa waren beide schon weg. Kurz vorher hatten sie sich aber noch gestritten, nur wegen eines Autoschlüssels, und das, nachdem sie uns gerade eingeschärft hatten, bloß friedlich zu sein und Marias Nerven zu schonen. Mich hatten sie nicht weiter beachtet.

Maria stand am Herd und rührte eine neue Portion Kakao an. Pego kam in drei Sätzen die Treppe hinuntergesprungen.

»Morgen!«, brüllte er. Orion und Nike hielten sich die Ohren zu.

»Mach nicht so einen Krach«, sagte ich.

Pego kümmerte sich nicht um mich. Er stellte sich hinter Maria und tippte ihr einmal rechts, einmal links auf die Schulter. Dabei lächelte er sie wer weiß wie checkermäßig an.

Arti, Nike und Orion waren mit ihren Träumen oder Müslis oder sonst etwas beschäftigt und hatten nichts bemerkt, ich aber hatte es genau gesehen.

Triton auch. Dem gefiel es offenbar so wenig wie mir. Wahrscheinlich gingen ihm auch die ständige Angeberei, die Hechtsprünge, das Armmuskelspiel und das Getöse auf die Nerven, mit dem Pego ins Zimmer kam.

»Pego küsst Mädchen«, sagte Triton plötzlich.

Orion und Nike sahen auf und fingen an zu kichern, Arti schaute zu mir und rollte die Augen.

Pego, der noch immer hinter Maria stand, blickte zu Triton hinüber. »Halt die Klappe, Zwerg.«

Maria machte sich am Schrank zu schaffen und tat unbeteiligt. Vielleicht hatte sie auch nichts mitbekommen.

»Ich weiß auch, wen er küsst!«, sagte Triton triumphierend.

»Und dich knutscht gleich diese Waffe hier!«, rief Pego und ballte die Faust. Die Kleinen lachten wieder.

»Wen denn, wen denn?« Nikes braune Augen leuchteten. Sie liebte es, wenn übers Küssen und diese Dinge geredet wurde. Aufgeregt stieß sie Orion in die Seite.

Einer von Papas Pantoffeln, die wahrscheinlich wie immer neben der Küchentür gelegen hatten, landete auf Tritons Teller. Die mit Schokocreme bestrichene Brotscheibe kippte über den Tellerrand und landete auf dem Boden, eine zweite wurde unter dem Pantoffel begraben.

Orion rief: »Wow!«, Arti lachte zum ersten Mal an diesem Morgen, Nike klatschte in die Hände, und Triton verkrümelte sich lachend unter den Tisch.

Ich sprang auf. »Hör auf mit der Sauerei! Mama hat gesagt, wir sollen uns benehmen.«

»Hast ja selber angefangen.« Arti zeigte auf die Milchhaut vor mir. Pego zerrte den abgetauchten Triton unter dem Tisch hervor. Er versetzte ihm einen Hieb gegen den Arm.

»Nina, Nina! Er küsst Nina!«, rief Triton.

Woher Triton das wusste, war mir ein Rätsel. Von Pego sicher nicht, der redete mit seinem kleinen Bruder nie über Mädchen. Ich war die Einzige, die Nina aus Pegos Parallelklasse kannte, aber von meinen Beobachtungen auf dem Schulhof hatte ich niemandem erzählt. Außerdem hatte ich sie nur flirten gesehen. Triton musste bei einer seiner regelmäßigen Schnüffeleien etwas in Pegos Olymp gefunden haben.

Pego sah mich böse an. Er dachte natürlich, ich hätte getratscht.

»Ich habe damit nichts zu tun«, wehrte ich ab.

Triton wand sich in Pegos festem Griff. »Du willst ja nur Maria!«, schrie er.

Wir alle starrten Triton an. Pego holte aus und drohte Triton mit der Faust.

»Nimm das sofort zurück, du Miniatur«, sagte er wütend.

Triton presste die Lippen zusammen. Sein heller Schopf war schon nass geschwitzt, sein Gesicht rot. Ich wollte ihm helfen, selbst wenn Pego dann noch eher dachte, ich hätte etwas gepetzt. Ich hielt Pego am Arm fest. »Lass ihn!«

»Stopp!«, rief Maria. Mit ein paar Schritten war sie am Tisch, riss den Pantoffel von Tritons Teller und hielt ihn Pego hin.

»Mach das sauber!« Ihre Augen blitzten erst ihn, dann Triton böse an. »Ihr geht zu weit«, sagte sie.

»Genau«, stimmte ich ihr zu und ließ Pego los. »Ihr spinnt komplett.«

Pego wollte etwas sagen, aber Maria schleuderte den Pantoffel Richtung Tür. »Ruhe! Und mach das jetzt sauber!«

Triton ging zurück zu seinem Platz. Er sah auf seinen Teller und stutzte.

»Wo ist mein Brot?«, fragte er.

Eine der beiden verunglückten Brotscheiben lag auf dem Boden, aber die zweite, die unter dem Pantoffel geklebt hatte, die war verschwunden. Wir schauten zu Orion und sahen, wie der Kleine gerade etwas hinunterschluckte. Dabei grinste er hämisch. Triton jaulte auf und wollte sich auf Orion stürzen, aber ich war schneller. Ich bremste ihn mit dem ausgestreckten Arm, während Orion in Deckung ging, und packte Triton.

In dem Moment riss irgendetwas in mir, vielleicht das Nervenkostüm, wie Mama es nannte, oder mein Verstand, sofern man sich den als zusammenhängendes Ganzes vorstellen konnte. Mich durchzuckte ein kurzer blitzartiger Schmerz. Ich hielt Triton dabei immer noch in einer felsenfesten Umklammerung und schrie aus Leibeskräften: »Ihr dämlichen Idioten! Wisst ihr eigentlich, wie bescheuert ihr seid?« Meine Stimme überschlug sich.

Triton riss sich los. Er machte ein Gesicht, als fürchtete er sich vor mir.

»Ich habe euch so satt! Satt, satt, satt, satt, satt!«, brüllte ich und zeigte dabei auf jeden Einzelnen, außer Maria. »Ihr benehmt euch unterirdisch, ihr denkt immer nur an euch, ihr macht nur Chaos, ihr seid das Allerallerletzte!«

Ich hatte nicht gewusst, wie laut ich sein konnte. Die anderen auch nicht. Sie starrten mich an, sogar Pego, der sonst immer einen auf coole Miene machte. Er schüttelte ganz langsam den Kopf und zeigte mir einen Vogel.

Mein Hals tat weh. Ich wollte weiterschreien, aber meine Stimme brachte nur noch einen rauen, kratzigen Ton hervor. Es klang lustig, aber niemand lachte. Meine Augen füllten sich mit Tränen.

Orion kroch unter dem Tisch hervor. Pego und Triton setzten sich. Maria stellte frischen Kakao auf den Tisch. Ich stand da wie versteinert.

Maria kam zu mir und strich über meinen Arm. »Komm, Lil«, sagte sie, »setz dich und iss etwas.«

»Keinen Hunger«, sagte ich heiser, schnappte den Pflanzenatlas, den ich schon bereitgelegt hatte, weil wir ihn heute für Biologie brauchten, steckte ihn in meinen Rucksack und machte mich ohne ein weiteres Wort auf den Weg zur Schule.

Auf dem Pausenhof vertrieben sich eine Handvoll Fünftklässler die Zeit mit Fangen, ansonsten war noch nicht viel los. Ich verschwand in der Mädchentoilette, warf den Rucksack ab und wischte mit dem Ärmel über den Spiegel, der total verschmiert war. Meinen Zustand konnte man als erbärmlich bezeichnen. Die ungekämmten Haare zwirbelten sich in alle Richtungen und auf Gesicht und Hals prangten mehrere rötliche Flecken. Na super, jetzt hatte ich zu allem Überfluss auch noch eine Hautkrankheit.

Ich holte mir eine Rolle Toilettenpapier, trennte ein paar Blättchen ab und befeuchtete sie mit kaltem Wasser. Damit betupfte ich die roten Stellen. Da das Papier schnell in Fetzen hing und außerdem sofort warm wurde, musste ich es mehrmals wiederholen. Ich tränkte ein paar Lagen Papier und legte sie quer über Gesicht, den Kopf und Nacken. Die Kühlung tat gut. Die Ruhe tat gut. Durch die Toilettentür hörte ich, wie sich die Pausenhalle langsam füllte. Ich warf das nasse Papier in den Eimer. Mein Gesicht wirkte schon ein klein wenig erholt. Ich versuchte ein Lächeln. Es sah irgendwie bescheuert und gequält aus. Kein Wunder, dass niemand sich in mich verliebte.

Draußen ertönte die Schulglocke. Ich schnappte meinen Rucksack und stieß die Toilettentür zum Korridor auf. Im selben Moment knallte etwas von außen gegen die Tür. Ich fühlte den Schlag, erst gegen den Rucksack, dann gegen den Kopf.

»Au«, schrie ich.

»Mann!«, brüllte jemand von der anderen Seite der Tür. Die Stimme kam mir bekannt vor. Ich rieb mir die Stirn und lugte um die Ecke. Eine Armeslänge von mir entfernt stand Dennis und hielt sich das Knie.

»Kannst du nicht aufpassen!«, fauchte er mich an.

Ich öffnete den Mund und wollte etwas erwidern, aber mir fiel nichts ein. Hinter meiner Stirn klopfte es. Und irgendwo in meiner Herzgegend ereignete sich ein sagenhaftes Trommelkonzert, ganz spontan. Ich war nicht in der Lage, einen vernünftigen Satz hervorzubringen.

»Ey …«, begann ich, aber Dennis hatte schon wieder Luft geholt.

»Willst du mich umbringen, oder was? Ich hätte mir das Genick brechen können!«

Ein paar Meter weiter kicherten ein paar aus unserer Parallelklasse. Ich blickte mich um. Zum Glück war niemand aus unserer Klasse in der Nähe.

Die Schulglocke läutete noch einmal.

»D-d-du darfst hier drinnen gar nicht f-f-ahren!«, rief ich und schämte mich zu Tode, weil ich nun offenbar stotterte.

Dennis schien es nicht zu merken oder hielt es nicht für

wichtig, denn er strich nur mit dem Zeigefinger über die Schramme, die sein Board der Toilettentür verpasst hatte. »Das geht dich gar nichts an.«

Er war immer noch sauer auf mich. Und ich konnte es ihm noch nicht mal verübeln. Erst ließ ich zu, dass Pego ihn mies behandelte, und jetzt schlug ich ihn und sein Board mit einer Toilettentür zu Brei.

Mein Kopf schmerzte. Ich hätte gerne nach der Beule getastet, denn auch ohne Spiegel wusste ich, oben auf meiner Stirn musste eine Beule sein. Wahrscheinlich schimmerte sie schon in den herrlichsten Farben.

Großartig. Zwei Tage vor meinem dreizehnten Geburtstag lief ich herum wie ein Kleinkind.

Dennis starrte mich wütend an. Ich hätte ihm so gerne gesagt, wie leid es mir tat. Aber ich traute mich nicht.

»Wir sind spät dran«, sagte ich. Dann ließ ich ihn stehen. Das war einfach zu kompliziert.

Auf dem Weg zum Klassenraum stürzte Helli mir entgegen. Wieder reichte die Zeit nicht, ihr von allem zu berichten, aber wenigstens schilderte ich ihr kurz die schrecklichen Ereignisse vom Vorabend und berichtete von meinem Ausraster sowie dem Zusammenstoß mit Dennis. Es dauerte nicht lange, aber wir vertrödelten trotzdem die Zeit. Die Tür war bereits zu, als wir am Klassenzimmer ankamen.

»Jetzt aber schnell«, sagte Herr Rabe.

Helli und ich sausten zu unseren Plätzen. Dennis saß bereits und schaute stur geradeaus zur Tafel.

Herr Rabe räusperte sich. »Beim letzten Mal haben wir den Unterschied zwischen heimischen und nicht heimischen Pflanzen erklärt.«

Wir zählten noch einmal ein paar heimische Pflanzen auf, Herr Rabe ergänzte um weitere. Der blöde Zusammenstoß mit Dennis vorhin rückte in den Hintergrund und ich beruhigte mich allmählich.

Heute ging es um das Herbarium. Darauf hatte ich mich gefreut. Ich erinnerte mich an den Atlas, den ich extra mitgeschleppt hatte, und zog das schwere Buch aus dem Rucksack.

»Ah, Lilaia, du hast genau das Werk mitgebracht, das ich euch zeigen wollte«, sagte Herr Rabe. »Aber als ich es mir in der Schulbibliothek ausleihen wollte, war es leider gerade nicht da.« Er kam näher. »Hast du es dir ausgeliehen?«

»Es gehört meinem Vater«, erwiderte ich.

»Darf ich?«

Ich nickte.

Herr Rabe hielt den Atlas hoch und schlug den Deckel auf.

»Unter baumkunde.de findet ihr heutzutage natürlich auch alles. Aber das hier ist und bleibt einfach das beste Nachschlagewerk zu heimischen Pflanzen, das ich kenne.« Er lächelte und blätterte in den Seiten. Er war richtig verknallt in das Buch. Ich muss zugeben, es machte mich ein bisschen stolz.

»Solltet ihr irgendwann …«, fuhr er fort, hielt dann aber inne. Ein Blatt Papier löste sich aus dem Buch und segelte zu Boden. Es glitt genau zwischen Dennis und seinen Tischnachbarn Lennart.

»Verzeihung«, hörte ich Herrn Rabe sagen, aber es klang wie sehr weit weg. Denn schon als ich die Spitze des Papiers aus dem Buch ragen sah, hatte bei mir das lauteste, heftigste Trommelkonzert begonnen, im Kopf, im Brustkorb, selbst in den Beinen hämmerte, kribbelte und vibrierte es. Und das bei gleichzeitiger vollständiger körperlicher Starre. Meine Augen folgten dem Blatt, und beim Vorbeisegeln hätte ich es, wäre ich flink und geistesgegenwärtig statt lahm, tollpatschig und verpeilt gewesen, mir schnappen und an mich reißen können. Ich wollte mich unter den Tisch werfen. Ich hätte nur achtzig, höchstens hundert Zentimeter überwinden müssen. Ein Satz, und zack, hätte ich mein Schicksal noch abwenden können.

Stattdessen machte Lennart den Satz. Blitzschnell tauchte er unter den Tisch und klaubte das Papier vom Boden.

Aus dem Trommelkonzert wurde eine Explosion. Irgendwo in meinen Eingeweiden und von dort sich ausbreitend. Ein Schmerz, ein Druck, eine schwere und immer schwerere Übelkeit. Während Lennarts anfängliches Grinsen einem begeisterten, beinahe jubelnden Gesichtsausdruck wich, den die anderen rasch auf die richtige Weise deuteten, und während Dennis neben ihm zur Wachsfigur erstarrte, blieb mein Herz stehen. Ich spürte es ganz genau. Alles blieb stehen. Sogar die Zeit, dieses eine Mal. Für einen winzigen Moment. Ich gab einen seltsamen Laut von mir, aber ich weiß nicht, ob ihn jemand außer Helli hörte. Sie warf mir einen besorgten Blick zu.

Alle anderen aber sahen zu Lennart und wollten wissen, worüber er sich so freute. Innerhalb von wenigen Sekunden drängelten sich meine Klassenkameraden um Lennarts Platz, und bevor Herr Rabe einschreiten und das Papier einfordern konnte, hatten die meisten sie gesehen: meine Zeichnungen von Dennis, die ich vor Tagen zu Hause auf den Zeitungsrand gekritzelt und dann in den Atlas geschoben hatte, weil Arti sie nicht hatte sehen sollen. Jetzt sahen sie alle. Alle Jungen und alle Mädchen aus meiner Klasse.

Jeder, der bis drei zählen konnte, wusste, die Figur mit dem Skateboard musste Dennis sein. Jeder konnte daraufhin eins und eins zusammenzählen. Und wer es trotzdem noch nicht kapiert hatte, dem half das kleine Herz auf der Hosentasche der Figur. Wie passend, dass ich auf einen Zeitungsrand gezeichnet hatte. Ebenso gut hätte ich es auch offiziell in die Zeitung setzen können: Hiermit verkünde ich, Lil April, dass ich in Dennis Hoffmann verliebt bin.

Der Einzige, der die Zeichnung nicht zu sehen bekam, war am Ende unser Lehrer. In dem Moment, als er Lennart das Papier wegnehmen wollte, zückte Konstantin sein Handy und machte ein Foto. Von meinem Bild. Ich wollte schreien, aber ich war wie versteinert. Aber wenigstens in Dennis kam Bewegung. Er riss das Blatt an sich, zerknäulte es in seiner Faust und versenkte es in seiner Hosentasche.

»Ruhe!« Vielleicht weil er fürchtete, es könnten noch mehr seltsame Blätter heraussegeln, vielleicht auch weil er mit seinem Stoff weiterkommen wollte, klappte Herr Rabe den Atlas zu und legte ihn vor mir ab. Die anderen kehrten auf ihre Plätze zurück, tuschelten aber noch immer. Ein paar kicherten und sahen unentwegt zu mir herüber.

»Ich hoffe«, sagte Herr Rabe mit einem ernsten Blick auf mich und dann auf Dennis, »ich hoffe, Herr Professor April bekommt seinen Atlas so wieder, wie er ihn verliehen hat.«

Ich schluckte nur. Helli erzählte mir hinterher, dass Dennis mit megarotem Kopf dagesessen und nach unten gestarrt hatte. Ich schaute geradeaus und vermied, überhaupt irgendjemand ins Gesicht zu schauen. In diesem Augenblick kam es mir so vor, als würde ich für den Rest meines Lebens geradeaus schauen müssen, ins Leere, aber nie wieder in die Augen eines Klassenkameraden.

Herr Rabe beließ es dabei. Um uns wieder zur Ruhe zu bringen, verordnete er einen Schnelltest. Im Handumdrehen schrieb er fünf Fragen an die Tafel, die jeder innerhalb von zehn Minuten schriftlich beantworten musste. Alle murrten natürlich, aber umsonst. Nach dreißig Sekunden herrschte Stille.

Ich konnte mich auf keine der Fragen konzentrieren. Die Übelkeit hatte etwas nachgelassen, aber nach dem Aussetzer raste mein Herz nun wie nach einem Tausendmeterlauf. Helli stupste mich an. Ich sah zu ihr. Sie machte ein Gesicht, als würde sie an meinem Verstand zweifeln. Sicher konnte sie nicht verstehen, wie man so blöd sein konnte. Jetzt war jedoch nicht der Moment zu reden. Helli schob ihr Blatt zu mir rüber. Sie hatte die erste Frage schon beantwortet. Aufmunternd nickte sie mir zu, damit ich endlich anfing zu schreiben.

Vollständige Sätze brachte ich nicht zustande, aber wenigstens notierte ich ein paar Stichpunkte. Wenn Helli nicht gewesen wäre, hätte ich ein leeres Blatt abgegeben. So wie Dennis. Auf dem Blatt, das er nach zehn Minuten abgab, stand nur sein Name. In dem Moment, wo Herr Rabe es beim Einsammeln entgegennahm, schaute ich ganz kurz zu ihm und er zu mir. In seinem Blick lag eine ungute Mischung aus Trotz und Zorn, Schmerz und Scham, Verzweiflung und Vergeltung. All das konnte ich im Bruchteil einer Sekunde erkennen, bevor ich mit glühenden Wangen zu Boden blickte. Konnte es einen schwärzeren Tag geben? Ich hatte es mir mit Dennis verdorben, mit meinen Geschwistern vermasselt, mich für alle Zeiten vor der Klasse lächerlich gemacht, und ich hatte Streit mit meinen Eltern. Ich fragte mich, wie ich jemals wieder aus dieser Geschichte herauskommen sollte.

Ich sagte zu Hause kaum Hallo und schleppte schnell meinen verflixt schweren Rucksack auf mein Zimmer. Dort schleuderte ich ihn in die Ecke, dass es krachte. Am liebsten hätte ich das fette Buch in seine tausendzweihundert einzelne Seiten zerrissen! Ich nahm es aus dem Ranzen, ließ es zu Boden fallen und stapfte mit dem Fuß darauf, mit voller Wucht. Und dann mit dem anderen Fuß. Und noch einmal! Dem dicken braunen Ledereinband schien es nichts auszumachen, aber am Buchrücken entdeckte ich einen feinen Riss.

Plötzlich tat es mir leid. Papas altes Buch konnte ja nichts dafür. Ich schob das dicke Teil unter meinen Schreibtisch, setzte die Kopfhörer auf und schaltete den iPod ein. Artis momentaner Lieblingssong lief. Ich scrollte durchs Programm, bis ich die Lieder von Rihanna fand, und drehte voll auf.

Mein Blick fiel wieder auf den Atlas. Ich zog das Buch zu mir heran, es roch nach Staub und Nüssen, fast wie das Öl, das Mama manchmal in die Salatsoße kippte. Ich strich über den ledrigen Einband. Er war an vielen Stellen schon etwas gewellt, fühlte sich aber trotzdem noch schön an, fand ich. Rihanna sang »Lost in Paradise«, und ich klappte das dicke Buch auf, genau an der Stelle, wo die Zeichnung gelegen hatte. Ich erkannte es, weil ein Fitzel der Tageszeitung noch darin steckte. Die blöde, verflixte, bescheuerte, beknackte, kindische Zeichnung! Die dieser hundsgemeine Konstantin nun auf dem Handy gespeichert hatte. Damit er sie überall herumzeigen konnte oder, noch schlimmer, herumschicken. Ganz ehrlich, etwas Schlimmeres konnte ich mir im Moment wirklich nicht vorstellen. Ich überlegte, wie lange es wohl dauerte, bis das Bild bei Pego auf dem Handy landete. Aus meiner Parallelklasse ging ein Junge in Pegos Boxverein.

Es würde also höchstens ein paar Minuten dauern und alle wüssten Bescheid, auch Arti, Triton, die Zwillinge, und sobald Orion es wusste, waren dann auch ruckzuck Mama und Papa informiert. Mir wurde ganz heiß.

Ich sprang hoch und riss das Fenster auf. Kühle Herbstluft wehte ins Zimmer. Mit geschlossenen Augen stellte ich mir vor, wie Konstantin das Bild losschickte und alle aus meinem Jahrgang die Köpfe über ihren Handys zusammensteckten und sich schlapplachten. Wie Papa die Stirn runzelte. Wie Pego sich auf die Schenkel klopfte vor Lachen.

Irgendetwas streifte meine Wange und ich öffnete die Augen. Es war, als wäre etwas ins Zimmer geweht. Ich legte die Hände ans Gesicht, es war ganz nass. »Paradise«, sang Rihanna. Ich wischte mir über die Wangen.

Mein Blick fiel auf das Mehrfamilienhaus am Ende der Straße. Ich zog die Nase hoch und schluckte den salzigen Geschmack hinunter. Dennis. Was machte er jetzt? Schaute er sich auch meine Zeichnung auf dem Handy an? Würde er mich jemals wieder eines Blickes würdigen?

Ich starrte hinüber zur Fassade des großen Hauses. Plötzlich war mir kalt. Ich schlang die Arme um mich.

Ein Auto bog in unsere Straße ein, Mamas alter Golf. Es war drei Uhr nachmittags, ungewöhnlich früh für sie. Vielleicht hatte Pego das Bild schon an sie geschickt! Vielleicht kam Mama, um mit mir darüber zu reden? Ich trat einen Schritt zurück, damit sie mich von der Straße aus nicht sah, und schloss das Fenster. Dann drehte ich die Musik leise, legte mich ins Bett und wickelte mich in meine Decke. Ganz fest. Mit dem Gesicht zur Wand.

Am Abend kletterte ich die Stiege hoch zu Pegos Olymp.

Er lag lang gestreckt in seiner Hängematte und schaukelte hin und her. Ich tat so, als wollte ich nur den Laptop holen, aber in Wahrheit musste ich endlich herausfinden, ob Pego das Bild von Konstantin bekommen hatte. Während des Abendessens hatte er keinen Ton gesagt.

»Alles klar?«, fragte ich.

Pego hob den Kopf. »Das sollte wohl eher ich fragen.«

Ich knabberte nervös an meinem Daumennagel, bückte mich und hob mit der freien Hand den Laptop auf, der auf dem Fußboden lag. »Wieso?«

»Na ja, nach deiner genialen hysterischen Vorstellung heute Morgen.«

»Ach so.« Ich versuchte zu lächeln. Ich wusste nicht, was ich sagen sollte.

»Wir müssen Papa mal weiter auf den Zahn fühlen«, sagte Pego unvermittelt.

Wieso wechselte er das Thema? Hatte er kein Foto bekommen? Oder wollte er es für sich behalten? Wie konnte ich es sicher herausfinden? Ach, egal, ich würde ihn einfach fragen.

»Hast du heute ein Foto bekommen, das Konstantin herumgeschickt hat?«

»Nee.«

»Sicher?«

Pego schnaubte genervt. »Ey, was soll das? Lass mich mit deinen Kinderkram-Klassenfotos in Ruhe, okay!«

»Reg dich ab. Man wird ja wohl mal fragen dürfen.«

Ich überlegte. Wenn Pego das Bild nicht bekommen hatte, musste das noch nicht heißen, dass Konstantin es nicht verschickt hatte. Aber es gab Hoffnung.

»Wenn dich die Sache mit Papa nicht interessiert«, Pego machte eine wegwerfende Handbewegung, »bitte sehr, da vorne ist die Luke.«

Mein Bruder wirkte traurig. Längst nicht so traurig, wie ich es im Moment war, aber das war ja auch schlicht unmöglich. Ich hatte mit Sicherheit den miesesten Tag von allen Kindern unserer Schule, ach was, von allen Kindern aus München gehabt. Vielleicht hielt ich im Moment sogar den Rekord für ganz Deutschland. Trotzdem, ich hätte nicht gedacht, dass Pego die Sache mit Papa so beschäftigen würde. Normalerweise interessierte er sich, wie es sich für einen echten Pegoisten gehörte, nur fürs Boxen, Boxen und noch mal Boxen, dann Computer, seine Freunde und vielleicht noch Mädchen.

»Okay, ist ja schon gut. Tut mir leid. Also, was machen wir jetzt?«, fragte ich.

»Jetzt tritt Teil zwei des Plans in Kraft.«

»Hatten wir einen Plan?«

Pego verschränkte die Hände und ließ die Fingerknochen knacken. »Ich schon. Wir müssen Papa auf der Arbeit observieren.«

»Und wann bitte sollen wir das machen?«

Pego dachte nach. »Übermorgen wäre gut. Da ist kein Training und wir könnten direkt nach der Schule …«

»Übermorgen habe ich Geburtstag«, sagte ich.

»Na und? Du feierst sowieso nicht.«

»Aber Geburtstag ist trotzdem wichtig.«

»Jetzt zick nicht rum. An den anderen Tagen geht es nicht.«

»Ja, für dich.«

Pego rollte die Ärmel seines Shirts nach oben und pumpte seine fetten Oberarmmuskeln auf. Als könnte mich das beeindrucken. »Das kann nicht warten, Lil. Oder?«

»Denkst du.«

»Genau. In kritischen Situationen sollte man handeln, nicht warten.«

»Denkst du.«

»Mann, ich habe in zwei Wochen einen Wettkampf. Den kann ich vergessen, wenn ich vorher ein einziges Training verpasse.«

Ich holte Luft.

Ich würde meinen Geburtstag mit Helli am Samstag nachfeiern. »Na gut.«

»Bingo.« Pego ließ die Arme hängen. »Und was sagst du Mama, wenn sie fragt, was du vorhast?«

»Wir haben eine Schülerversammlung an der Schule«, schlug ich vor.

Pego grinste. »Ja, es könnte die Wahl zur neuen Schülervertretung sein. Gute Idee!«

Ich nahm den Computer mit auf mein Zimmer. Zehn Minuten später hatte ich herausgefunden, wie wir am Donnerstag zum Archäologischen Institut kamen. Ich wusste, wo es lag, aber den genauen Weg dorthin hatte ich nicht mehr im Kopf. Wir mussten erst den Bus nehmen und dann umsteigen in die U-Bahn. Danach suchte ich noch die Internetseite des Instituts. Das meiste, was dort stand, verstand ich nicht. Es ging um Projekte, die das Institut in vielen Teilen der Welt betreute. Ich entdeckte den Menüpunkt »Personen« und klickte darauf.

Es waren sehr viele Namen. Unter Professoren fand ich den Namen meines Vaters, Prof. Dr. Theodor Franz April. Ich suchte einen Vornamen mit D. An letzter Stelle fand ich einen.

Dr. Diethild Berger, und dahinter stand Deutsches Institut Berlin. Ich überlegte, ob das ein weiblicher oder ein männlicher Vorname war.

»Na, Lil, alles okay?

Ich hatte gar nicht bemerkt, dass Mama hereingekommen war. Erschrocken klappte ich den Bildschirm herunter. Das sah natürlich nach großer Heimlichkeit aus. So ein blöder Mist.

Mama machte ein erstauntes Gesicht. »Entschuldige, ich wollte nicht so reinplatzen.«

»Bin gerade fertig.« Ich legte den Laptop zur Seite.

»Ich suche eigentlich Maria«, sagte Mama.

Das glaubte ich ihr nicht so ganz. Mütter haben auch ihre Tricks.

»Die ist weg, glaube ich.«

Mama zuckte mit den Schultern. »Und wo sind die anderen? Die Zwillinge gehören ins Bett.«

»Weiß nicht. Nebenan?«

»Es ist so ruhig.« Mama drehte sich um, kam dann aber noch mal zurück.

»Lil, ich weiß, dass du eine wunderbare Zeichnerin bist. Aber du hast noch viel Zeit, glaub mir. Wenn man zu jung ist auf diesem Gebiet, dann wird man sehr schnell …«, sie suchte nach Worten und knetete ihre Hände, »… ausgenutzt.«

Ich antwortete nicht. Bisher hatte ich noch keine grandiose Idee, wie ich Mama noch umstimmen könnte. Deshalb wollte ich besser nicht zu viel sagen.

Mama wartete einen Moment, dann nickte sie. »Diese Chat-Seiten, Facebook und Instacam und so …«

»Instagram«, sagte ich.

»Ja, die. Interessiert dich das?«

»Ich war nicht auf Facebook. Ist außerdem etwas für alte Leute und megaout. Es gibt andere coole Seiten.«

Mama setzte sich. »Ach so. Ich wollte nur wissen, ob du dich dafür interessierst.«

»Weiß nicht. Vielleicht. Alle interessiert es. Aber es ist sowieso erst ab dreizehn.«

Mama zwinkerte mir zu. »Dann hast du ja noch massenhaft Zeit.«

Ich fand es nicht so witzig, versuchte aber zu lächeln.

Mama legte den Arm um mich. »Ich werde am Donnerstag versuchen, zwei Stunden früher von der Arbeit zu kommen, okay? Dann haben wir beide noch etwas Zeit füreinander.«

Ich wurde unruhig. »Nicht nötig, Mama. Wir, äh, ich meine, ich muss zu einer Schülerversammlung. Pego auch, soviel ich weiß.«

»Oh.« Mama hob die Augenbrauen. »Aber das wird doch nicht den ganzen Nachmittag dauern.«

Ich knabberte an meinem Daumennagel. »Wie? Ach, ich weiß nicht.« Ich löste mich aus Mamas Umarmung und stand auf. »Manchmal dauert es ziemlich lange. Es geht um die neuen Schülervertreter.«

Mama stand auch auf und strich mir eine meiner widerborstigen geringelten Strähnen aus dem Gesicht.

»Musst du wirklich deinen Geburtstag mit so einer Versammlung vergeuden?«

»Ich finde das nicht langweilig. Das ist meistens sogar ganz lustig«, flunkerte ich und hoffte, Mama würde mir diesen Unsinn abkaufen.

Offenbar tat sie das. »Gut, Schatz. Dann veranstalten wir für dich wenigstens ein schönes, feierliches Geburtstagsabendessen hier zu Hause.«

Diese Schwindelei machte mich ganz elend.

»Super«, sagte ich und lächelte.

Was würde der Donnerstag bringen, fragte ich mich, als Mama gegangen war. Was, wenn wir gar nicht in Feierlaune von unserer geheimen Mission zurückkämen? Oder noch schlimmer, was, wenn ich am Donnerstag gar nicht mehr zur Schule zu gehen brauchte, weil schon morgen jeder von den Zeichnungen im Pflanzenbuch wusste? Wenn alle mit dem Finger auf mich zeigten?

Das Schlimmste an der Situation war, dass ich Dennis mit hineinzog. Peinlichkeiten sind wie ansteckende Krankheiten. Ich übertrug sie auf Dennis wie einen blöden Schnupfen, ohne es zu wollen und ohne es steuern zu können. Und Dennis wurde dadurch ganz sicher immer wütender. Auf mich.

Ich kramte mein LLB heraus und zeichnete das Schulgebäude. Auf das Dach setzte ich eine überdimensionale Fahne und darauf meinen Namen. Vor das Gebäude setzte ich eine Menschenmenge. Die meisten Leute hielten sich den Bauch vor Lachen.

Es wehte zwar keine Fahne auf dem Dach der Schule, aber was tatsächlich passierte, fand ich mindestens genauso schlimm. Kurz bevor ich ins Klassenzimmer trat, hatte Helli mir gesagt, dass Konstantin kein Foto verschickt hatte. Aber nicht weil er nett und rücksichtsvoll, sondern weil das Foto total unscharf und deshalb nicht zu gebrauchen war.

Was für ein Glück! Supererleichtert ging ich zu meinem Platz, als ich das riesige Herz an unserer Tafel bemerkte. Darin stand »LLD = Lil loves Dennis«. In einer Ecke des Klassenzimmers hatte sich ein Grüppchen versammelt, Konstantin, Christoph, Lennart, Elisa und die hinterhältige Rena. Ich konnte nur mutmaßen, dass sie mir das eingebrockt hatten. Für eine Sekunde starrte ich auf das Bild, dann warf ich meine Locken zurück und ging an den grinsenden Gesichtern vorbei. Ich wischte die Schmiererei von der Tafel.

»Hey, Lil, wo ist dein Held mit dem Brett?«, rief Lennart. Die anderen lachten.

Ich legte den Schwamm zurück und drehte mich um.

»Halt den Mund«, sagte ich und trocknete meine Hände an der Jeans.

Lennart tänzelte zwischen den Tischen. »Voll das Brett, ey, voll das Brett!«, sang er.

Die anderen lachten, am lautesten Rena.

Was sollte ich machen? Ich hätte ihm gern gegen seine blöden tänzelnden Beine getreten und geschrien: »Na und! Was ist schon dabei?! In DICH verknallt sich keine, das ist ja wohl klar!« Aber ich stand nur da, sprachlos und feige.

Zum Glück kam unsere Deutschlehrerin. Ich setzte mich schnell auf meinen Platz. Frau Hartmann ging zum Pult, schob die Tafel ein Stück nach oben und klappte die seitlichen Flügel nach außen. Allgemeines Kichern. Auf der inneren Tafel prangten ungefähr zwanzig kleine Herzen mit »LLD«.

Ich schloss die Augen. Tränen drückten von innen gegen

meine Lider. Es tat richtig weh. Verdammt, wieso hatte ich vorhin diese blöde Tafel nicht aufgeklappt und nachgesehen?

Frau Hartmann wischte die Herzchen wortlos weg. Ich spürte, wie alle zu mir sahen, und senkte den Blick.

Helli schob mir einen kleinen Zettel zu. »Dennis ist nicht da« stand darauf. Erleichtert atmete ich auf. Dennis war nicht zur Schule gekommen. Da sein Platz hinter meinem war und ich bisher nicht gewagt hatte, mich umzudrehen, war mir das entgangen. Immerhin etwas. Ich würde nun einfach jeden Tag früh genug in der Klasse sein und die Tafel kontrollieren, nahm ich mir vor.

Den Rest des Tages hielten sich die anderen zum Glück zurück. Vielleicht weil Dennis fehlte, vielleicht weil ich es geschafft hatte, wenigstens halbwegs so zu tun, als regte mich das Ganze nicht auf. Das Gegenteil war natürlich der Fall, aber ich hatte mir fest vorgenommen, mich nicht zu einem Gefühlsausbruch hinreißen zu lassen. Wenn ich einfach die Klappe hielt oder nur das Nötigste sagte, dann würden die anderen hoffentlich schnell das Interesse verlieren. Das hatte auch Helli gemeint und die konnte Situationen immer ganz gut einschätzen.

Immerhin, das Foto, das Konstantin gemacht hatte, war unscharf. Ein Trost.

Auf der Heimfahrt im Bus dachte ich an Dennis. Ob er wirklich krank war? Oder einfach nur unsagbar sauer auf mich? Ich hatte ihn schrecklich blamiert. Je länger ich darüber nachdachte, desto mehr sackte ich auf meinem Sitz zusammen. Wegen mir musste er sich auslachen lassen. Wieso hatte ich auch dieses oberdämliche Herz auf die Hosentasche gemalt?

Ich biss hektisch auf meinen Fingernägeln herum und ärgerte mich in der gleichen Sekunde darüber. So würde ich mir nie die Nägel lackieren können, weil das mühsam gezüchtete kleine Stückchen Nagel schon wieder irgendwo zwischen meinen Zähnen hing. Blöder Mist.

Aber eines ließ sich nicht leugnen: Ich konnte prima nachdenken beim Nägelkauen. Während ein weiterer Nagelsplitter in meinem Schoß landete, kam mir eine Idee. Ich musste Dennis um Verzeihung bitten.

»Wir entschuldigen nichts so leicht wie die Torheit, die uns zuliebe getan wurde«, hatte Papa, der sich ja wie kein anderer auf Sprichwörter verstand, letztens gesagt. Ich hatte vergessen, in welchem Zusammenhang, doch das Sprichwort war mir in Erinnerung geblieben. Wenn es stimmte, dann würde Dennis meine Entschuldigung annehmen. Das machte mir Mut.

Als ich mich unserer Straße näherte, beschloss ich spontan, es sofort hinter mich zu bringen. Lieber jetzt als am nächsten Tag auf dem Weg zur Bushaltestelle oder auf dem Schulhof. Ich steuerte das Mehrfamilienhaus an und spürte trotz aller Angst so etwas wie Vorfreude.

Doch dann stutzte ich. Vor mir ging ein Mädchen. Sie war wie ich an unserer Haltestelle aus dem Bus gestiegen, ich hatte sie aber nicht weiter beachtet. Als ich merkte, dass sie den gleichen Weg nahm, begann es in meinem Kopf zu rattern. Sie war ungefähr so alt wie ich, vielleicht ein klein wenig jünger. Blonde, schulterlange, superglatte Haare und angezogen wie im Hochsommer mit kurzer Jeans-Latzhose und einem ärmellosen Top in Neonpink darunter. Dazu weiße Chucks ohne Socken.

Ich lief ungefähr zehn Meter hinter ihr. Als sie die Straße

überquerte und auf das Mehrfamilienhaus zusteuerte, konnte ich sie von der Seite sehen. Sie war so was von hübsch. Dann tat sie, was ich befürchtet hatte, und ging genau zu der Haustür, zu der auch ich wollte, suchte das Klingelbrett ab und klingelte bei Hoffmann. Bei Dennis. Ganz klar, sie wollte zu ihm. Für seinen Bruder war sie zu jung, außerdem hatte sie nichts Emohaftes an sich.

Ich hockte keine fünf Meter entfernt auf dem Gehweg und band mir die Schuhe, etwas Besseres fiel mir nicht ein. Während sie an der Tür wartete, schaute sie kurz zu mir. Lächelte. Oh Gott, das war der schrecklichste Moment überhaupt. Ich konnte nicht zurücklächeln. Ich probierte es, aber mein Lächeln verrutschte zur Grimasse. Obwohl ich es selbst nicht sehen konnte, wusste ich, dass es so war. Ich glaube, ich schaute eher so, als hätte ich gerade einen sehr unangenehmen Geschmack im Mund.

Der Drücker summte. Das Mädchen stemmte sich gegen die Tür und verschwand im Treppenhaus. Während die Tür in Zeitlupentempo zufiel, hatte ich drei Sekunden Zeit, um zu entscheiden. Ich entschied es nicht wirklich, ich handelte einfach. Ich musste Gewissheit haben. Vielleicht hatte sie ja doch nicht bei Hoffmann geklingelt, das Klingelbrett war ein wenig von ihrer Hand verdeckt gewesen, also hatte ich es nicht hundertprozentig sehen können. Ich sprang in zwei Sätzen an die Tür und glitt möglichst lautlos hinter dem Mädchen in ein dunkles, kühles Treppenhaus.

»Dritter Stock!«, tönte ein sehr fröhlich klingender Dennis von oben.

Mein Atem stockte. Ich presste mich neben der Haustür an die Wand.

»Okeehee!«, rief das Mädchen genauso fröhlich zurück.

Das reichte mir. Mehr musste ich nicht wissen. Wie eine ertappte Übeltäterin ging ich aus dem Haus. Es war also tatsächlich wahr. Insgeheim hatte ich die ganze Zeit noch gehofft, diese Fernbeziehung, die Dennis erwähnt hatte, sei inzwischen aus und vorbei. Aber nun lag es auf der Hand. Und so ein superhübsches Mädchen würde Dennis natürlich festhalten.

Ich hatte keine Lust, einem meiner Geschwister zu begegnen. Ich stellte meinen Rucksack auf der Terrasse ab und legte mich in unsere Hängematte. Sie fühlte sich noch ein wenig feucht an von den Regengüssen der letzten Tage. Heute schien die Sonne, wenn auch deutlich schwächer als noch vor einer Woche. Ich fröstelte.

Am Himmel zog ein Vogelschwarm vorbei. Vielleicht Zugvögel, die auf dem Weg in ihr Winterquartier im Süden waren. Die hatten es gut. Ich wünschte, ich hätte auch einfach die Flügel ausbreiten und aufbrechen können. Fort von hier, wo nichts so lief, wie ich es gerne gehabt hätte. Ich würde alles zurücklassen, sogar mein LLB, und wie eine Schwalbe oder ein Mauersegler fliegen, ohne mich umzusehen, und alles, was ich aus der Höhe von der Erde zu sehen bekäme, wäre winzig klein und unbedeutend. Nachts würden mir die Sterne zuwinken, und wenn ich das Meer überquerte, könnte ich mich im Schimmer der spielenden Wellen spiegeln.

»Lil! Telefon!«

Tritons Stimme riss mich aus meiner Träumerei. Mein Bruder stand in der Terrassentür und schwenkte den Telefonhörer.

»Kannst du es mir bitte bringen?«, fragte ich. Triton

schnitt eine Grimasse, legte dann aber den kurzen Weg bis zur Hängematte zurück.

»Wohnst jetzt wohl draußen«, sagte er spöttisch und drückte mir den Apparat in die Hand.

»Keine schlechte Idee. Danke.« Ich wartete, bis Triton wieder im Haus war.

In dem Moment, als ich die Stimme meiner besten Freundin hörte, brach der letzte Rest an Fassung und Haltung in mir zusammen. Ich begann zu weinen. Es war genau wie vor ein paar Tagen, nur umgekehrt: Vor lauter Geschluchze konnte ich nicht reden, und Helli sagte auch kein Wort, weil es ja mehr Sinn machte, mich erst mal heulen zu lassen. Das dauerte eine ganze Weile. Da ich leider kein Taschentuch zur Hand hatte, wischte ich mir immer wieder mit dem Ärmel meiner Strickjacke über die Nase.

»Ich mache alles falsch!«, jammerte ich schließlich. »Alles, alles, alles. Und nichts läuft so, wie ich es mir wünsche!«

»Was ist denn passiert?«, fragte Helli.

»Ach, der Wettbewerb, bei dem sie mich nicht mitmachen lassen, diese ganzen blöden Aufgaben, die sie mir und immer nur mir aufbrummen! Immer soll ich alles richten, für die Jüngeren da sein, im Garten arbeiten, im Haushalt helfen, die Vernünftige sein! Und wenn ich dann mal etwas will, wie zum Beispiel diesen Wettbewerb, dann erlauben sie es nicht!«

»Das ist wirklich ungerecht«, sagte Helli, und ihre Empörung tat mir gut.

»Ja, und außerdem habe ich eben seine Freundin gesehen!«

»Wessen Freundin? Pegos?«

»Oh Mann, Helli, nein, nicht Pegos! Die von Dennis.«

»Nein!«

»Doch!«

»Echt, wo?«

»Bei ihm zu Hause.«

»Du warst bei ihm zu Hause?«

»Ja. Nein. Also, ich habe gesehen, wie sie bei ihm geklingelt hat.«

»Sicher?«

»Hundertpro.«

Helli atmete hörbar aus. »Mann. Echt. Das ist ein Ding.«

Wie sie das so sagte, rutschte mein Herz noch ein Stück tiefer. Obwohl ich gedacht hatte, dass es gar nicht mehr tiefer ging.

»Was soll's, ich hab's sowieso vermasselt.«

Helli seufzte. »Tja, nach der Aktion mit der Zeichnung …«

»Das war so ultradämlich.«

Helli sagte nichts.

»Helli?«

»Ja?«

»Wenn deine Eltern dich nach England schicken, dann wechsele ich auch die Schule. Ich brauche einen Neuanfang, glaube ich.«

Helli schnaubte. »Lil, hör mir mal gut zu. Weißt du, womit du mal ganz neu anfangen musst? Mit Grenzen.«

»Wie meinst du das?«

»Nein sagen. Zuallererst mal deinen Geschwistern und deinen Eltern. Die dürfen nicht denken, dass du, nur weil du das netteste Mädchen der Welt bist, auch immer Ja zu allem sagst. Du musst Grenzen setzen. Deine Grenzen.«

»Ja, aber …«

»Nein! Und wenn die dann mal sauer auf dich sind, dann

musst du das eben aushalten. Du musst mal für dich einstehen, Lil. Auch Dennis und all den Idioten aus der Klasse gegenüber. Wenn du in Dennis verknallt bist, dann verstehe ich nicht, warum du dauernd versuchst, das vor ihm zu verheimlichen. Dass du Arti mit ihm zum Gassigehen schickst. Was ist das für eine Taktik? Wie soll er da verstehen, was du von ihm willst?«

»Aber wir haben ja Latein gelernt, ich habe ihm geholfen …«

»Ja, genau das ist es, du tust so, als ginge es ums Lernen. Aber das ist doch gar nicht wahr.«

In der Hängematte wurde es immer kühler und ungemütlicher. Ich setzte mich auf. »Er hat sowieso eine Freundin. Ist doch ganz egal, was ich falsch oder richtig mache.«

»Finde ich nicht. Dennis könnte ja trotzdem auch in dich verknallt sein. KÖNNTE. Aber wenn er es wäre, dann wüsste er jedenfalls nicht, woran er bei dir ist.«

Arti riss die Terrassentür auf. »Lil, ich muss telefonieren, beeil dich!«

Helli stöhnte. Ich stöhnte auch. Dann lachten wir. Ich versuchte, Arti zu verscheuchen, aber die wartete an der Tür.

»Ich gebe zu, du hast es nicht leicht«, sagte Helli.

»Genau.« Ich wollte gerade wie meistens »Du hast es gut« sagen, da fiel mir das Internat wieder ein. »Hast du noch einmal mit deinen Eltern über England geredet?«

»Nicht wirklich.«

»Sag deinen Eltern, dass wir es nicht überleben, wenn sie uns trennen. Und wenn überhaupt, dann gehst du nur für die Oberstufe hin. Ich habe es im Internet gelesen. Die letzten zwei Jahre reichen auch für dieses internationale Abi. Und ich komme dann mit!«

Arti gestikulierte wild. Zum Glück würde ich bald, sehr bald, mein eigenes Handy haben.

»Au ja, das wäre so cool.« Helli seufzte.

»Du musst jetzt erst mal Zeit gewinnen«, sagte ich. »Dann sehen wir weiter.«

 An meinem dreizehnten Geburtstag
regnete es in Strömen.

Mama suchte im Keller hektisch nach Regenjacken, und oben im Wohnzimmer saß ich mit einem Kloß im Hals vor einem winzigen Kuchen, in dem dreizehn Kerzen steckten.

»Mami, beeil dich, die Kerzen sind gleich abgebrannt«, rief Nike. Sie legte ihre kleine Hand auf meine. »Du darfst dir gleich was wünschen«, flüsterte sie aufgeregt.

Arti saß am Klavier, Orion und Triton balgten sich auf dem Wohnzimmerteppich.

Ich versuchte zu lächeln, was nicht leicht war, denn ich kam gerade um vor Nervosität. Am Abend hatte ich nämlich eine Entscheidung getroffen. Ich wollte Hellis Rat folgen und von nun an Grenzen setzen. Es war mir sehr ernst.

Pego landete mit einem Riesensprung im Wohnzimmer. Er hielt seine Hand hoch und wir klatschten ab. »Happy birthday, kleine Schwester.«

»Haha.«

Mama kam mit einem Arm voller Regenjacken die Treppe herauf und ließ den Stapel vor der Haustür auf den Boden gleiten.

»Es kann losgehen.« Papa, der bis jetzt Zeitung lesend auf dem Sofa gesessen hatte, stand auf. Alle waren da. Mama nickte Arti zu.

Arti stimmte das Geburtstagslied an. »Zum Geburtstag viel Glück, zum Geburtstag viel Glück …«

Als sie fertig gesungen hatten, pustete ich die Kerzen aus. Ich schaffte es auf Anhieb. Die anderen klatschten.

»Und die Geschenke?«, fragte Nike. »Wo sind die Geschenke?«

Ich zog die Kerzen aus dem Kuchen. »Die kaufe ich mir am Samstag selber.«

»Nicht alle.« Mama nahm mich in den Arm und hielt mir dann ein flaches Päckchen hin. Ich wusste ja, was es war. Um die Spannung für meine Geschwister zu erhöhen, wickelte ich es sehr langsam aus.

»Ein Handy!« Ich öffnete die Schachtel. »Super, ein Smartphone!«

»Lass mal sehen«, riefen die anderen.

»Touchscreen.« Triton fuchtelte vor meiner Nase herum.

»Wieso bekommt sie eins mit Touchscreen?«, wollte Pego wissen.

Ich strich über das glatte, neue Display.

»Weil es andere kaum noch gibt.«

Ich sah meine Eltern an. »Danke, Mama, danke, Papa. Total super.« Papa drückte mich. Ich löste mich vorsichtig aus seiner Umarmung und räusperte mich. »Ich wollte euch etwas sagen«, begann ich.

Eigentlich war der Moment ganz gut gewählt. Wann bekam ich schon mal so viel ungeteilte und vor allem wohlwollende Aufmerksamkeit? Meine ganze Familie saß beziehungsweise stand um mich herum. Obwohl, nicht wirklich alle passten auf. Pego zum Beispiel daddelte auf seinem Handy, und Orion war schon wieder damit beschäftigt, sich heimlich etwas in den Mund zu schieben. Papa schaute auch irgendwie abwesend. Aber Mama nickte mir aufmunternd zu. Ich räusperte mich noch einmal.

»Ich will nicht mehr die liebe, brave Lil sein, die immer zur Stelle ist, wenn es hier brennt.«

Mama öffnete den Mund, aber ich gab ihr ein Zeichen, dass ich noch nicht fertig war. Papa hob die Augenbrauen. Jetzt hörte er zu.

»Ihr tut immer so, als wäre ich für alles zuständig. Schwimmkurs für die Kleinen, Nachhilfe für Arti, hier ein bisschen Gartenarbeit, dort ein paar Einkäufe, eine Zeichnung in Perspektive, immer irgendwas, worauf der Rest der Familie keinen Bock hat. Ich bin es so leid!«

Pego sah von seinem Handy auf. »Boah, wie kann man am eigenen Geburtstag nur so zickig sein. Übelst.«

»Ja, übelst«, fuhr ich ihn an, »wie du dich immer aus der Verantwortung stiehlst! Wer macht denn deine Zeichnung für Kunst? Bei dir ist immer boxen wichtiger als alles andere und jeder hier akzeptiert das. Und bei dir«, ich zeigte auf Arti, »hat jeder Verständnis für deine musische Begabung.«

Arti kräuselte die Oberlippe und verschränkte die Arme vor der Brust.

»Ja, du musst gar nicht so schauen! Es stimmt doch! Du spielst Klavier, ich kritzele nur auf Papier.«

Arti kratzte sich am Kopf. »Kein Mensch sagt, dass du kritzelst.«

»Möglich. Aber alle denken es.« Ich spürte, wie Tränen in mir hochstiegen. Unter gar keinen Umständen wollte ich weinen. Und das schaffte ich auch.

»Es ist mir egal, was ihr denkt. Ich will einfach, dass ihr mich respektiert. Jetzt ist Schluss mit der lieben Lil, die es allen recht macht. Ich meine das ernst!«

Noch einmal sah ich von einem zum anderen. Mama machte ein bekümmertes Gesicht, Papa lächelte mich an.

»Liebe Lil, es hat sicher Mut gefordert, das zu sagen«, begann er. »Und es ist dein gutes Recht, uns in die Schranken zu weisen, wenn du dich ungerecht behandelt fühlst.«

Mama nickte. »Wir werden versuchen, in Zukunft darauf zu achten.«

Pego wedelte mit seiner Faust. »Ja, mit Samtpfoten.«

Die Jüngeren kicherten.

»Weißt du, was du bist? Ein PEGO! Peinlicher, entnervender, größenwahnsinniger Oberdulli!«, rief ich.

Jetzt lachten die anderen, sogar Mama und Papa. Pego wurde rot.

»Und mein Hobby verdient die gleiche Rücksicht wie die Hobbys der anderen«, fügte ich schnell hinzu, bevor Pego zum Gegenschlag ausholen konnte.

Triton fing an zu zucken. »Wir haben es jetzt ja gehört.«

Mama strich ihm übers Haar.

»Bist du fertig?«, fragte Orion.

»Nein. Ich will ein eigenes Zimmer. Und wenn das nicht geht, dann wenigstens ein neues Regal, das Arti und ich als Raumteiler nehmen können.«

Pego lachte. »Raumteiler, in welcher Tussi-Zeitschrift hast du das denn gelesen?«

»Hör auf, Pego!«, fuhr ich ihn an. »Genau darum geht es. Respekt. Lass mich, wie ich bin, und verschone mich mit deinem protzigen Getue!«

Mama sah nervös auf die Uhr. »Schätzchen, ich verstehe sehr gut, was du meinst, und du hast in vielem recht.« Sie blickte in die Runde. »Wir alle werden das respektieren, nicht wahr?«

Die Kleinen nickten, sogar Triton, was mich wirklich wunderte. Ich unterdrückte aber sogar das kleinste Lächeln, denn das wäre ein Fehler gewesen. Es war mir verdammt ernst und das sollte es ihnen auch sein.

Pego schnalzte mit der Zunge, was auch immer das heißen mochte.

»Pegasos«, sagte Papa mit Blick auf ihn, »wolltest du etwas sagen?«

Pego steckte sein Handy in die Hosentasche. »Pony, das war ja eine richtige Ansprache. Gar nicht mal schlecht. Aber jetzt hab ich Hunger.«

Und dann hatten es alle plötzlich sehr, sehr eilig und wuselten herum. Mama scheuchte uns zu den Müslischalen.

»Kinder, Theo und ich müssen los. Schönen Tag euch allen.« Sie gab mir noch einen Kuss. »Besonders dir, mein Schatz. Wir nehmen uns das auf jeden Fall zu Herzen. Und vergiss nicht: Unter L steht deine eigene Telefonnummer. Du kannst sofort lostelefonieren, es ist schon Guthaben darauf.«

»Cool. Danke, Mama.«

Papa klopfte mir so vorsichtig auf die Schulter, als wäre ich aus Glas. Er wirkte irgendwie bedrückt und nachdenklich.

»Keine griechische Weisheit für mich, Papa?«, fragte ich.

Er schüttelte langsam den Kopf. »Dieses Mal, mein Engel, fällt mir vorerst nichts ein.« Er hob den Zeigefinger und lächelte. »Aber sobald ich etwas Passendes gefunden habe, melde ich mich.«

Ich stand im Flur am Fenster und schaute meinen Eltern hinterher. Im Grunde war es ganz gut gelaufen. Jetzt würde sich zwar noch zeigen müssen, ob meine Familie in Zukunft meine Grenzen respektierte, aber ich war optimistisch. Schließlich war heute mein dreizehnter Geburtstag. Ein guter Zeitpunkt, um ein paar Dinge grundlegend anders anzugehen.

An der Bushaltestelle herrschte Gedränge. Ich bemühte mich, mit unbeteiligtem Gesicht möglichst lässig neben Pego zu warten. Auf den ersten flüchtigen Blick hatte ich Dennis nicht entdeckt. Ich traute mich aber nicht, nach ihm Ausschau zu halten. Vielleicht kam er nicht. Einerseits hoffte ich das. Ein anderer Teil von mir wünschte sich aber auch, ihn zu sehen, nur ganz kurz. Immerhin hatte ich Geburtstag, vielleicht stimmte ihn das irgendwie gnädig. Obwohl er es ja gar nicht wissen konnte.

»Dein Kutscher hat wohl sein Brett zersägt«, sagte Pego plötzlich. Der Bus hielt und alle strömten in Richtung der geöffneten Türen.

Ich tat so, als hätte ich Pego nicht gehört. Ohne ein Wort wechselte ich zur vorderen Bustür. Ich stieg als Letzte ein. Dafür saß ich nun direkt am Ausgang und konnte an der Schule schnell aussteigen. Während ich auf der Fahrt hin und her schaukelte, erspähte ich weiter hinten im Bus Dennis. Er schien mich nicht zu sehen.

Was hatte Pego mit dem Brett gemeint? War es kaputt? Vielleicht von dem Zusammenstoß an der Toilettentür? Beim Aussteigen sah ich, dass Dennis das Board gar nicht dabeihatte. Ich atmete auf. Das hatte mein dämlicher Bruder also gemeint.

Ich wollte mich gerade nach Pego umdrehen, doch da fiel mir Helli um den Hals.

Die Hoffnung, die anderen würden mich an meinem Geburtstag in Ruhe lassen, erfüllte sich nicht. Als Helli und ich die Klasse betraten, kehrte sofort eine eigentümliche Ruhe ein. Misstrauisch äugte ich zur Tafel. Dort stand nichts, aber die Seitenflügel waren zu. Jemand lachte. Dennis saß auf seinem Platz, spielte mit einem kleinen Fingerboard und schien nicht weiter Notiz von mir und den anderen zu nehmen.

Ich fürchtete mich davor, die Tafel zu öffnen. Wenn nichts darauf stand, blamierte ich mich. Wenn etwas darauf stand, blamierte ich mich auch. So oder so konnte ich nur verlieren. Ich ging zur Tafel und klappte die Seitenflügel auf. In riesengroßen Buchstaben stand dort: »Herzlichen Glückwunsch, lovely Lil. Dein Dennis.«

Meine Mitschüler johlten und tobten. Mehrere riefen »Lovely Lil, alles Gute!«, »Lil, Dennis-Schatzi will dich küssen!« und so weiter.

Ich stand mit dem Rücken zur Klasse. Das war so was von obergemein! An meinem Geburtstag! In meinem Hals saß ein fetter Kloß, den ich am liebsten herausgewürgt hätte. Aber was hatte ich mir vorgenommen? Grenzen setzen. Cool bleiben. Die würden mir nicht den Geburtstag vermiesen, oh nein.

Nicht aufregen, befahl ich mir. Ich zählte bis drei. Es half. Langsam drehte ich mich um.

»Haben es alle gesehen?«

Ich versuchte, so ruhig wie möglich zu klingen. Niemand antwortete, aber ein paar schienen doch erstaunt über die Frage. Dennis spielte immer noch mit seinem Fingerboard.

Ich nahm den Schwamm und wischte die Tafel. Hinter meinem Rücken lachte wieder jemand. Ich wusste, wer es war. Dieser selbstherrliche, eingebildete Konstantin. Der meine Zeichnung fotografiert hatte. Der überhaupt immer schnell zur Stelle war, wenn es darum ging, andere zu blamieren. Meine Hand zitterte. Mit einem Mal war ich nicht mehr traurig. Was mich gerade zum Zittern brachte, das war Wut. Schöner, reiner Zorn.

Ich ging zum Waschbecken, wusch den Schwamm aus, machte ihn ordentlich nass, drehte mich blitzschnell um und schleuderte den Schwamm in die Ecke, aus der das gemeine Gelächter dröhnte. Ein paar Mädchen quiekten erschrocken auf, einige gingen in Deckung, aber der Überraschungseffekt überrumpelte sie alle. Niemand konnte schnell genug reagieren. Und so landete ich einen Volltreffer mitten in Konstantins Gesicht.

Alle schrien, manche vor Schreck, die meisten vor Begeisterung. Konstantin legte einen spektakulären, grandios inszenierten Sturz hin, das musste ich neidlos anerkennen. Er ließ sich nicht nur von einem Mädchen und einem schwammigen Wurfgeschoss abwatschen, er nutzte auch sofort die Situation. Erst kippte er theatralisch mit dem Stuhl nach hinten, dann zur Seite, krachte auf den Boden, krümmte sich und hielt sich die Hände vor die Augen. Er schrie: »Meine Augen, meine Augen!«, lachte aber die ganze Zeit dabei.

In diesem Moment betrat Herr Normann das Klassenzimmer. Ich stand immer noch am Waschbecken und huschte schnell zu meinem Platz. Bevor ich mich setzte, linste ich rüber zu Dennis. Auch er schaute zu mir. Sein rechter Mundwinkel zog Richtung Ohr. Dieses Grinsen kannte ich.

Mein Herz machte einen Hüpfer. Dennis lächelte. Er lächelte mir zu. Ich lächelte zurück, vermutlich ebenso schief wie er, aber das war egal. Er lächelte, ich lächelte. Und das Allerbeste: Niemand bekam etwas davon mit. Alle waren mit Konstantins K. o. beschäftigt. Wenn es den perfekten Moment gab im Leben, dann war das hier so einer.

Den Rest des Schultages ließen die anderen mich in Ruhe. Konstantin hörte ich immer wieder lautstark über den ätzenden Fleck jammern, den der schmuddelige Schwamm angeblich auf seinem Designer-T-Shirt hinterlassen hatte, aber er hielt sich von mir fern. Hoffentlich war sein Shirt für immer verdorben. Dennis hatte mich ein paarmal schüchtern angelächelt, aber nur von Weitem. Bis zur zweiten Pause hatten wir noch kein Wort miteinander gewechselt. Das machte mich etwas traurig.

Helli und ich schlenderten über den Pausenhof. Ich steckte mein Handy zurück in die Hosentasche, nachdem Helli es zum zweiten Mal ausgiebig bewundert hatte. »Jetzt können wir endlich appen und simsen und chatten und alles.«

Ich nickte. »Aber sag mal, warum erfüllen sich Herzenswünsche nur so selten?« Ich sah Dennis auf der anderen Seite des Hofs. Er stand bei ein paar Jungs und Mädchen aus der Parallelklasse.

»Weil das Leben kein Supermarkt ist, wo du dir einfach alles aus dem Regal holst«, antwortete meine HALF.

»Aber genau das wäre toll!«

»Genau das wäre total öde. Außerdem«, fügte sie hinzu, »ein bisschen wie im Supermarkt ist es doch. Du siehst die schöne bunte Welt, du weißt ungefähr, zu welchem Regal du willst, möchtest danach greifen, aber dann …«

»Was dann?«

»Dann fällt im entscheidenden Moment einfach der Strom aus.«

»Ja, und?«, fragte ich.

»Na ja, dann greifst du daneben!«

Weil unser Mathelehrer krank war, fiel die letzte Schulstunde aus. Leider brachte mir das gar nichts, denn ich musste auf Pego warten, mit dem ich ja heute zum Archäologischen Institut fahren wollte. Während alle anderen aus meiner Klasse den Heimweg antraten, setzte ich mich auf die Pausenhofbank und spielte mit meinem neuen Handy.

»Na, Lilami.«

Ich schrak derart zusammen, dass mir um ein Haar das Telefon aus der Hand geflutscht wäre. Vor mir stand Dennis und grinste. Kein Dreieckszahnlächeln, aber immerhin. Ja, bei aller Panik, die mich schlagartig erfasste, deutete ich seine Miene doch als ermutigenden Gesichtsausdruck.

»Hey«, versuchte ich es wie immer erst einmal mit einer hilflosen Floskel. »Was machst du denn noch hier?«

»Hatte was vergessen«, antwortete er mit Blick auf das Schulhaus. »Klassenzimmer ist aber schon zu.«

»Ach so.«

Ich war ziemlich verdattert, weil ich nicht damit gerechnet hatte, in den nächsten einhundertfünfzig Jahren mit ihm zu reden.

Er zeigte auf mein Handy. »Neu?«

Ich nickte.

»Ach ja, alles Gute zum Geburtstag.«

»Danke.«

Wir schauten beide auf mein Smartphone. Niemand sagte etwas. In meinem Hirn ratterte es. Was hatte ich mir vorgenommen? Zu mir zu stehen, und zwar egal, was die anderen dachten. Also würde ich ihn jetzt direkt ansprechen.

»Bist du noch sauer?«, fragte ich.

Schulterzucken.

»Konstantin hat das Foto nicht verschickt.«

Dennis holte sein Handy aus der Hosentasche. Er zeigte mir ein Foto. »Aber das haben sie verschickt.«

Das Bild zeigte mich, wie ich die Tafel wischte. »loves Dennis« war auch noch gut zu erkennen.

»Wer hat das gemacht?«, fragte ich.

»Spielt doch keine Rolle! Ich habe es fünf Mal bekommen.«

»Fünf Mal?« Davon hatte ich nichts bemerkt, während ich am Tag zuvor die Tafel gewischt hatte. Aber ich erinnerte mich an das Kichern. »Es tut mir leid.«

Jetzt funkelte Dennis mich an, so als ob ihm gerade erst wieder einfiel, wie sauer er eigentlich sein könnte. »Sie schicken mir ständig irgendwelche beknackten Sprüche. Ganz toll, echt. Ich gehe seit einer Woche in die Klasse und alle dissen mich. Super!« Er schob sein Handy zurück in die Hosentasche. »Um auf deine Frage zu antworten, sauer bin ich hauptsächlich auf die anderen.«

»Weißt du, ich zeichne immer, ständig, alles und jeden«, sagte ich schnell. »Und ich würde gerne auch Skateboard fahren lernen und, na ja, ich finde es so cool, und ich habe eine alte Jeans, die ein Herz auf der Hosentasche hat.«

Das war gelogen. Aber in extremen Notsituationen sind Lügen erlaubt, hatte Mama mal gesagt.

Dennis runzelte die Stirn. »Das bist du, auf der Zeichnung?«

Ich nickte. »Äh, ja.«

Er öffnete seinen Rucksack und zog, oh Schreck, meine Zeichnung heraus. Sie war ziemlich verknittert, aber man konnte erkennen, dass er sie sorgfältig glatt gestrichen hatte. Er tippte auf die gezeichnete Figur. »Und du hast natürlich auch so ein Shirt?«

»Streifen, äh, geringelt, äh, genau.« Spätestens am Samstag würde ich hoffentlich eins haben.

Dennis nickte. »Aha.«

Er schaute noch mal länger auf meine Zeichnung, als müsste er überprüfen, ob ich die Wahrheit sagte.

»Du kannst super zeichnen«, sagte er dann. »Ich hätte es auch gar nicht so schlimm gefunden, wenn du mich gezeichnet hättest. Nur, diese Aktion von Konstantin und dann das Mobben im Chat ...«

Er hätte es nicht schlimm gefunden? Was bedeutete das? Mein Herz wirbelte schon wieder so seltsam herum und schlug Saltos und Purzelbäume. Hinter uns in den Büschen kreischten zwei Vögel.

»Er hat das Foto aber nicht herumgeschickt. Es war unscharf.«

»Was?«

Das Gezwitscher hinter uns war ohrenbetäubend. Ich sah mich um. Da hockten zwei kleine Spatzen und schimpften und meckerten sich an. Jedenfalls sah es so aus. Ich wandte mich wieder Dennis zu. »Das Foto. Es war nicht scharf, also hat Konsti es nicht verschickt.«

Dennis nickte. »Ich weiß.«

»Es war megapeinlich«, sagte ich. »Tut mir leid.«

Die Spatzen hinter uns beruhigten sich.

»Ist ja deine Jeans«, sagte Dennis und grinste jetzt.

Ich versuchte zurückzugrinsen.

»Und natürlich auch deine Frisur.«

Jetzt wurde ich feuerrot. Mein ganzes Gesicht stand in Flammen.

»Ich ... ich ... weiß auch nicht ...« Jetzt schämte ich mich vor mir selber. Was hatte ich mir vorgenommen? Ich wollte zu mir selber stehen, zu meiner Meinung und auch zu meinen Gefühlen. Auch wenn Dennis eine Freundin hatte, die er, so hübsch, wie sie war, sicher niemals verlassen würde, ich musste jetzt die Wahrheit sagen. Sonst würde ich mich für den Rest meines Lebens vor mir selber schämen. Und das war noch schlimmer, als sich vor anderen zu schämen.

»Vielleicht bin das doch nicht ich«, sagte ich mit Blick auf die Zeichnung. »Ich habe da letztens so vor mich hin gekritzelt und selbst erst später gesehen, was es ist.«

Ich schaute ihn an. Dennis legte die Stirn in Falten.

»Wirklich!!! Genau so ist es gewesen. Und dann hatte ich vergessen, dass das Bild im Pflanzenbuch lag.«

Dennis zeigte ein klitzekleines, schmales Lächeln, das sich allmählich in die Breite zog. Mir plumpste eine zehntausend Kilo schwere Last von der Seele. Wir mussten gleichzeitig lachen.

»Und wieso sitzt du noch hier?«, fragte er und ließ sich neben mich fallen.

»Pego und ich spionieren unserem Vater hinterher«, sprudelte es aus mir heraus.

Offenbar hatte mich jetzt das Wahrheitsvirus erfasst. Die neue, grenzensetzende Lil plauderte plötzlich ganz schön ungebremst ihre Geheimnisse aus. Ob das gut war? Im Moment fühlte es sich gut an, so viel wusste ich.

Dennis zog die Nase kraus. »Warum das?«

»Ich weiß nicht. Er benimmt sich in letzter Zeit seltsam.«

»Was macht er denn?«

»Ach, schwer zu erklären. Er verheimlicht etwas, und wir wollen herausfinden, was es ist.«

Dennis saß da mit lang gestreckten Beinen. Seine Fersen zogen Kreise auf dem platt gewalzten sandigen Untergrund.

Er schien nachzudenken. Ich streckte ebenfalls meine Beine aus und begann wie er, Kreise zu zeichnen.

Dennis hob den Kopf. »Bei uns fing es auch mit Heimlichkeiten an. Und am Ende haben sie sich scheiden lassen.«

Mir fiel wieder ein, was Dennis letztens auf dem Weg zur Bushaltestelle gesagt hatte. »Hat dein Fast-Surfurlaub etwas damit zu tun?«

Erstaunt sah er mich an, dann nickte er. »Gutes Gedächtnis, Lilami.«

»Hatte deine Mutter …«, ich wusste nicht, wie ich es sagen sollte, »… damals schon ihren Freund?«

»Yep.«

Dennis senkte den Kopf. Ich ließ dieses Ja in mir nachhallen. Seine Mutter hatte einen anderen Mann. Deswegen hatten sich die Eltern getrennt. Plötzlich ergab alles einen Sinn. Papas Verspätungen, Termine und Ausreden. Die Streitereien zwischen ihm und Mama. Die seltsamen Mails und Textnachrichten. Was, wenn bei Papa eine andere Frau dahintersteckte? Wenn er eine Affäre hatte? Mir wurde schlagartig übel.

Die Schulglocke klingelte. Gleich würde Pego da sein.

»Wenn du willst, helfe ich euch beim Spionieren«, sagte Dennis so schnell, als hätte er Angst, es würde ihm im nächsten Moment leidtun. Was ja durchaus möglich wäre, wenn man bedachte, wie Pego ihn vor Kurzem abgewimmelt hatte.

»Du bist echt cool!«, sagte ich.

»Du etwa nicht?«

Gute Frage. Vor zwei Tagen noch hätte ich es vermutlich nicht gewagt, mich gegen Pego durchzusetzen. Aber das war ja auch die alte Lil.

»Doch, ich denke, ja.«

»Dennis kommt mit«, stellte ich Pego vor vollendete Tatsachen.

Der tippte sich nur an die Stirn und tat dann so, als interessierten wir ihn nicht weiter. Er ging, ohne sich umzusehen, Richtung U-Bahn-Haltestelle.

»Halt. Entweder wir machen es so oder lassen es ganz«, rief ich ihm hinterher.

Pego blieb stehen. Seine braunen Augen funkelten zornig. »Seit wann bestimmst du, Lil? Hab ich was verpasst?«

Ich stand jetzt ganz nah vor ihm, unsere Nasenspitzen berührten sich beinahe. Da wurde mir klar, dass ich fast so groß wie mein Bruder sein musste. Und ehrlich, das motivierte mich ungeheuer.

»Papa hat Dennis erst ein einziges Mal gesehen und erkennt ihn unter Garantie nicht. Gesichter kann er sich nicht merken, das behauptet er doch selbst immer. Also können wir ihn mit Dennis' Hilfe viel besser observieren.« Ich hielt Pego das neue Smartphone vor die Nase. »Und damit könnte er ihn auch filmen, heimlich.«

Pego schürzte die Lippen. Er dachte nach. Und da mein Argument ihn anscheinend überzeugte, nickte er schließlich. »Ihr seid übelst.«

Dennis und ich klatschten ab.

Zwanzig Minuten später betraten wir die Eingangshalle des Archäologischen Instituts. Auf den ersten Blick waren wir hoffentlich nicht zu erkennen. Pego trug eine schwarze Baseballkappe mit langem Schirm, der sein Gesicht zur Hälfte verdeckte, ich ein schwarz-rotes, hässliches, albernes Piratentuch. Pego meinte tatsächlich, die Sachen würden uns tarnen. Immerhin, das Tuch verdeckte meine verräterischen blonden Locken. Ich hatte mir außerdem Mamas alte Sonnenbrille auf die Nase gesetzt. Die fand ich extrem schick, und sie passte auch genau richtig, mit dunklen, runden Gläsern und breiten Bügeln. Dennis brauchte keine Tarnung.

Wir sahen uns um. Rechts standen mehrere üppige Grünpflanzen, links führte eine alte Steintreppe nach oben, geradeaus stieß man direkt auf einen Aufzug.

»Aufzug oder Treppe?«, fragte Pego.

»Ich weiß nicht.« Ich schob die schwere Brille den Nasenrücken hoch. »Wahrscheinlich können wir über die Treppe besser abhauen.«

Pego nickte und rückte seine Kappe zurecht. Das hatte er in den vergangenen dreißig Minuten ungefähr hundert Mal gemacht. Er ging zu dem Schild, das neben der Aufzugtür hing. Dennis und ich folgten ihm.

»Institut für klassische Archäologie, zweiter Stock«, las er. Wir schauten uns an.

»Dann mal los«, sagte Dennis.

Mein Herz wummerte wie ein Presslufthammer, ich hatte Angst, es könnte meinen Brustkorb durchschlagen. Ich dachte nicht an die möglichen Folgen unserer Aktion, ich dachte nur an eines, nämlich, dass wir herausfinden mussten, was mit Papa und diesem oder dieser D. wirklich los war. Aber dieser Gedanke war eben doch ziemlich beängstigend.

Pego schien mein Zögern zu spüren, denn er packte mich am Ärmel, und dann liefen wir auf leisen Sohlen so schnell wie möglich die Treppe hinauf.

»Wie Einbrecher«, flüsterte ich.

Dennis grinste. Er wirkte ganz locker, die Sache schien ihm Spaß zu machen. Pego schaute streng und legte einen Finger auf die Lippen.

Auf dem Treppenabsatz zum ersten Stock blieben wir stehen. Pego schob Dennis nach vorn. Dennis lugte in den Flur, zuerst zur einen, dann zur anderen Seite. Von irgendwoher drangen Stimmen. Auf der rechten Seite öffnete sich im hinteren Teil des Flurs eine Tür. Wir hörten, wie eine Person herauskam, quer über den Flur ging und in einem anderen Zimmer verschwand. Wir verharrten auf der obersten Treppenstufe und pressten uns so flach wie möglich gegen die Wand.

Als die Person verschwunden war, schnappte Pego wieder nach meinem Ärmel. Ins nächste Stockwerk flogen wir beinahe hinauf. Ich keuchte.

»Scht.« Pego legte mir seine Hand auf den Mund. Seine Miene bedeutete, nicht zu sprechen und sich so still wie möglich zu verhalten.

Mein Brustkorb hob und senkte sich schnell, aber ich atmete möglichst lautlos.

Pego schob Dennis wieder vor, der noch einmal in den Flur linste. Schräg gegenüber hing ein Schild, darauf stand »Sekretariat, Frau Müller«. Die linke Flurseite hinunter gab es viele Türen, mindestens zehn, und alle waren verschlossen, bis auf eine ziemlich weit hinten. Von dort fiel ein Streifen Sonnenlicht in den Flur.

»Weißt du, wo Papas Büro ist?«, fragte ich so leise wie möglich.

Pego schaute unsicher. Er war einmal hier gewesen, vor zwei oder drei Jahren. Er deutete nach links. »Ich glaube, es war dort hinten.«

Was würden wir sagen, wenn man uns entdeckte? Darüber hatten wir in der U-Bahn nachgedacht und uns schließlich geeinigt, dass es etwas mit meinem Geburtstag zu tun haben musste. Ich würde sagen, ich hätte mir von Pego gewünscht, dass er mir das Institut zeigte. Wo ich schon keine Feier am Nachmittag haben würde. Und Dennis hatten wir unterwegs getroffen. Diese Lüge passte natürlich nicht zu der ersten, die ich Mama aufgetischt hatte. Wir konnten nur hoffen, Mama und Papa würden es nicht bemerken. So zerstreut, wie Papa manchmal war, standen unsere Chancen nicht schlecht.

Hinter uns hörten wir Stimmen. Jemand kam die Treppe herauf! Wir sahen uns an.

»Schnell, Dennis, versteck dich da drüben!« Ich zeigte auf einen riesigen Bambusstrauch am vorderen Ende des langen Flurs. Für einen Einzelnen ein gutes Versteck.

»Hast du dein Handy, kannst du filmen?«

Dennis schüttelte den Kopf. »Akku leer.«

Ich zog mein Handy aus der Tasche und drückte es ihm in die Hand.

»Hier, nimm alles auf. Man kann nie wissen. Und wenn du entdeckt wirst, lass dir etwas einfallen.«

Während Dennis zum Bambus flitzte, rasten Pego und ich auf Zehenspitzen zu der offenen Tür am Ende des Flurs. Das Büro war zum Glück leer. Wir versteckten uns hinter der Tür.

Die Stimmen näherten sich. Es war die helle, klare Stimme einer Frau sowie, kein Zweifel, die Stimme von Papa.

»Und wenn sie hier reinkommen?«, flüsterte ich. Ich machte mir fast in die Hose.

Pego zuckte mit den Schultern und tat gleichgültig, aber ich sah, dass seine Augen ängstlich im Raum umherwanderten, als suchte er ein besseres Versteck. Oder einen Ausweg.

»Das ist so was von ärgerlich«, hörten wir Papa sagen. »Irgendjemand hat eine klebrige Flüssigkeit über die Tastatur geschüttet, sagt der Experte. Und da Lisa nicht infrage kommt, bleiben somit sechs Verdächtige.«

Die Frau lachte. »Klingt ja wie eine Detektivgeschichte.«

Meine Knie wurden weich. »Scheiße.«

Pego presste mir die Hand auf den Mund.

»Mit mir als Detektiv? Ich hoffe, das bleibt mir erspart«, hörten wir Papa sagen.

»Und die Dateien, die ich dir letztens gemailt habe, konntest du sie wenigstens noch öffnen?«, fragte die Frau.

Die Stimmen waren jetzt fast auf unserer Höhe.

»Nein, bis gestern nicht. Aber wir schauen jetzt sofort.« Gegenüber wurde eine Tür geöffnet. Wir hielten die Luft an, bis die Tür wieder geschlossen wurde, erst dann trauten wir uns zu atmen.

Pego steckte den Kopf in den Flur und gab Dennis ein Zeichen. Dennis spurtete zu uns.

»Hast du sie gesehen?«, fragten Pego und ich gleichzeitig.

»Logo«, sagte Dennis und überreichte mir das Smartphone.

Wir stellten auf stumm und schauten dann, was Dennis gefilmt hatte. Unser Vater ging mit einer großen, sehr schlanken, kurzhaarigen blonden Frau den Flur entlang. Man sah die beiden nur von hinten. Aber was war das? Mir wurde ganz heiß. Kurz bevor die beiden an der Tür zu Papas Büro ankamen, legte Papa doch tatsächlich den Arm um die Frau.

»Hast du das gesehen?«, flüsterte ich.

»Spul noch mal zurück«, sagte Pego.

Wir sahen uns den Ausschnitt noch einmal an. Kein Zweifel, Papa legte den Arm um die Frau. Und während sie durch die Tür in sein Büro gingen, lächelten sie sich an, ganz kurz nur, aber deutlich.

»Oh Mann.« Dennis schob die Hände in die Hosentaschen und machte ein ratloses Gesicht.

Die Anspannung der letzten Minuten fiel schlagartig von
mir ab. Meine Arme und Beine fühlten sich an, als würden
die Muskeln schmelzen. Ich lehnte mich gegen die Wand
und atmete tief durch. So standen wir eine Weile, sprachlos.

»Lasst uns gehen.« Ich schaute die beiden anderen an.

Pego nickte. Im gleichen Augenblick öffnete sich wieder
eine Tür. Wir hörten Stimmen. Sie kamen immer näher. Pegos und meine Finger vergruben sich ineinander, ganz fest.
Der Schmerz tat gut, es war nämlich sonst einfach nicht zum
Aushalten. Vor der Tür gingen zwei oder drei Leute vorbei,
die sich über Zuschüsse und Anträge oder so etwas unterhiel-
ten, dann entfernten sich ihre Stimmen wieder. Dieses Mal
war Papa nicht dabei. Und niemand kam in das Büro, wo wir
hinter der Tür lauschten.

Was war das eigentlich für ein Zimmer? Als die Schritte
und Stimmen nicht mehr zu hören waren, schaute ich mich
um. Vor dem Fenster stand der größte Schreibtisch, den ich
jemals gesehen hatte. In der Schule hätten mindestens vier
Leute daran Platz gehabt. Auf dem Schreibtisch sah es sehr
ordentlich aus. Mehrere Stapel mit Papier, Akten, Zeitschriften und Büchern lagen sortiert nebeneinander.

Pego grinste mich an. »Papas Büro sieht garantiert anders
aus.«

Er machte ein paar Schritte Richtung Schreibtisch. Dort
lag eine schwarze Aktenmappe. Pego klappte sie auf.

»Was machst du da?«, zischte ich. »Bist du verrückt?«

Pego hob die Hand und winkte mich zu sich.

Ängstlich trippelte ich hinter ihm her. Dennis wartete

weiter hinter der Tür. Pego zeigte auf ein Blatt, das in der Mappe lag.

»Dr. Diethild Berger«, las ich. Wieder fühlte es sich so an, als würden sämtliche Muskeln auf einmal zerfließen.

»Das ist das Büro von D. Berger!«, sagte Pego.

»Ist Diethild ein Frauenname?« Ich wandte mich zu Dennis um. Der zuckte mit den Achseln.

Pego starrte immer noch auf das Dokument. »Ich glaube schon. Klingt wie Hilde.«

»Aber sie gehört zum Institut in Berlin, das habe ich dir doch erzählt.«

Pego schob seine Kappe zurück. »Und wennschon. Vielleicht hat sie zwei Posten. Das hier beweist, sie sitzt keine fünf Meter von Papas Büro entfernt.«

»Und sie könnte jeden Moment zurückkommen«, ergänzte ich.

»Lass uns lieber verschwinden, wir wissen genug«, sagte Pego.

»Mehr als genug. Oh Mann, diese Laptop-Sache ...«

»Das wird so krassen Ärger geben.«

»Ich habe ein superschlechtes Gewissen.«

»Ph«, sagte Pego. Er wies mit dem Daumen Richtung Flur. »Der da sollte ein schlechtes Gewissen haben, finde ich.«

Ich nickte. »Ja. Wir haben gesehen, dass er den Arm um eine andere Frau legt. Das ist echt nicht in Ordnung.«

»Das Fliegengewicht hat es gesehen«, sagte Pego und zeigte auf Dennis, der immer noch mit den Händen in den Hosentaschen hinter der Tür stand.

Jetzt hob er die Schultern. »Ihr wolltet es nicht anders.«

»Glaubst du, das ...«, ich traute mich nicht, es auszusprechen, »... geht schon lange?«

Wieder zuckte Dennis mit den Schultern. »Keine Ahnung. Aber bei meiner Mutter hat es genauso angefangen.«

»Wie?«, fragte Pego.

»Arbeitskollege, Überstunden, dauernd SMSen, auch nach der Arbeit. Und Geschäftsreisen, die plötzlich länger dauerten als früher ...«

»Genau wie bei Papa. Letzte Woche kam er einen Tag später aus Berlin.«

»Was hat er in Berlin gemacht?«, fragte Dennis.

»Geschäftsreise«, antwortete Pego. »Und die Tante da«, er zeigte auf Papas verschlossene Bürotür auf der anderen Flurseite, »arbeitet im Berliner Institut.«

Dennis sah erst Pego, dann mich an. »Wenn ihr mich fragt, die Sache stinkt.«

»Das glaube ich auch.« Ich fühlte mich plötzlich müde und traurig.

»Lasst uns verschwinden, bevor die da rauskommen«, schlug Pego vor und wies mit dem Kopf Richtung Flur.

»Ich habe früher ganz in der Nähe gewohnt«, sagte Dennis, als wir wieder auf der Straße standen. Es fing schon wieder an zu regnen.

»Echt? Deine Freundin auch?«

Ich spürte Pegos überraschten Seitenblick und gleichzeitig, wie mir mein Blut die Wangen flutete. Verflixtes Wahrheitsvirus! Wieso sagte ich so etwas Verräterisches, Ultrapeinliches!!?? Ich war schlimmer als meine beiden Eltern zusammen!

Dennis schaute mich mehr misstrauisch als überrascht an. »Jaaa«, sagte er langsam. »Aber ...«

Er kam nicht weiter, weil mein Bruder ihm pegomäßig

das Wort abschnitt. »Hey, flirten könnt ihr Ponys, wenn ihr alleine seid, okay, jetzt geben wir besser mal Gas, denn von da oben«, er wies auf eines der großen Fenster im zweiten Stock, »sind wir hier gut zu sehen. Check?«

Wir setzten uns in Bewegung. Ich trottete verwirrt hinter Pego her, Dennis hielt ebenfalls etwas Abstand. Was faselte mein Bruder da? Ich flirtete doch nicht. Ich hatte in meinem ganzen Leben noch nie geflirtet. Ich wusste gar nicht, wie das ging.

Ganz ehrlich, ich hätte schon etwas dafür gegeben, wenn es mir jemand gezeigt hätte. Aber das gehörte ja zu den angeborenen Talenten, wie Helli mir einmal erklärt hatte, so wie Musikalität oder mathematisches Genie. Entweder man besaß es oder nicht.

Ich hatte ein gutes Zeichengen erwischt und ansonsten alle Fettnapfgene der Welt.

Davon abgesehen, warum sollte ich es tun? Dennis hatte eine Freundin. Basta. Er war für mich ein Klassenkamerad, vielleicht sogar ein Kumpel, das wusste ich noch nicht so genau.

Und wenn er mich direkt fragte, ob ich in ihn verknallt war, dann würde ich es nach meiner neuen Gesetzgebung auch zugeben. Aber niemand fragte so etwas. Und außerdem hatte ich gerade andere, noch wichtigere Sorgen.

In der U-Bahn sahen Pego und ich uns den kurzen Flurfilm noch einmal an. Dennis saß zwei Reihen weiter und spielte mit seinem Handy oder er tippte eine SMS, das ließ sich nicht sagen. Vielleicht schrieb er ja mit dem letzten bisschen Akku seiner Freundin eine Nachricht. »Bin ganz in deiner Nähe, wünschte, wir könnten uns sehen« oder so ähnlich.

Die Bahn ruckelte. Ich steckte mein Handy weg. Es war schön, dass Dennis nicht mehr sauer auf mich war. Auch über das Handy freute ich mich. Aber davon abgesehen war das doch ein blöder, verregneter, sehr deprimierender Geburtstag.

Am Abend
trafen wir Geschwister uns
zu einer geheimen Versammlung.

Es war Pegos Idee. Wir sagten den anderen, dass es etwas Megawichtiges zu besprechen gäbe und wir uns deshalb nach dem Abendessen im Olymp zusammenfinden würden. In schrecklich alberner und aufgeregter Stimmung brachten wir deshalb mein Geburtstagsabendessen hinter uns. Ich wunderte mich die ganze Zeit, warum Papa seinen Laptop nicht erwähnte, und fand nur zwei Erklärungen. Entweder weil sein schlechtes Gewissen uns gegenüber wegen seiner Heimlichtuerei so groß war oder weil ich Geburtstag hatte.

Sobald Mama und Papa im Wohnzimmer vor den Fernsehnachrichten saßen, kletterten wir in den Olymp. Die drei Kleinen lagen auf dem Bett, Pego thronte in seiner Hängematte, ich saß auf dem Schreibtischstuhl. Arti warf sich auf dem Sitzsack hin und her, weil Pan fehlte. Normalerweise legte sie mindestens ein Körperteil auf ihm ab. Aber Pan bewachte unsere Platon-Runde am Fuß der Dachstiege. Er trug noch eine Windel, obwohl Maria am Nachmittag schon die dritte Sitzung beim Hundeflüsterer absolviert hatte.

Alle außer Pego und mir zappelten herum. Kein Wunder, sie warteten nun schon den ganzen Abend darauf, endlich etwas zu erfahren.

»Hört zu«, sagte ich jetzt. Dann erzählten wir unseren Geschwistern alles. Von den seltsamen Telefonaten, den Mails, der SMS und schließlich dem langen Flur im Institut, dem offenen Büro, in das wir geschlüpft waren, und von der

Frau. Wir erzählten, was Dennis aufgenommen hatte. Alle wollten den Film sehen, aber mein Handy lag ein Stockwerk tiefer in meinem Zimmer, und ich hatte keine Lust, es zu holen.

»Ich gehe!«, rief Triton. Keine halbe Minute später kam er mit meinem Handy zurück. Die vier Jüngeren steckten die Köpfe zusammen.

»Was soll daran schlimm sein?«, fragte Arti, nachdem sie sich die Szene zweimal angesehen hatten. »Ein Arm, das heißt noch gar nichts.«

»Quatsch nicht dumm«, sagte Pego. »Für dich heißt das vielleicht nichts, aber in Papas Alter schon.«

Nike begann zu weinen. »Geht Papa jetzt zu der anderen Frau?«

»Wissen wir überhaupt sicher, ob Diethild ein Frauenname ist?«, fragte Triton. »Ich finde, es klingt wie Dieter.«

»Es ist aber nicht Dieter, sondern Diethild, du Depp«, sagte Pego grob. »Und du siehst ja wohl, dass es eine Frau ist.«

»Na ja, so richtig sieht man es nicht«, sagte Arti. Sie hatte recht. Die Frau wirkte sehr groß und irgendwie auch nicht sehr weiblich, fand ich.

Ich wandte mich an Triton. »Ich hab auch zuerst gedacht, es ist ein Männername. Aber ich habe im Internet nachgeschaut.«

Tritons Augen funkelten zornig zu Pego hinüber. »Siehst du.«

Pego tat so, als hätte er es nicht gehört.

»Was machen wir jetzt?«, fragte ich.

Nike fing wieder an zu weinen. »Wir sagen es Mama.«

Orion streichelte ihre Hand. »Ja«, pflichtete er ihr bei, »sie soll diese Diethild wegschicken.«

»Noch andere Ideen?«, fragte Pego.

»Wir jagen die Frau selber fort«, sagte Triton.

»Ist ja voll Gangsta«, sagte Pego. »Wie jagen wir sie denn? Mit deiner Plastikknarre?«

Wir lachten.

Triton verzog die Lippen zum Schmollmund. »Wir schreiben ihr einen Brief, selber blöder Depp, du.«

Nun lachten wir nicht mehr. Jeder dachte nach.

»Wäre vielleicht eine Möglichkeit«, sagte ich schließlich.

Arti setzte sich auf. »Ich finde, das müssen die Erwachsenen regeln. Wir haben doch überhaupt keine Ahnung von solchen Sachen.«

Pego schaute aus seiner Hängematte zu Arti hinunter. »Du hast doch mal einen Film gesehen, wo Eltern miteinander Zoff hatten, oder?«

Arti dachte nach und nickte dann langsam. »›Die Wilden Hühner?‹«

Pego verzog das Gesicht. »Von mir aus.«

»›Mrs Doubtfire‹«, sagte ich.

Pego nickte gnädig. »Was passiert denn, wenn die Alten sich nicht mehr verstehen?«

»Sie trennen sich?«, mutmaßte Triton.

Wir sahen uns betroffen an. Nike fing zum dritten Mal an zu weinen. Ich reichte ihr eine Hand und zog sie zu mir auf den Schreibtischstuhl. Sie verbarg ihr kleines, nasses Gesicht in meiner Halsgrube.

»Ihr sollt nicht so reden«, schluchzte sie. »Sonst gehe ich.«

»Nike, wir müssen darüber reden, weil wir einen Plan brauchen«, sagte Pego plötzlich ungewohnt sanft.

»Ja«, versprach ich. »Sobald wir den haben, hören wir damit auf.«

Nike zog die Nase hoch und sagte nichts, blieb aber auf meinem Schoß sitzen.

»Hört mal her, was ich denke.« Pego stieß sich mit dem Arm von der Wand ab und schaukelte über den Köpfen der Jüngeren hin und her. »Wenn wir es Mama unter die Nase reiben, dann wird die übelst sauer oder traurig oder beides, und vielleicht trennen sie und Papa sich dann. Wenn wir aber nur mit Papa reden und ihm sagen, hör zu, wir wissen, was du treibst, und wir werden es an Mama petzen, wenn du nicht damit aufhörst, dann überlegt er es sich vielleicht.«

So eine lange Ansprache hatte ich schon seit ewigen Zeiten nicht mehr von Pego gehört.

»Was überlegt er?«, wollte Orion wissen.

»Ob das eine gute Idee ist, mit dieser Diethild Arm in Arm zu gehen!«, blaffte Pego ihn an.

»Kannst du mal aufhören zu schaukeln?« Triton zog den Kopf ein. »Das nervt.«

Pego tat, als hörte er nichts.

»Oder sie zu küssen.« Arti bremste die Hängematte mit dem ausgestreckten Fuß ab.

Alle sahen sie an.

»Wie kommst du denn darauf?«, fragte Triton.

Ich schaute zu Arti. Was wusste die schon über das Küssen? Sofort fiel mir Dennis ein. Ob er seine Freundin küsste?

»Ich dachte, das Thema interessiert dich nicht«, sagte ich und wünschte, es hätte weniger schroff und entlarvend geklungen.

»Tut es auch nicht«, erwiderte Arti. »Aber ich werde doch wohl noch eins und eins zusammenzahlen dürfen, oder? Wer Arm in Arm geht, der küsst sich auch.«

Die Kleinen fingen an, wild durcheinanderzureden.

»Ruhe!«, rief ich. »Wir sollten nur über das sprechen, was wir wissen, nicht, was wir uns zusammenfantasieren, okay?«

Arti rollte die Augen.

»Ich finde Pegos Idee gut«, sagte Triton.

Pego rekelte sich jetzt in der Hängematte und zwinkerte Triton zu. »Du weißt, wer hier den Durchblick hat.« Ausnahmsweise ließ er »Knirps« oder »Zwerg« weg. Stattdessen lächelte er zu Triton hinüber, was wohl so viel heißen sollte wie: »Wir Jungs müssen zusammenhalten.«

Triton wuchs gleich um zwei Zentimeter. Er hoffte jetzt bestimmt, Pego würde ihn von nun an ernster nehmen.

»Ich finde die Idee auch gut«, sagte Orion.

»Okay.« Ich schob Nike ein Stück weg. Mit der Zeit wurde sie ganz schön schwer. »Wer ist dafür, dass wir mit Papa reden?«

Alle hoben die Hände.

»Pan auch«, sagte Arti sicherheitshalber, obwohl niemand danach gefragt hatte.

»Na, bestens«, sagte ich. »Und wie und wo und wann und wer?«

»Nicht nur ihr beide!« Arti versuchte, Pego mit dem Fuß durch den Stoff der Hängematte am Po zu kitzeln. »Ich will auch mal dabei sein.«

»Ich auch«, echote es aus allen Ecken.

Pego setzte sich auf und kratzte sich am Hinterteil. Wir tauschten einen Blick. Dann nickten wir.

»Einverstanden. Wo?«

»Im Institut!« Triton hopste auf Pegos Matratze auf und ab.

»Du spinnst wohl.« Pego schüttelte den Kopf. »Was meinst du, wie sauer der wird, wenn wir alle dort aufkreuzen?«

»Wir treffen ihn am Sonntag im Park!« Arti stellte ihre Füße nebeneinander.

»Tolle Idee. Und Mama, was macht die in der Zeit?«, fragte ich.

Arti ließ die Schultern hängen. Dann hellte sich ihr Gesicht auf. »Mama geht doch zum Yoga.«

»Manchmal geht sie, manchmal nicht«, wandte ich ein.

»Dann müssen wir dafür sorgen, dass sie diesen Sonntag geht«, sagte Triton.

»Und wie?«

»Maria«, überlegte Arti laut. »Maria könnte Mama fragen, ob sie mitkommen darf ins Yoga.«

»Wir dürfen Maria nicht einweihen, das weißt du«, entgegnete Pego. Wenn er den Namen Maria hörte, bekam er neuerdings immer schlechte Laune. Ich hätte zu gern gewusst, weshalb.

»Ach, wir können sie doch um einen Gefallen bitten«, sagte Nike nun, die doch noch nicht eingeschlafen war, obwohl sie die ganze Zeit die Augen geschlossen hielt.

»Ja, wir sagen, wir bereiten eine Überraschung für Mama vor, und deshalb muss sie aus dem Haus«, schlug Arti vor.

So einigten wir uns. Arti würde Maria um Hilfe bitten, die drei Jüngsten würden Papa überreden, Sonntagvormittag auf den riesigen Spielplatz im Park zu fahren.

»Und jetzt hören wir sofort auf, darüber zu reden!«, rief Nike.

Später, als Arti schon schlief und auch aus dem Nachbarzimmer und sogar vom Dachboden kein Laut mehr drang, knipste ich noch einmal das Licht an und holte mein LLB hervor. Zuerst kritzelte ich nur ein wenig herum, ohne zu wissen, was ich wollte. Ich musste an den Morgen auf dem Schulhof denken. Wie erleichtert ich gewesen war, als Dennis wieder auftauchte. Und wie froh, als er am Nachmittag zur Bank kam und mit mir redete. Dann dachte ich an meine Geschwister, an die angestrengten Gesichter vor allem der drei Kleinen, als es darum ging, eine Lösung für diese Diethild-Katastrophe zu finden. Wir zogen das alle gemeinsam durch und ich hatte für wenigstens eines meiner Probleme einen Plan. Darüber war ich schon mal erleichtert.

Jetzt brauchte ich nur noch eine schnelle Lösung für den Wettbewerb. Die Abgabefrist war schon am nächsten Dienstag. Ich blätterte durch mein Buch und betrachtete meine Modeskizzen. Sie waren teilweise wirklich gut. Vielleicht sogar sehr gut. Wenn Mama und Papa die sehen könnten, dachte ich, dann könnte ich sie möglicherweise überzeugen.

Gegenüber wälzte sich Arti im Schlaf. Bestimmt träumte sie von unserer geheimen Besprechung im Olymp. Ihre langen Haare flossen regelrecht übers Kopfkissen. Ich nahm den Stift und skizzierte sie mit ein paar Strichen.

Da plötzlich kam mir die Idee. Ich hatte meinen Eltern noch nie meine Zeichnungen sehen lassen, sie kannten nur die Bilder, die unten in der Küche hingen. Noch vor einer Woche hätte ich sie auch niemals gezeigt, aber heute sah ich das anders. Wie sollten Mama und Papa verstehen, wie wichtig mir das Zeichnen war, wenn ich das Beste davon geheim hielt? Helli behauptete ja schon lange, ich könne supergut zeichnen, und sogar Dennis hatte es letztens gesagt. Je länger ich meine LLBs betrachtete, desto besser gefielen sie auch mir. Vielleicht stimmte es ja wirklich und ich hatte Talent. Mama und Papa aber wussten gar nicht, wie viel Material ich in den letzten Jahren gesammelt hatte. Mehrere LLBs.

Sicher, es war auch einiges dabei, was nichts mit Mode zu tun hatte. Ich blätterte noch einmal durch mein Buch. Keine der Zeichnungen war wirklich peinlich. Zum Glück schrieb ich fast nie etwas dazu. Meistens nur das Datum. Und meine Signatur, meine Lil-Lilie.

Ich holte die früheren LLBs aus der Kiste unter dem Bett hervor. Es machte ziemlichen Lärm, aber Arti hatte den festesten Schlaf der Welt. Nachdem ich alle Bücher durchgeschaut hatte, packte ich sie mir unter den Arm und suchte eine Etage tiefer in der Küche nach einer Kordel. Damit band ich sie zu einem Paket. Das trug ich dann noch eine Etage tiefer in den Keller. Dort legte ich es vorsichtig und dieses Mal vollkommen lautlos vor Mamas und Papas Schlafzimmertür.

Genau so, wie es sich fürs Geburtstags-Shopping gehörte. Ich stand am Fenster und hielt Ausschau nach Helli, die jeden Moment aufkreuzen sollte. Bei der Gelegenheit schaute ich außerdem, was sich vor Dennis' Tür abspielte. Vor ein paar Minuten war er herausgekommen, das Skateboard unter dem Arm. Er trug sein blau-weißes Ringelshirt und eine flache Kappe, die ich noch nicht kannte. Unter dem Mützenrand quollen seine dichten braunen Haare hervor. Komisch, die eigenen Locken fand ich unmöglich, vor allem wenn sie unter einer Kappe hervorlugten. Bei Dennis sah es toll aus. Alles, was er tat, sah gut aus. Er bewegte sich einfach selbstsicher. Meistens jedenfalls. Und er lächelte sooo nett.

Ich schloss kurz die Augen. Irgendwo in meinem Inneren durchzog mich wieder dieser fiese Schmerz, wie so oft, wenn ich an Dennis dachte oder ihn, wie jetzt, aus der Ferne beobachtete. Auch wenn er inzwischen mein Kumpel war. Wahrscheinlich fand er mich sogar nett. Aber nett reichte eben nicht.

Ich öffnete die Augen. Nein, diesen Tag würde ich mir nicht von schwermütigen Gedanken an einen Nachbarjungen verderben lassen.

Vor dem Mehrfamilienhaus, wo Dennis gerade versuchte, das Skateboard wie einen Kreisel zu bewegen, schob sich Helli ins Bild. Schnell schloss ich das Fenster und lief nach unten.

Arti saß am Klavier und übte. Triton bastelte an einem Flieger, den er am Abend zuvor in einer unvorstellbaren Geste der Großzügigkeit von Pego geschenkt bekommen hatte. Mama war mit den Zwillingen für Besorgungen in der Stadt. Außer »Danke für dein Paket« hatte sie seit Freitagmorgen noch nichts zu meinen LLBs gesagt. Obwohl schon bald die Frist ablief. Papa hüllte sich ebenfalls in Schweigen. Außerdem hatte er heute »ausnahmsweise« auch am Wochenende im Institut zu tun. Haha. Es wurde immer besser! Niemand von uns glaubte das natürlich. Unter Garantie traf er dort seine Diethild. Ich fand das so was von gemein und verlogen.

Helli klingelte. Ich schnappte meine Umhängetasche. »Bin weg!« Dann schlüpfte ich aus der Tür.

Am Marienplatz herrschte Betrieb wie auf einem Volksfest. Die meisten Menschen waren bestimmt Touristen. Im Herbst kamen immer besonders viele wegen des Oktoberfests. Helli und ich bahnten uns einen Weg durch die Menge. Wir hatten sogar eine Skizze. Helli hielt das Blatt, auf dem wir die besten Einkaufsstraßen und unsere Lieblingsläden eingezeichnet hatten. Wir blieben auf der Mitte des Platzes stehen und drehten die Karte, bis wir uns orientiert hatten.

»Da«, sagte Helli und tippte auf das Blatt. »Kaufinger Straße. Dort fangen wir an.«

Wir hakten einander unter und überquerten den Platz. Nach ein paar Metern blieb ich stehen. Ich sah mich um.

»Was ist?«, fragte Helli.

»Ach, nichts«, sagte ich und ging weiter. »Ich dachte gerade, ich hätte ein Skateboard gehort.«

Helli kicherte und drückte meinen Arm. »Schätzungsweise dürfte es mehr als eins in München geben.«

»Was du nicht sagst.«

Wir hielten wieder an. Jetzt hatte es auch Helli gehört. Wir blickten uns an, dann drehten wir uns um. Keine zwei Meter von uns entfernt stand Dennis. Er grinste schief und zeigte seinen Dreieckszahn.

»Hey, Lilami! Ich hätte dich ja auf deinem schicken Samsung angerufen, aber du hast vergessen, mir deine Handynummer zu geben!«

Ich musste lachen und holte mein Handy raus. »Warte, ich weiß meine Nummer noch nicht auswendig.« Schnell blätterte ich unter Kontakte.

»Sag mal, bist du uns gefolgt?« Helli klang ein bisschen genervt.

»Klar, mach ich samstags immer, hab ja nichts Besseres zu tun.«

Helli verschränkte die Arme. »Schon klar.«

Ich fand es witzig, Dennis hier mitten auf dem Marienplatz zu treffen, und diktierte ihm meine Handynummer. Er steckte sein Telefon zurück in die tiefen Taschen seiner Jeans.

»Ich denke, du wolltest mich anrufen?«

Er grinste verschämt. »Hab kein Guthaben mehr.«

Wir lachten. Dennis lachte mit.

»Willst du mit uns shoppen gehen, oder was?«, fragte Helli.

Dennis winkte ab. »Das könnte euch so passen. Nein, bin verabredet.«

Wahrscheinlich mit seiner Freundin. Nicht weit von hier hatte er früher gewohnt. Papas Institut war ja in der Nähe.

Jetzt schob er die Kappe in den Nacken. »Ach ja, ich wollte dich noch was fragen, Lilami. Sofern dein siamesischer Zwilling es erlaubt.«

»Red nicht so blöd«, sagte Helli angesäuert und mit einem bittenden Blick auf mich. »Lass uns mal losgehen, okay?«

»Also erlaubt sie es nicht?«, fragte Dennis.

»Quatsch«, sagte ich. »Frag einfach.« Wahrscheinlich ging es mal wieder um Latein oder Physik.

Dennis druckste noch ein bisschen herum. »Äh, tja … ach … nicht so wichtig.«

Helli wandte sich demonstrativ ab.

»Jetzt musst du es auch sagen. Ist es wegen Latein?«

Dennis schob mit dem Fuß sein Skateboard hin und her. »Ich wollte dich fragen, ob du Lust hast, Board fahren zu lernen«, sprudelte es aus ihm heraus, so schnell, dass ich es kaum verstand. Er linste verschmitzt in meine Richtung.

»Ach, und um ihr diese Frage zu stellen, fährst du quer durch die Stadt«, sagte Helli, immer noch abgewandt.

Ich legte beschwichtigend eine Hand auf ihren Arm.

»Was? Wieso soll ich …«

»Ich wollte es dir zum Geburtstag schenken, also zwei Stunden Board-Unterricht. Nachträglich. Ist mir aber heute erst eingefallen.« Er warf einen kurzen Blick auf Helli. »Du bist ja außerdem nie allein.«

Helli schnaubte. »Also wirklich. Hör dir das an.«

Ich drückte wieder ihren Arm.

»Willst du nun?«, fragte Dennis.

»Was?«, fragte ich.

»Na, Board fahren lernen.«

Ich betrachtete das Brett. Arti hatte letztens gesagt, sie glaube nicht, das sei der richtige Sport für mich. Aber Arti konnte sich irren. Es würde bestimmt Spaß machen.

Ich nickte. »Naja, ich will mal nicht so sein.«

Von der Seite erntete ich einen bewundernden Blick von

Helli. Auch ich war ganz überrascht, dass mir so eine coole Formulierung eingefallen war. Vielleicht lag es einfach daran, dass ich jetzt dreizehn war. Dreizehn war ein super Alter, fand ich plötzlich.

»Cool.« Er strahlte wie ein ganzes Sonnensystem. »Heute Nachmittag?«

Helli wollte sich wieder einmischen, aber ich kam ihr zuvor.

»Geht nicht. Heute bin ich mit meinem siamesischen Zwilling unterwegs.«

Dennis rollte die Augen.

Helli zupfte an meinem Ärmel. »Komm, wir müssen jetzt echt mal los.«

»Montagnachmittag, um vier?«, fragte ich.

»Okay, hinter unserem Haus, am Baum«, sagte Dennis. »Ich kenne einen tollen Platz zum Üben.«

»An welchem Baum?«

»Wirst du schon sehen. Ist leicht zu finden. Du musst durchs Hoftor gehen.«

Als Dennis davongerollt und kurz darauf in der Menschenmenge verschwunden war, kniff ich meine Freundin in den Arm.

»Aua!«, rief Helli. »Nicht durchdrehen, Lil!«

»Ist das jetzt wirklich passiert oder träume ich?«, fragte ich. Meine Wangen fühlten sich an, als hätte ich Fieber.

Helli schüttelte nur den Kopf. »Lil, ich weiß nicht, was du an ihm findest. Hast du seine UHK gesehen?«

Unter Dennis' tief sitzender Jeans hatte ein breiter blauer Streifen mit Pünktchenmuster hervorgelugt.

»Pickel am Po«, kicherte Helli.

Ich lachte laut. »Egal! Du musst mich nicht verstehen,

sondern nur ein geringeltes Shirt für mich finden. Das brauche ich zum Trainieren jetzt unbedingt.«

Ich hakte Helli wieder unter. Wir schlenderten an den Schaufenstern entlang.

»Sag mal, ist das da drüben dein Vater?« Helli verlangsamte den Schritt.

»Wie, was?« Ich wandte den Blick von dem bunt dekorierten Schaufenster eines Schreibwarenladens.

Helli zeigte zu einem Café auf der anderen Straßenseite. »Vorne links, siehst du?«

Ich kniff die Augen zusammen. Ganz klar, da saß Papa. Und neben ihm die Frau. Dieses Mal konnte ich sie besser sehen. Sie hatte ein längliches, sonnengebräuntes Gesicht und kurze blonde Haare. Papa und sie redeten lebhaft miteinander.

»Ja, sieht so aus«, sagte ich. Meine Arme fühlten sich plötzlich schwer an.

»Wer ist denn die Frau?«, fragte Helli.

Ich starrte auf die gegenüberliegende Straßenseite. Papa und die dämliche Diethild lachten. Sie sahen quietschvergnügt aus.

Ich wollte nach der Begegnung mit Dennis meine beste Freundin nicht auch noch mit der Geschichte über meinen Vaters nerven. Wir waren losgezogen, um Spaß zu haben, Klamotten zu kaufen und anschließend Fotos zu schießen.

»Keine Ahnung«, sagte ich. »Er hat gesagt, er muss heute ins Institut. Arbeiten.«

Helli beobachtete mich. »Willst du ihm Hallo sagen?«

Ich schüttelte den Kopf. »Nö.« Ich gab mir einen Ruck. »Erstens will ich jetzt mit dir allein sein und zweitens seine blöde Kollegin nicht kennenlernen.«

Papa und die Frau lachten schon wieder. Ich seufzte.

»Komm«, sagte Helli. »Eltern sind so was von bescheuert. Von uns erwarten sie immer Ehrlichkeit, aber selber tischen sie uns Lügen auf.«

Ich sah ein letztes Mal zu Papa hinüber. »Arbeiten, von wegen!«

Am Abend lagen wir auf meinem Bett, lasen in Zeitschriften, die wir uns am Nachmittag gekauft hatten, und schauten die Fotos an, die wir in unserem Garten mit Hellis Sofortbildkamera gemacht hatten. Arti übernachtete bei Luise und hatte auch Pan wieder mitgenommen. Helli durfte in Artis Bett schlafen.

Wir knabberten Chips und Salzstangen. Auf dem Nachttisch standen zwei dunkelrote Cocktails, die Maria uns aus mindestens vier verschiedenen Fruchtsäften gemixt und in zwei großen, bauchigen Rotweingläsern angerichtet hatte. Mit Obstspieß und Strohhalm.

Helli nahm einen Schluck. »Das könnte ich jeden Tag trinken. Echt nett, eure Maria.«

Ich blätterte in der neuen *StyleIn*, die bereits voller Winteroutfits war. Hoffentlich wurde es nicht schon bald kalt. Ich wollte mein neues rot-weißes Ringelshirt in nächster Zeit so oft wie möglich tragen.

Es klopfte an der Tür und Nike kam herein. Ich blickte von meinem Magazin auf.

»Na, ich dachte, ihr seid schon im Bett.«

Nike schüttelte den Kopf. Sie druckste herum und sah unsicher zu Helli.

»Was gibt's?«, fragte ich.

»Lil, ich muss dir was sagen.«

»Dann sag.«

»Kannst du mal kommen?« Nike schaute so lieb und bittend.

Ich stand auf und ging mit meiner Schwester vor die Tür. Von unten drangen Stimmen herauf. Es klang nach einem Streit. Ich schaute Nike an.

»Deswegen habe ich dich gerufen«, flüsterte sie.

Leise schloss ich meine Zimmertür. Helli wusste ja immer noch nichts von Papas Geheimnissen mit dieser Frau.

»Was machen wir jetzt?«, fragte meine Schwester.

»Wo sind die anderen?«, fragte ich.

Nike zuckte mit den Schultern. »Pego ist weg. Die anderen schlafen.«

»Komm.« Ich nahm sie bei der Hand. Auf Zehenspitzen liefen wir die Treppe hinunter.

»Du bist ein verdammter Egoist!«, schimpfte Mama. »Ich habe es so satt! Immer dreht es sich nur um dich, dich, dich! Und jetzt DAS!«

Wir zuckten zusammen.

»Was ist ein Egoist?«, flüsterte Nike. »Hat es was mit Pego zu tun?«

Ich hielt den Finger an die Lippen. »Sch.«

»Lisa, lass dir doch erklären … es hat sich ergeben.« Papas Stimme war deutlich leiser. »Diethild und ich könnten gemeinsam an unserem Projekt arbeiten …«

»Diethild, Diethild! Dauernd höre ich Diethild! Mit WEM bist du eigentlich verheiratet?«

Nike wimmerte. Ich verstand nicht, was Mama sagte, und legte ihr den Finger an die Lippen.

»… glaub dir kein Wort. Du bist so was von scharf auf diese …« Offenbar suchte Mama nach Worten.

»Ich musste es tun«, sagte Papa nun. »Und ich hoffe, ihr könnt damit leben.«

»Du kannst dich verkrümeln, und zwar sofort! Geh doch zu Diethild!«, sagte Mama hitzig. »Mir reicht es, Theo!«

Wir sahen uns an. Dann hörten wir Schritte. Schnell flüchteten wir in die Gästetoilette. Dort warteten wir, ohne Licht zu machen. Wir hörten, wie Papa die Wohnzimmertür zuschlug, Schuhe anzog und etwas vom Garderobenhaken nahm. Ein paar Sekunden später fiel die Haustür ins Schloss.

Nike begann zu weinen. Ich hielt ihre Hand und drückte sie. Auch mir standen Tränen in den Augen. Ich hoffte, Helli kam nicht auf die Idee, nach mir zu suchen.

»Was machen wir jetzt?«, schluchzte Nike.

Die Toilettentür wurde aufgerissen. Im Licht des Flurs stand Mama und schlug erschrocken die Hand vor den Mund.

Nike warf sich ihr in die Arme und weinte laut. Mama nahm Nikes Kopf zwischen ihre Hände. »Sch, nicht weinen, mein Schatz.«

Sie sah furchtbar aus. Ihr Brustkorb bebte, das Gesicht war blass, um die Augen klebte ein schwarzer Schatten verwischter Wimperntusche.

»Mama«, flüsterte ich.

Mamas Lippen zitterten. »Wo ist Helli?«, fragte sie.

Ich räusperte mich. »In meinem Zimmer.«

Nike schniefte und schaute dann zu Mama hoch. »Hat Papa uns verlassen?«

Mama nahm uns beide an die Hand und zog uns in die Küche. Sie seufzte. Wir warteten.

»Mama, jetzt sag doch was.« Ich streichelte ihr über die Hand.

Mama versuchte zu lächeln. »Ich weiß es nicht«, sagte sie. »Wir hatten einen schlimmen Streit.«

Nike schaute sie treuherzig an. »Pego hat gesagt, wir sorgen dafür, dass er zurückkommt.«

Mama runzelte die Stirn. »Pego? Ist er hier?«

Ich schüttelte den Kopf. »Nein. Aber wir wissen es schon länger.«

Jetzt machte Mama große Augen. Sie verschränkte die Arme vor der Brust. »Ihr wisst es schon länger? Was soll das heißen?«

Nike und ich sahen uns an. Vielleicht würde Mama sauer, wenn wir ihr erzählten, dass wir Papa hinterherspioniert hatten. Wie dumm, dass Pego nicht da war. Nike hätte das mit dem Zurückholen besser nicht erwähnt. Sie wollte gerade wieder etwas sagen, aber ich kam ihr zuvor.

»Wir wissen es erst zwei Tage.« Genau genommen stimmte das ja auch. Vorgestern waren wir im Institut gewesen. Davor hatten wir ja nur herumgeraten. »Durch einen Zufall«, fügte ich noch hinzu.

Mama seufzte und streckte die Arme nach uns aus. »Oh Mann, das könnt ihr nun wirklich nicht brauchen, oder?« Sie drückte uns fest an sich.

»Aber, Mama«, sagte ich. »Für dich ist es doch viel schwerer.«

Sie drückte uns noch fester.

»Ich fühle mich so …«, sie suchte nach Worten, »… so überrumpelt. Ich hätte einfach nie damit gerechnet. Nicht, solange ihr klein seid.«

Ich streckte mich und sah Mama in die Augen. »Wir sind nicht mehr klein, Mama.«

Da widersprach Nike. »Doch. Ich *bin* klein.« Schon wieder rollten Tränen über ihre Wangen. Mama wischte sie weg.

»Spätzchen, ich bringe dich jetzt ins Bett. Morgen überlegen wir uns, wie es weitergeht.« Sie lächelte mir zu. »Und du geh jetzt zu Helli, sie fragt sich sicher schon, wo du bleibst.«

»Sie liest in ihrem Lieblingsheft, da merkt sie nicht, was um sie herum passiert«, sagte ich. Auf der Treppe wandte ich mich noch einmal um. »Kommt er zurück, Mama?«

»Geh jetzt schlafen, Schatz«, sagte sie nur.

»Gehst du trotzdem mit Maria zum Yoga morgen?«, fragte ich.

Mama stutzte. »Was dir so durch den Kopf geht … Ich weiß nicht, vielleicht. Ich habe es Maria ja versprochen.«

Wir versammelten uns im Garten.

Nachdem am Sonntag Helli abgeholt worden war und Arti und Pan mit trockener Windel von der Übernachtung bei Luise heimgekommen waren, wofür wir ihn ausgiebig lobten, und nachdem dann Mama mit Maria zum Yogakurs aufgebrochen war, hatte ich alle zusammengetrommelt. Die Sonne schien, am Himmel war keine Wolke zu sehen. Die drei Jüngsten schaukelten in der Hängematte. Pego und Arti hatten sich auf einen Ast im Kirschbaum geschwungen. Alle richteten ihre Augen auf mich. Ich stand auf der Wiese und hatte den anderen gerade die neue Lage geschildert.

»Und nun ist er weg«, schloss ich.

Pego zog sein Handy aus der Hosentasche und tippte eine Nummer.

»Musst du immer im unpassendsten Moment mit dem Ding spielen?«, meckerte ich.

Pego legte den Zeigefinger an die Lippen, dann lauschte er in sein Handy. Sein Gesicht hellte sich auf, er drückte eine Taste und sah uns an. »Er ist im Institut.«

»Du hast im Institut angerufen?«, fragte ich.

»Wieso arbeitet er sonntags?«, wollte Arti wissen.

»Sicher trifft er dort seine Diethild«, sagte ich.

»Was auch immer«, sagte Pego. »Wir wissen jetzt, wo er ist. Was machen wir?«

Ich überlegte nicht lange. »Wir fahren hin.«

»Wie?«

»Was?«

»Wir alle?«

»Jetzt?«

»Ich will eine Erklärung von Papa. Jetzt reicht es wirklich«, sagte ich.

»Meint ihr, das bringt etwas?«, fragte Arti.

»Wir sind zu sechst, da werden wir doch mit einem Einzelnen fertig«, sagte Pego und ließ seine Muskeln spielen.

»Haha, sehr witzig«, sagte Triton. »Papa ist erwachsen. Erwachsene machen immer, was sie wollen.«

»Das werden wir ja sehen«, sagte Pego und sprang vom Ast. »Na gut.« Arti musste sich festhalten, damit sie nicht hinterherplumpste.

Ich atmete auf. Wir würden versuchen, etwas zu unternehmen. »Arti, hol deine Monatskarte. Die Zwillinge und Triton, für euch brauchen wir noch Fahrscheine. Nehmt Geld aus euren Spardosen«, mischte ich die Jüngeren auf.

»Was? Ich soll das von meinem Geld bezahlen?« Orion schmollte.

»Du kannst ja Papa später fragen, ob er es dir erstattet«, sagte Pego. »Jetzt nervt nicht. Und beeilt euch. Wer weiß, wie lange er im Institut ist.«

Die Institutstür war zu. Pego stemmte sich mit aller Kraft gegen die schwere alte Holztür, aber anders als vor drei Tagen gab sie nicht nach.

»Mist.«

Ratlos sahen wir uns an. Bis jetzt hatte alles reibungslos geklappt, wir waren in weniger als dreißig Minuten in den Stadtteil gefahren, wo sich das Archäologische Institut befand.

»Ruf ihn auf dem Handy an«, schlug Arti vor.

Pego wollte gerade Papas Handynummer wählen, als die Tür aufging und Diethild Berger herauskam. Ich war die Einzige, die sie sofort erkannte, weil ich sie ja mit Papa im Café gesehen hatte. Ohne Busen hätte sie ausgesehen wie ein Mann, fand ich.

»Nanu?«, sagte sie. »Was wollt ihr denn hier?«

Triton fand als Erster die Sprache wieder. »Wir wollen zu unserem Vater. Er arbeitet hier.«

Die Frau schaute überrascht von einem zum anderen. »Seid ihr die Kinder von Theo April?«

»Sind Sie Dieter Berger?«, platzte es aus Nike heraus.

Die Frau schaute noch überraschter. Sie runzelte die Stirn.

»Ich weiß nicht genau, wen du damit meinst.« Sie schenkte Nike einen langen, unheimlichen Blick. Die versteckte sich sicherheitshalber schnell hinter mir.

»Wir möchten gerne zu unserem Vater.« Ich gab mir Mühe, so erwachsen wie möglich zu klingen. »Wir haben etwas Wichtiges mit ihm zu besprechen.«

Jetzt lächelte die Frau. »Wenn das so ist, dann habt ihr Glück. Er ist in seinem Büro.« Sie hielt die Tür auf und ließ uns durch.

»Danke«, erwiderte ich. Die Frau lächelte wieder, aber es sah nicht wirklich freundlich aus. Eher so, als wüsste sie nicht, ob es eine gute oder eine schlechte Idee war, uns ins Haus zu lassen.

Hinter uns fiel die Tür ins Schloss.

»Das war Diethild Berger. Sie saß vor drei Tagen mit Papa im Café.«

»Auf dem Video sah sie besser aus.« Pego verzog das Gesicht.

»Dann hättest du nicht so freundlich sein müssen«, sagte Arti.

»Genau«, pflichtete Triton ihr bei. »Wir hätten sie gleich fesseln und in ein Verlies sperren müssen.«

»Sie sieht aus wie ein Mann.« Nike schüttelte verwundert den Kopf.

»Los, Leute«, trieb ich die anderen an. »Lasst uns nicht so herumtrödeln.«

Wir rannten die breiten Steinstufen der Institutstreppe nach oben.

»Dieter Berger.« Orion kicherte. »Das war super, Nike.«

Jetzt lachten auch die anderen.

»Wie die geguckt hat!«, schrie Triton.

»Pst!« Pego hob beschwichtigend die Hand.

Wir waren in der zweiten Etage angekommen. Pego wies mit dem Daumen nach links. »Sein Zimmer ist dort hinten.«

Wie folgsame Entenkinder liefen wir hinter Pego her. Vor Papas Bürotür blieben wir stehen. Pego lehnte sein Ohr dagegen.

»Hörst du was?«, flüsterte Triton.

Pego schüttelte den Kopf. Er sah mich fragend an und ich nickte. Er hob seine Faust, und für einen Augenblick dachte ich, er würde wirklich mit voller Wucht gegen die Tür hämmern, aber dann sah ich sein Grinsen. Mit nur einem Fingerknöchel klopfte er vorsichtig an.

Wir hörten ein Geräusch, wie wenn jemand auf die Füße springt. Schritte. Die Tür wurde mit Schwung aufgerissen. Vor uns stand Papa. Er sah müde und unrasiert aus. Das blaue Hemd war verknittert, seine lockigen schwarzen Haare standen in alle Richtungen ab. Wäre die Situation nicht so ernst gewesen, wir hätten gelacht. So aber starrten wir ihn nur an. Jetzt öffnete Papa den Mund, schloss ihn wieder, rieb sich die Augen und nickte dann langsam.

»Das nenne ich eine Überraschung!«, sagte er schließlich.

»Wir müssen mit dir reden«, sagte ich. »Dürfen wir reinkommen?«

Ich lugte in das Büro. Vor dem Sofa standen seine Schuhe. Es sah so aus, als hätte er ein Nickerchen gehalten.

»Sicher, kommt herein.« Papa hielt die Tür auf.

Nachdem wir alle eingetreten waren, schloss er die Tür. Wir sahen uns um, ein bisschen ängstlich, aber auch neugierig. Der Raum war groß. Das hier war ein feines und besonderes Arbeitszimmer, das spürte ich sofort, obwohl ich noch nicht viele Büros gesehen hatte, außer vielleicht im Fernsehen. Der Schreibtisch war riesig und aus dunklem Holz. Die Regale an den Wänden dagegen waren weiß. In ihnen standen dicht an dicht Hunderte, vielleicht Tausende von Büchern. Vor dem Regal stand ein Sofa aus braunem Leder. Papa schob die Decke beiseite, die auf dem Sofa lag und mit der er sich wahrscheinlich eben noch zugedeckt hatte, und machte eine einladende Handbewegung.

»Setzt euch.«

Triton, Nike, Orion und Arti hockten sich auf das Sofa.

»Was kann ich für euch tun?«, fragte Papa.

»Papa …« Ich war an der Tür stehen geblieben. Pego hatte sich auf den Drehstuhl am Schreibtisch gesetzt. Mir fiel auf, dass wir gar nicht überlegt hatten, was genau wir mit Papa besprechen wollten, oder eher, wie wir es sagen sollten. Hilflos sahen wir einander an.

»Hat Mama euch geschickt?«

»Nein!«, riefen Pego und ich, die anderen schüttelten den Kopf.

»Das war unsere Idee.« Nike schaute ihn trotzig an.

Tritons Schulter zuckte heftig. »Wir verlangen, dass du zu Mama zurückkehrst!«

»Ja, du sollst diese Diethild verlassen!«, rief nun Nike, und Orion nickte so wild, dass er dabei mit dem Kopf gegen Nike stieß. Sie rieben sich beide die Stirn.

»Moment«, sagte Papa. »Ich verstehe nicht.«

»Wir sind deine Familie.« Pego hatte endlich die Sprache wiedergefunden.

»Das weiß ich«, sagte Papa. »Aber könnt ihr mir mal erklären …«

»Und du darfst keine anderen Frauen küssen!«, sagte Triton.

Papa hob die Augenbrauen.

»Genau. Oder den Arm um sie legen«, rief Arti.

Papa öffnete den Mund.

»Oder sie Schatz nennen«, sagte ich.

»Zum Zeus!« Papa stand mit erhobenen Händen vor uns. Seine Augen funkelten zornig. Ganz langsam glitt sein Blick von einem zum anderen. Im Raum war es totenstill, nur die Wanduhr tickte leise. Papas Blick blieb an Pego hängen.

»Bevor ihr hier über mich herfallt wie die Monster der Unterwelt, verlange ich erst einmal eine Erklärung hierfür.« Er ging zu seinem Schreibtisch und hielt den Laptop hoch. »Ich habe einhundertfünfzig Euro bezahlt, um dieses Gerät wieder in Gang zu bringen. Es war nämlich kaputt, weil eine arme Schnüfflerseele Flüssigkeit über die Tastatur geschüttet hat.« Papa sah uns an. »Was ist? Raus mit der Sprache!«

Die Jüngeren sahen sprachlos von einem zum anderen. Pego verschränkte die Arme vor der Brust und schaute mit zusammengekniffenen Lippen bockig geradeaus. Ich erinnerte mich an meinen heiligen Schwur, den ich erst vor Kurzem geleistet hatte. Grenzen setzen. Das bedeutete auch: zu mir zu stehen. Denn nur dann konnten die anderen ja auch meine Grenzen erkennen. Das hieß, ich musste auch zu meinen Taten stehen. Auch wenn ich jetzt plötzlich doch etwas Angst hatte.

»Ich war es«, sagte ich.

Papa schaute ungläubig. Die anderen glotzten mich mit offenem Mund an. Pego sah zu Boden.

»Lilaia?« Papa räusperte sich. Sein Blick wurde sehr streng. »Was um alles in der Welt fällt dir ein …«

»Sie war nicht alleine«, hörte ich Pego mit selbstbewusster Stimme sagen.

Papa fuhr herum. Pego hatte das Kinn gereckt. Offensichtlich wollte er sich so wenig verstecken wie ich. Und so mischte sich in alle meine unguten Gefühle der Nervosität, der Angst und auch der Ohnmacht und Wut dann trotzdem auch ein schönes, gutes Gefühl. Pego guckte kurz zu mir und wir lächelten uns an. Dann aber verfinsterte sich seine Miene wieder.

»Weißt du, Papa«, sagte er, »wenn du nicht so ein großer Heimlichtuer wärst, dann hätten wir es gar nicht nötig gehabt, in deinen Laptop zu schauen.«

Ich warf Pego einen Blick zu.

»Trotzdem tut es uns leid, das mit der Tastatur …«, schob er hinterher.

»Ja, das war bescheuert. Entschuldigung«, sagte nun auch ich.

Papa machte einen Schritt auf uns zu. »Ich dulde nicht, und zwar unter keinen Umständen, dass ihr an meine persönlichen Sachen geht! Ist das klar?«

Wir nickten.

»Der Herbsturlaub ist gestrichen!«

Das war hart. Ich wollte protestieren, und die anderen bestimmt auch, aber ehrlich, Papas Gesichtsausdruck war so deutlich, seine Stimme so wütend und schneidend, da ließ ich es lieber. Es hätte ohnehin nichts gebracht. Auch Pego klappte den Mund wieder zu.

Papa wandte sich an alle. »So, und jetzt zu dem anderen Thema. Auch hier verlange ich eine Erklärung.«

Pego räusperte sich. »Wir haben deinen Streit mit Mama gehört.«

»Wer in der Nacht herumschleicht, tritt auf Matsch und Scheiße«, knurrte Papa.

»Was heißt das?«, fragten Nike und Orion leise.

Papa schaute sie grimmig an.

»Das ist ein griechisches Sprichwort, stimmt's, Papa?« Triton versuchte es mal wieder auf die schleimige Tour.

»Jawohl«, antwortete er. »Und es soll heißen, dass nichts Gutes dabei herauskommt, wenn man anderen hinterherspioniert. Weder nachts noch sonst.«

Wir blickten zu Boden.

»Ihr seid in Dingen herumgetappt, von denen ihr nichts versteht«, fuhr Papa fort. »Und deshalb habt ihr euch so einen großen Mist zusammenfantasiert.« Sein Blick wurde immer düsterer. »Habt ihr am Ende schon mit eurer Mutter darüber geredet?«

Ich ging zum Sofa und quetschte mich zu den anderen. Plötzlich fühlte ich mich gar nicht mehr erwachsen und vernünftig.

»Mama wusste es doch schon«, murmelte ich.

»Wusste was?«, fragte Papa.

Wieder schwiegen wir. Dann nahm Pego seinen Mut zusammen. »Das mit dieser Frau. Diet…«

Papa lachte kurz und trocken auf. »Das ist wirklich nicht zu fassen!«

Triton richtete sich auf. »Du hast einen schlimmen Streit mit Mama gehabt und außerdem passieren hier schon seit Wochen krasse Dinge. Da haben wir uns eben unsere Gedanken gemacht.«

Arti pflichtete ihm bei. »Ja. Vielleicht erklärst du uns mal, was genau los ist. Denn Streit mit Mama hattest du ja.«

Papa seufzte. Eben noch wirkte er total streng, jetzt ließ er die Schultern hängen. »Es tut mir leid. Ich wollte es euch heute … oder spätestens morgen sagen.«

Er machte eine Pause. Wir hielten die Luft an. Wieder war nur das Ticken der Wanduhr zu hören.

»Ich habe ein Angebot vom Archäologischen Institut in Cambridge.«

Nike und Orion zogen die Nasen kraus, Pego und Triton blieb der Mund offen stehen.

»Was ist daran so schlimm?«, wollte Triton wissen.

»Es ist ein Forschungsprojekt. Für drei Jahre.«

»Und was hat das mit dieser Frau zu tun?«, fragte ich.

Papa atmete aus. »Diethild kommt mit, für ein Jahr.«

»Wie, was? Was soll das heißen, kommt mit?« Ich schaute zu Pego. »Und Mama und wir?«

»Du willst für drei Jahre ins neblige Klugscheißer-Cambridge, oder was?«, fragte Pego.

Papa nickte.

»Waaas?«, rief Triton nun. »Du willst für drei Jahre nach England?«

Allgemeines Gemurmel machte sich breit. Die Einzige,

die nichts mehr sagte, war ich. Ich spürte eine unglaubliche Wut in mir hochsteigen.

Papa schwieg und sah uns an.

»Was ist mit uns?«, fragte Arti.

Papa fasste sie bei den Schultern. »Ich würde dich und euch alle und natürlich auch Mama gerne mitnehmen.«

Arti stampfte mit dem Fuß auf. Papa kam auf mich zu und versuchte, mich in den Arm zu nehmen, aber ich stoppte ihn mit der ausgestreckten Hand.

Pego sprang auf. »Ich gehe auf keinen Fall nach Cambridge. Nie im Leben.«

Triton schoss ebenfalls in die Höhe. »Ich komme auf jeden Fall mit, Papa! Dort gibt es so viel zu entdecken, nicht wahr?« Er strahlte.

Der blöde Schleimer. Er würde nicht genug kriegen können von alten, verstaubten, ehrwürdigen Universitätstempeln.

»Und es liegt nicht weit von London«, sagte Papa nun. »Eine der tollsten Städte der Welt.« Er lächelte mich an.

»Wie weit?«, wollte ich wissen.

»Nur zwei Stunden.«

»Fett. Da fahren wir dann bestimmt ein- bis zweimal pro Jahr hin.« Pego lachte verbittert und scheuchte die Kleinen vom Sofa. »Klingt scheiße. Wir gehen.«

»Aber …« Orion drehte sich zu Triton um, der noch neben Papa stand.

Ich legte meine Arme um die Zwillinge. »Wir reden erst mal mit Mama«, flüsterte ich.

Dann zogen wir, Pego voraus, Nike und ich zuletzt, den langen, düsteren Institutsflur entlang, ohne uns noch einmal nach Papa umzusehen.

»Und ihr dachtet wirklich seit zwei Wochen, Papa hätte ein Verhältnis mit Diethild Berger?«

Mama konnte sich das Lachen nicht verkneifen.

Uns war wirklich nicht zum Lachen zumute.

»Aber du hast doch Papa selbst gefragt, mit wem er eigentlich verheiratet ist«, wandte ich ein. »Ich habe es genau gehört.«

Mama lehnte am Fenster. Wir sechs standen um sie herum und warteten auf eine Antwort. Sie dachte nach. Dann schüttelte sie langsam den Kopf.

»Ja, das habe ich mich in dem Moment auch gefragt. Aber es geht nicht um ein Liebes-, sondern um ein Arbeitsverhältnis. Sie forschen am selben Projekt. Und nun sieht es so aus, als würde Diethild für ein Jahr ebenfalls nach Cambridge gehen. Und es macht mich wütend, dass ich dafür meinen Job hier aufgeben soll. Deshalb bin ich sauer auf Theo. Außerdem habe ich gestern erst erfahren, dass die Stelle für drei Jahre ausgeschrieben ist. Drei! Ich dachte die ganze Zeit, sie ist auf ein Jahr befristet.«

»Und wir sollen auch alles aufgeben, das könnte ihm so passen«, knurrte Pego. Er verschränkte die Arme vor der Brust. »Das kann er sich abschminken. Ich gehe nirgendwohin.«

Wir sahen zu Mama. Die brach schon wieder in Lachen aus. »Entschuldigt, Leute, aber ausgerechnet Diethild ... das ist zu komisch.«

Jetzt lachte auch Orion. »Weißt du, was Nike zu ihr gesagt hat, Mama?«

»Sie hat gefragt: Sind Sie Dieter Berger?«, platzte es aus Triton heraus. Seine rechte Schulter zuckte hektisch. Mama legte eine Hand darauf. Er entspannte etwas. Alle lachten wir nun, selbst Pego.

»Sie sieht aus wie der Nachrichtensprecher aus dem Fernsehen!«, rief Nike.

»Und sie ist riesig«, sagte Arti. »Größer als Papa.«

»Sie hat Hände wie eine Baggerschaufel«, bemerkte ich.

»Dieter Berger?« Mama hatte Tränen in den Augen. »Hast du das wirklich gesagt, Kleines?«

Nike nickte.

Mamas Schultern bebten und Tränen liefen ihr über die Wangen. Wir Kinder schrien vor Lachen. Und auch vor Erleichterung. Über die Baggerhände. Und das riesige Missverständnis. Triton und Orion warfen sich auf den Boden und kugelten über das Parkett, Pego klopfte Mama auf den Rücken, weil sie sich verschluckt hatte und einen Hustenanfall bekam. Pan lief irritiert von einem zum anderen, wedelte mit dem Schwanz, leckte allen die Hand, aber niemand außer mir nahm weiter Notiz von ihm.

Nach einer Weile kriegte Mama sich wieder ein. Sie wischte sich die nassen Wangen ab und machte ein gespielt ernstes Gesicht.

»Eines ist sicher«, sagte sie. »Cambridge ist für alle ein Schock, aber gegen ein Verhältnis zu Dieter Berger ist die Stelle in England doch eine Kleinigkeit, oder?«

»So gesehen hast du recht«, sagte ich.

Mama schnäuzte sich die Nase. »Übrigens, Diethild und Theo haben schon zusammen an der Uni studiert, vor Jahren. Sie sind alte Freunde.« Sie blickte Pego an. »Freunde, die auch mal den Arm umeinanderlegen dürfen.«

Die Kleinen kicherten. Mama hob die Hand.

»Im Ernst. Diethild hat sehr viel für euren Vater getan und sie hat seine Beförderung nach Cambridge unterstützt.«

»Genial«, sagte Pego. »Da sind wir ihr aber übelst dankbar.«

»Genau. Das ist ja für alle ein richtiges Glück«, ergänzte ich.

Ich wollte noch sagen, dass wir die tolle Diethild ja zum Dank einmal zu uns einladen könnten, als sich die Haustür öffnete. Wir alle sahen in den Flur. Es war Papa. Er hatte sich die Haare gekämmt und auch das verknitterte Hemd in die Hose gesteckt.

»Hallo zusammen«, sagte er. Sein Lächeln wirkte irgendwie nicht ganz echt.

»Hallo«, sagte Mama. Sie räusperte sich. »Wir klären gerade Missverständnisse auf.«

Mama und Papa lächelten sich über unsere Köpfe hinweg an. Auch das noch. Das war ja eine zackige Versöhnung. Pego und ich tauschten einen Blick. Ich wusste genau, was er meinte, und er umgekehrt auch. Wir drehten uns um und gingen Richtung Haustür, vorbei an Mama und auch an Papa. Ohne ihn eines Blickes zu würdigen, verließen wir das Haus.

Pego machte sich zu seinem Boxverein auf, ich fuhr mit dem Bus zu Helli. Bevor er den Bus in die eine und ich meinen in die entgegengesetzte Richtung nahm, drückte er mir noch einen Zettel in die Hand.

»Hier, vielleicht deine letzte Gelegenheit zu feiern, bevor du ins Ausland verfrachtet wirst.«

»Sehr witzig.« Ich schaute auf das Blatt. Es war die Einladung zu einer Halloween-Party im Boxklub. Noch vor ein paar Monaten wäre es Pego nicht im Traum eingefallen, mich zu einer Party einzuladen.

»Danke.«

»Bitte. Deine bessere Hälfte kannst du gerne mitbringen.« Auch das wäre ihm vor Kurzem niemals in den Sinn gekommen.

»Okay, ich werde sie fragen.«

Nicht alles war schlecht im Moment. Eine Party. Eine Verabredung mit Dennis. Während ich auf den Bus wartete, verschwand das Gute jedoch allmählich wieder im Hintergrund. Je länger ich dort stand und über die Vorfälle in meiner Familie nachdachte, desto wütender wurde ich. Stinkwütend. Auf Papa vor allem. Wie er einfach über mein Leben entscheiden wollte! Wir waren doch keine Babys mehr, denen es egal sein konnte, wo sie wohnten. Ich hatte mein eigenes Leben! Ich wollte hier sein, genau hier, nirgends sonst. Und ich wollte an diesem Wettbewerb teilnehmen. Der war völlig unter den Tisch gefallen, nur weil Ausnahmezustand wegen Papa herrschte. Kein einziges Mal hatten er oder Mama etwas zu meinen LLBs gesagt. Eine Gemeinheit war das!

»Weißt du, was, ich mach's einfach!«, sagte ich, als Helli mir die Tür öffnete.

»Was?«

»Am Wettbewerb teilnehmen.«

»Immer langsam, komm erst mal rein.«

Hellis Eltern waren nicht zu Hause.

»So gut wie du möchte ich es auch mal haben, dauernd sturmfrei«, sagte ich. Wir umarmten uns.

»Kann aber auch ganz schön öde sein«, sagte Helli. »Vor allem sonntags. Cool, dass du da bist.«

Ich zog meine Chucks aus und stellte sie ordentlich nebeneinander in den Flur, was ich zu Hause meistens nicht machte. Bei Familie Schuh herrschte immer Ordnung, das wirkte ansteckend.

»Also, was ist mit dem Wettbewerb? Haben sie ihn dir noch immer nicht erlaubt?«

Ich nickte. »Obwohl ich ihnen meine LLBs gezeigt habe. Alle.«

Helli blies die Wangen auf. »Ganz schön krass. Warum sind sie plötzlich so streng?«

Ich sah Helli in die Augen. »Bei uns herrscht Ausnahmezustand.«

Sie legte die Stirn in Falten. »Wegen dem Wettbewerb?«

Ich schüttelte den Kopf.

»Dennis?«

Jetzt musste ich grinsen. »Nee.«

Helli zögerte einen Moment. »Pego?«

»Wie kommst du denn darauf?«

Helli schaute verschämt. »Weiß nicht. Ich dachte, Pego und Maria …«

»Nein, nein. Aber wer weiß, vielleicht steht uns das auch noch bevor.«

»Jetzt sag schon.«

Mein Mund war furchtbar trocken. »Hast du etwas zu trinken?«

»Klar.«

Wir gingen in die Küche. Anders als bei uns war es auch hier sehr aufgeräumt. Wie in einem schicken Möbelladen.

Helli reichte mir ein Glas Wasser. »Komm.«

Am Ende des Flurs lag Hellis Zimmer. Hier herrschte etwas weniger Ordnung. Ich stellte das Wasserglas am Boden ab und ließ mich in Hellis Sitzkissen fallen. Und dann beichtete ich ihr, was in den letzten Wochen bei uns passiert war. Sie unterbrach mich kein einziges Mal.

»Ich will nicht wegziehen«, endete ich. »Noch nicht mal, wenn du in England bist. Weil du nämlich unter Garantie fünfhundert Meilen weiter südlich oder nördlich sitzt und wir uns sowieso nie sehen können.«

Helli wirkte auf einmal klein und blass. Sie schniefte. »Das ist das Schlimmste, was ...« Sie suchte nach Worten. »Diese blöden Eltern, immer machen sie einfach, was sie wollen, ohne uns zu fragen.«

Ich nickte. »Ich werde das nie tun, wenn ich mal Kinder habe.«

»Meine Eltern schauen sich in den Herbstferien drei englische Internate an.«

Ich zuckte zusammen. »Ohne dich?«

Helli schüttelte den Kopf, dann presste sie die Fäuste gegen die Augen. »Boah, ich muss dauernd heulen, wenn ich daran denke.«

Ich rutschte aus dem Sessel und robbte über den flauschigen pinken Teppichboden zu Helli. »Das tut mir so leid!«

Sie sah mich an. Zwei fette Tränen rollten ihr über die Wangen. »Weißt du, die haben nur mich. Und trotzdem schicken sie mich weg. Das ist doch nicht normal! Bei deinen Eltern könnte ich es ja noch verstehen ...«

Ich legte den Arm um sie. Unfreiwillig allein auf ein Internat, das war noch schlimmer als mit Familie nach Cambridge. Oder? Ich war mir nicht sicher.

»Und die Idee mit der Oberstufe?«, fragte ich.

»Hat nicht so richtig gezogen. Weil die Ausbildung auf einem guten englischen Internat so viel besser ist, blablabla … Kannst du nicht mit aufs Internat kommen, Lil? Wenn ihr sowieso schon in England seid. Das wäre so mega.«

Ich hob die Schultern. »Wir haben noch nie eine Flugreise gemacht, weil es zu teuer ist, da werden meine Eltern mich kaum auf ein englisches Internat schicken.« Ich schaute Helli an.

Sie seufzte. »Vielleicht auf ein billiges?«

Arme Helli. Ich konnte sie so gut verstehen. Ich hätte auch nicht allein auf ein Internat gewollt. Aber sogar zu zweit würde ich nicht wollen. Und das musste ich ihr jetzt sagen.

»Ganz ehrlich, ich bin, glaube ich, kein Internatstyp. Sei nicht sauer.«

»Ist schon okay. Mir geht es ja genauso.«

Helli starrte auf das Poster an der gegenüberliegenden Wand, eine Collage aus den letzten zwölf Titelblättern der *StyleIn*. Auf zwei hatte sie Fotos von sich hineinmontiert. Es sah ziemlich echt aus.

Wir schauten die Collage an und schwiegen.

»Du hast wenigstens Geschwister«, sagte sie nach einer Weile.

»Die haben definitiv ihre Schattenseiten«, erwiderte ich.

Jetzt lächelte Helli. »Wenigstens einen großen Bruder hätte ich gerne.«

Ich sagte nichts. Sie hatte ja recht. Auch wenn Pego ziemlich nervig sein konnte, war ich doch ganz schön froh, dass es ihn gab. Mir fiel die Einladung ein. Das hatte ich vor lauter Aufregung vergessen. Ich kramte in meiner Tasche, zog den giftgrünen Zettel hervor und hielt ihn Helli hin.

»Schau mal, wir sind eingeladen.«

Helli zog die Nase hoch. »Was? Zeig mal.« Sie betrachtete das Papier. »Eine Halloween-Party?«

»Ja. Mit den Boxern. Voll gruselig, was?«

»Und wer sagt, dass wir eingeladen sind?«

Ich stieß sie in die Rippen. »Na, wer wohl? Unser Pegoist.«

Helli machte ein zweifelndes Gesicht. »Hat er dich oder hat er auch *mich* gemeint?«

»Kannst deine bessere Hälfte mitbringen, hat er gesagt.«

»Vielleicht meinte er Dennis?«

»Haha. Ganz bestimmt nicht. Dann hätte er Fliegengewicht gesagt.«

Jetzt lächelte Helli. Sie wischte sich noch mal über die Augen. »Voll genial.« Sie seufzte. »Endlich mal was Gutes.«

Zu Hause holte ich als Erstes die LLBs aus dem Schlafzimmer meiner Eltern. Die Kordel um den Stapel war gelöst, also hatten sie bestimmt hineingeschaut. Und trotzdem nichts dazu gesagt. Das war wirklich das Allerletzte.

Ich verzog mich auf mein Zimmer und legte los. Auch wenn sie es mir verboten hatten, wollte ich unbedingt an diesem Wettbewerb teilnehmen. Jetzt, wo das mit Cambridge herausgekommen war, noch umso mehr. Mein Zeichnen gehörte nur mir und der Wettbewerb kam mir plötzlich vor wie ein Rettungsring.

Zum ersten Mal las ich mir den Auftrag vollständig durch. Die Aufgabe war bis zum Einsendetermin fast nicht mehr zu schaffen. Man sollte eine Damenkollektion für den nächsten Sommer entwerfen und sie dann unter ein bestimmtes Thema stellen, das man sich selbst aussuchen durfte. Eine ganze Sommerkollektion! Was gehörte da alles dazu? Röcke, lange Hosen, kurze Hosen, Shirts, Blusen, Kleider, Jacken. Und natürlich Bademode. Taschen. Hüte. Wahrscheinlich sogar Gürtel und Schuhe.

Arti kam in unser Zimmer, gut gelaunt, das erkannte ich an ihrem Gang.

Hopsen bedeutete eine sehr fröhliche Arti. Die konnte ich gerade nicht gut gebrauchen.

»Hey, Lil, warum schaust du so finster?« Sie warf sich auf ihr Bett. Pan steckte seinen Kopf durch die Tür. Arti klopfte auf die Bettdecke. »Na komm, Panni.«

»Das fragst du noch? Es gibt allen Grund, finde ich.«

Meine Schwester zuckte mit den Achseln. »Ach so, ja. Hm.«

»Und darf man fragen, warum du trotzdem so gut drauf bist?«

Jetzt strahlte Arti. Pan sprang zu ihr aufs Bett. Sie kraulte ihn zwischen den Ohren. »Fällt dir nichts auf?«

Ich betrachtete meine Schwester. Alles schien wie immer. »Nein.«

»Schau mal genauer. Überall.« Arti schielte zu Pans Hinterteil. Seine Windel fehlte, jetzt sah ich es.

»Ist er sauber?«

Arti nickte, umarmte Pan und herzte ihn ab. Pan schloss die Augen. Er genoss es ganz offensichtlich, so sehr geliebt zu werden.

Ich musste lächeln. »Das ist toll!«

»Ja, jetzt bist du wieder ganz normal, nicht wahr, Pan?« Er leckte Arti über die Nase.

»Und das hat tatsächlich der Hundeflüsterer hingekriegt?«

Arti schüttelte den Kopf. »Nein, es lag am Ende dann doch eher an dem Medikament, das er zusätzlich gekriegt hat.«

Auch wenn unser Herbsturlaub ja leider ins Wasser fiel,

war das auf jeden Fall eine gute Nachricht. »Wirklich super«, sagte ich.

Arti reckte den Kopf, um zu sehen, was vor mir auf dem Schreibtisch lag. Ich verdeckte die aufgeschlagene *StyleIn*, so gut es ging.

»Arti?«

»Ja?«

»Ich muss dringend arbeiten und brauche Ruhe. Könntest du ausnahmsweise …«

Überraschenderweise erhob sie sich widerspruchslos. »Bin schon weg. Wollte sowieso noch mit Luise telefonieren. Komm, Pan!«

Sie verschwanden durch die Tür, durch die dann gleich Triton ins Zimmer lugte. »Lil, Abendbrottisch decken.«

»Nein. Geht nicht! Das muss jemand anderes machen.«

Seltsamerweise nahm auch Triton es einfach hin. »Okay.«

Meine Geschwister verschwanden. Und schlossen sogar leise die Tür hinter sich. Irgendwie war das unheimlich. Wieso respektierten sie plötzlich, was ich sagte? Hatte meine Geburtstagsansprache das bewirkt? Ich konnte jetzt nicht darüber nachdenken, denn ich musste endlich loslegen.

Ich holte den dicken Block mit dem richtig guten Papier aus dem Schreibtisch und versuchte mich spontan an einem Rock. Skizzierte fünf Modelle, von ganz kurz bis ganz lang, radierte sie wieder aus und riss schließlich das ganze Blatt raus. Fing von vorne an. Noch einmal fünf verschiedene Modelle. Es klappte nicht. Das Thema fehlte mir. Ohne Motto wurde es nichts. Ich nahm also einen Schmierzettel und notierte alle möglichen Begriffe, die ich mit Sommer in Verbindung brachte. Nach fünf Minuten fiel mir nichts mehr ein. Ich las mir die Liste durch und entschied mich, ohne lange nachzudenken, für Affenhitze, dem einzigen irgendwie besonderen Wort. Alle anderen wie Sonne, Strand, Eis am Stiel und so weiter würden andere Teilnehmer vielleicht auch nehmen.

Für die nächsten zwei Stunden zeichnete ich wie besessen und schaute noch nicht mal auf, als mein Handy eine SMS meldete. Zum Abendessen holte ich mir eine Scheibe Brot aufs Zimmer. Das war normalerweise nicht erlaubt, und Mama meckerte auch massiv, aber ich behauptete, dringend etwas für die Schule zu erledigen. Als Arti schlafen ging, verzog ich mich ebenfalls ins Bett und zeichnete dort weiter. Ich hatte schon Unmengen an Papier verbraucht. Höchstens zwei Zeichnungen gefielen mir.

Mein Handy surrte wieder. Ich schaute auf die Uhr. Schon kurz nach zehn. Meine rechte Hand tat weh, sogar bis in den Ellenbogen. Mit der linken Hand angelte ich mein Handy aus dem Rucksack. Eine Gute-Nacht-SMS von Helli. Ich schickte ihr ein Dutzend Küsse zurück und öffnete dann die zweite SMS.

»Hey, kann morgen erst um 16.30 Uhr. Geht das?«

Die Skateboard-Stunde! Ich schaute meine Zeichnungen durch. Mir fehlten noch mindestens zehn Kleidungsstücke. Am Dienstag musste ich die Sachen wegschicken. Das würde ich nie schaffen, wenn ich morgen mit Dennis zum Skateboarden ging. Aber wenn ich ihm absagte, würde er vielleicht denken, ich hätte kein Interesse. Ach, Quatsch, er würde das schon verstehen. Und wenn nicht, dann konnte ich es auch nicht ändern.

Ich schickte ihm eine SMS. »Geht auch Mittwoch? Mir ist leider etwas dazwischengekommen.«

Zehn Sekunden später kam die Antwort: »Okay.«

Es ging doch. Wenn ich deutlich sagte, was ich wollte, verstanden die anderen mich.

Das gab mir trotz später Stunde einen Energieschub. Ich schaffte noch zwei schöne Teile für die Affenhitze-Kollektion, einen Badeanzug mit Bananenmuster und ein dazugehöriges bananengelbes Strandtuch.

Obwohl es schon nach Mitternacht war, konnte ich nicht einschlafen. Im Moment passierten einfach so viele aufregende Dinge. Die Versetzung von Papa, die Sache mit Helli und dem Internat, die Skateboard-Stunde mit Dennis. Und zum ersten Mal im Leben tat ich etwas Verbotenes. Nichts Schlimmes oder Gefährliches, aber trotzdem. Etwas gegen den Willen von Mama und Papa.

Aber wenn ich keinen Preis gewann, und das war ja praktisch sicher, würden sie gar nichts davon mitbekommen. Erst einmal musste ich alles am nächsten Tag fertig kriegen und wegschicken. Mit gut lesbarem Poststempel, das durfte ich auf keinen Fall vergessen!

Arti wälzte sich unruhig hin und her. Wahrscheinlich träumte sie vom nächsten Schulwechsel. Das hatte sie jedenfalls vor dem Einschlafen behauptet. Ich wollte an diesen Schulwechsel nicht denken, sondern lieber überlegen, ob es nicht noch eine andere Lösung gab. Doch bevor mir etwas einfallen konnte, war ich dann doch eingeschlafen.

Beim Frühstück konnte ich nicht still sitzen.

»Hat dich was gestochen oder warum nervst du so?«, ranzte Pego mich von der Seite an.

Papa kam die Treppe heraufgepoltert. Wir hoben alle die Köpfe bis auf Pego.

»Guten Morgen, meine Lieben«, dröhnte er und gab Mama einen Kuss. Ich fand, sie demonstrierten etwas zu viel kuschelige Einigkeit. Wieso war Mama plötzlich auf Papas Seite?

»Morgen, Papa«, rief Triton.

»Pass auf, dass du auf deinem eigenen Schleim nicht ausrutschst«, brummte Pego ihn an.

Wir lachten, aber es war kein fröhliches Lachen.

Triton reagierte nicht auf Pegos Provokation. Er sprang auf und lief zu Papa. »Erzählst du mir bald mehr von dem Projekt in Cambridge?«

Papa küsste Triton auf die Stirn. »Später, mein Junge.« Er sah auf die Uhr. »Ich muss leider los.«

»Keinen Kaffee?«, fragte Mama und reichte ihm eine Tasse.

»Danke.«

Papa lehnte an der Tür und schaute zu uns. Ich sah ihm an, dass er noch etwas loswerden wollte. Ich wich seinem Blick aus.

»Vielleicht wollt ihr alle etwas mehr über das Projekt erfahren«, sagte Papa. Es sollte unbeschwert klingen, tat es aber nicht.

»Dein saublödes Projekt kannst du für dich behalten!« Pego sprang auf und zeigte auf Triton. »Oder mit Verrätern teilen.« Er sah uns Geschwister herausfordernd an, dann ging er nach nebenan ins Wohnzimmer.

Die Zwillinge zuckten mit den Schultern. Papa machte ein enttäuschtes Gesicht. Offenbar hatte er gedacht, über Nacht hätte sich Pegos miese Laune gelegt. Wie er da stand, tat er mir plötzlich leid. Ich hätte ihm gerne geholfen oder ihn in den Arm genommen. Für ihn war Cambridge wie für mich der Wettbewerb. Mit dem winzigen Unterschied, dass bei mir niemand einen Nachteil davon hatte.

Schlagartig kam mir wieder alles in den Sinn, was ich aufgeben sollte, nur weil Papa Karriere machte. Alles, was mir wichtig war. Helli. Die Schule. Die Skateboard-Stunden mit Dennis. Ausgerechnet jetzt. Nein, ich wollte auf keinen Fall nach England ziehen. Auch wenn Papa mir leidtat. Ich wollte keine neue Schule, keine anderen Freunde, keine neuen Nachbarn, noch nicht einmal ein anderes Zimmer. Und natürlich ging es Pego genauso. Es kam in letzter Zeit immer häufiger vor, dass ich meinen älteren Bruder trotz seiner unhöflichen, ranzigen Art einfach verstehen konnte.

»Du kannst nicht erwarten, dass wir das toll finden«, sagte ich.

Mama sah auf die Uhr. »Ich glaube, es ist kein günstiger Moment. Ihr müsst los.«

Pego kam zurück in die Küche. »Ein Glück für dich«, sagte er zu Papa und starrte ihn dabei wütend an.

»Ich verstehe euch ja«, wandte sich Papa an Pego und mich. Er hob beschwichtigend die Hände. »Aber man hat nicht immer die Wahl, weder als Kind noch als Jugendlicher noch als Erwachsener.«

»Natürlich hast du die Wahl«, sagte Pego, während er sich die Schuhe zuband.

»An die Tür des Tauben klopfe, so oft du willst«, sagte Papa traurig. Er stellte seine Tasse ab.

»Hör auf mit deinen griechischen Sprüchen!«, schrie Pego. Er schnappte seinen Rucksack. »Kein Mensch will die hören.« Er riss die Haustür auf. Ich schlüpfte in meine Ballerinas und wollte ihm folgen.

»Wartet!«, rief Papa. In zwei Schritten hatte er uns eingeholt. »Stell dir vor, du willst unbedingt boxen. Aber du hast keine Ausrüstung. Dein Trainer sagt dir, Junge, du brauchst Handschuhe, Mundschutz, Helm, die richtigen Schuhe, sonst kannst du es vergessen.«

»Worauf willst du hinaus?«, fragte Pego irritiert.

»Cambridge ist für mich wie eine berufliche Ausrüstung. Ohne sie komme ich auf meinem Forschungsfeld nicht weiter.« Pego öffnete den Mund, aber Papa hob den Zeigefinger. »Und außerdem geht es hier auch um Geld. Es mag für euch keine Rolle spielen, aber das alles hier, die Miete, Essen, Trinken, Kleidung, Bücher, Hund, Boxklub, Instrumente, jedes einzelne Hobby, das Au-pair, das muss alles auch bezahlt werden.«

»Verdienst du in Cambridge mehr Geld?«, wollte Triton wissen. Er hatte die ganze Zeit aufmerksam zugehört.

Papa nickte.

»Aber dafür verdiene ich dann weniger«, sagte Mama, und es klang enttäuscht.

»Trotzdem wird insgesamt am Ende mehr übrig bleiben.« Papa sah Mama an.

Plötzlich kam mir die Idee, nach der ich vor dem Einschlafen gesucht hatte. »Was wäre, wenn wir etwas später als du nach Cambridge ziehen?«

Mama schaute mich interessiert an.

Papa legte die Stirn in hundert Falten. »So ein Umzug ist aufwendig. Den kann man nicht in mehreren Etappen machen.«

»Aber überleg mal, Papa«, sagte ich. Ich war total begeistert von meiner Idee. »Wenn du jetzt allein nach Cambridge gehst, könntest du dich in aller Ruhe einarbeiten. Nach einem schönen Haus für uns schauen. Wir könnten unser

Schuljahr hier in München fertig machen und Mama ihren Job noch eine Weile behalten.«

»Ich will gar nicht nach Cambridge, auch nicht am Ende des Schuljahres«, motzte Pego.

»Es ist ein Kompromiss und wir würden damit fast ein Jahr gewinnen«, sagte ich.

Mama gab mir einen Kuss. »Ich finde deine Idee wirklich gut, Lil.« Sie blickte Papa in die Augen. »Das meine ich ernst.«

Alle außer Pego sahen zu Papa. »Lasst mich darüber nachdenken«, sagte er.

Pego seufzte. Ich hatte ihn noch nicht ganz überzeugt, das merkte ich.

Wir verpassten beinahe den Bus. Ehrlich gesagt erwischten wir ihn nur, weil Pego sich todesmutig praktisch auf die Straße warf und den Fahrer dann anflehte, noch mal die Tür zu öffnen. Ich stolperte hinter ihm die Stufen hoch und ließ mich auf einen freien Sitz fallen.

Es konnte aus den unterschiedlichsten Gründen von Vorteil sein, einen großen Bruder zu haben.

Bis zum Abend gab es für mich dann nur den Wettbewerb. Sogar in der Schule zeichnete ich. Während der Pausen blieb ich im Klassenraum und meine kluge HALF hockte sich dazu und belieferte mich mit Ideen. »Cocktails! Bunte, leckere Fruchtcocktails«, rief sie.

»Oh ja, für ein Cocktailkleid!«

»Was sonst!«

Auf diese Art entwarfen wir auch noch Flipflops mit rötlichem Orang-Utan-Fell und ebenfalls fellbesetzte Sandalen, kurze Hosen mit Eiskugeln auf den Taschen und ein dazugehöriges Shirt mit einem riesigen Eisbecher vorne drauf.

Die letzten drei Zeichnungen kriegte ich nachmittags zu Hause hin. Um kurz vor achtzehn Uhr stand ich vor der kleinen Poststelle unseres Stadtteils und passte auf, dass der Angestellte einen schönen, gut lesbaren Datumsstempel auf die Briefmarke setzte. Am Einsendeschluss sollte dieser Wettbewerb nicht scheitern.

Für meine erste Skateboard-Stunde  zog ich mich mindestens fünf Mal um.

Zuerst probierte ich das neue geringelte T-Shirt, das mir aber plötzlich furchtbar kindisch vorkam. Was, wenn Dennis Partnerlook bescheuert fand? Also probierte ich alle sauberen T-Shirts aus, die ich finden konnte, ein gelbes, das mich leider blass machte, dann ein weißes, viel zu langweilig, schließlich das blaue, mein Lieblingsshirt. Aber es war so brav.

Am Ende entschied ich mich für ein orangefarbenes Top, auf dessen Träger hübsche gelb-weiße Blüten gestickt waren. Mama hatte es mir letztes Jahr zum Geburtstag geschenkt. Es passte gerade noch. Da es draußen schon recht herbstlich war, zog ich meine grüne Strickjacke darüber. Nach weiteren Überlegungen entschied ich mich für eine lange Hose. Vielleicht stellte ich mich an wie der erste Mensch und fiel pausenlos hin, da konnte es nicht schaden, wenn die Haut geschützt war. Ich nahm vorsorglich die Jeans mit dem Riss am Knie.

Dann kam das Schwierigste: meine Haare. Ich probierte alle möglichen Varianten und am Ende wickelte ich ein hellgrünes Band darum. Ganz zum Schluss betupfte ich meine Lippen mit einem winzigen Tropfen Lipgloss, wirklich nur der allergeringsten Menge, denn ich wollte auf keinen Fall so wirken, als hätte ich mir Mühe mit dem Outfit gegeben. Ich verteilte den Gloss mit dem Zeigefinger. Dann sah ich in den Spiegel. Hinter dem hellgrünen Band türmten sich meine Locken. Ob ich nicht doch lieber einen Zopf machen sollte?

Im Haus war niemand, den ich fragen konnte. Doch, in der Küche klapperte jemand.

Ich lief nach unten. Maria formte Hackfleisch zu kleinen Klößen und summte vor sich hin. Eine traurige Melodie.

»Band oder Zopf?«, fragte ich.

Maria fuhr herum. Ein Hackbällchen kullerte auf den Boden. Sie bückte sich und hob es auf. Dann sah sie mich wieder an.

»Ein hübsches Mädchen kann alles tragen.«

Meine Wangen wurden warm. »Meinst du wirklich?«

»Na klar«, sagte Maria.

»Kann ich das Band also lassen?«

»Du musst es lassen. Deine Mähne ist toll.«

»Ich hasse dieses Wort! Es klingt so …«, ich fuhr meine Hände zu Krallen aus und fuchtelte damit vor Marias Gesicht herum, »… nach Tier, nicht nach Mädchen.« Ich ließ die Arme sinken. »Ich will einfach nur normal aussehen.«

Maria wischte sich die Hände an der Schürze ab. »Du siehst wie ein normales, tolles Mädchen aus, verlass dich darauf.«

Sie lächelte mich an.

Ich hätte ihr gern geglaubt. Aber wenn es um mein Aussehen ging, fand ich das nicht so leicht.

Auf der Mauer vor dem Mehrfamilienhaus saß Dennis mit einem Mädchen. Es hatte blonde, glatte Haare, und als ich näher kam, erkannte ich es. Es war das Mädchen, das ihn letztens besucht hatte. Die Außentemperatur fühlte sich schlagartig zehn Grad wärmer an und mir brach der Schweiß aus.

Meine Schritte wurden langsamer. Wieso saß die da? Hatte er unsere Verabredung vergessen? War sie zufällig vorbeigekommen? Konnte sie Skateboard fahren? Was zum zerzeuselten Zeus hatte sie hier zu suchen? In mir regte sich der heftige Wunsch, auf der Stelle kehrtzumachen, aber Dennis hatte mich schon gesehen. Er hob die Hand, sprang auf sein Board und rollte in Schlangenlinien auf mich zu. Er warf seine halblangen Haare nach hinten und grinste mich an.

»Hey, Lilami.« Er zeigte auf den Riss in meiner Hose. »Hast schon heimlich geübt, was?«

»Sehr witzig.« Meine Hände schwitzten. Ich rieb sie unauffällig an der Hose ab und schielte hinüber zu dem Mädchen. Es saß reglos auf der Mauer und sagte kein Wort. Dennis folgte meinem Blick.

»Äh, das ist Crissy. Meine Cousine.«

In meinen Ohren rauschte es so sehr, dass ich ihn nicht richtig verstand. Hatte er Cousine gesagt?

»Hi. Äh, Regine?«

Dennis lachte. »Crissy, du Göttin des Modedesigns. Meine Cousine.«

Er hat Cousine gesagt. Sie war mit ihm verwandt. Ein nettes, sympathisches Mädchen aus seiner Familie. Ich wollte eigentlich nur hoheitsvoll nicken und ganz cool tun, aber ich konnte nichts dagegen tun. Meine Mundwinkel wurden magnetisch von meinen Ohren angezogen.

»Hi, Crissy«, sagte ich.

»Hi«, rief die Cousine.

»Sie wird gleich von meiner Tante abgeholt«, erklärte Dennis.

Ich nickte und meine Ohren zogen noch heftiger an den Mundwinkeln. Ich fühlte mich plötzlich leicht. Leicht und mutig.

»Hast du deinen Wettbewerb fertig gekriegt?«, fragte Dennis. Er hatte in der Schule mitbekommen, warum ich die Skateboard-Stunde verschoben hatte.

Ich nickte. »Aber nicht Arti erzählen, bitte.«

Er hob die Schultern. »Geht klar.«

In dem Moment hielt ein dunkelgrauer Golf. Crissy verabschiedete sich und stieg ein. Wir schauten dem Auto hinterher.

»Ich dachte, du bist mit ihr zusammen«, sagte ich.

»Nö, ich stehe nicht auf blond.«

Das war schmerzhafter als ein Fausthieb von Pego. Meine Haare waren nicht nur blond, sondern außerdem auch tierisch gelockt. Was Maria gefiel, war also offenbar nicht jedermanns Geschmack. Ich schaute zu ihm, und da erkannte ich, dass er mich veräppelt hatte. Er grinste sein breitestes Dreieckszahnlächeln.

»Es geht doch nichts über eine ehrliche Abfuhr«, sagte ich.

»Genau.«

Bevor ich fragen konnte, was er damit meinte, rollte er zur Mauer, zog ein zweites Board hervor und hielt es mir hin. »Okay, bist du bereit?«

Schlagartig fühlte ich mich wieder verzagt und hoffnungslos unsportlich. Ich hatte noch nie im Leben auf einem Skateboard gestanden! Ich musste Zeit gewinnen.

»Du wolltest mir doch was in eurem Hof zeigen.«

»Stimmt.« Dennis ließ das zweite Board wieder sinken.

»Ging nicht, wegen Crissy.« Er zwinkerte mir zu. »Ist geheim.«

Er stellte die beiden Bretter so nebeneinander, dass sie nicht wegrollen konnten. »Komm.«

Wir gingen durch ein schmiedeeisernes Tor in den Hinterhof, überquerten ihn und kletterten dann über einen niedrigen Zaun. Hier, im Hinterhof des Nachbarhauses, stand eine riesige Kastanie. Sie musste älter sein als alle Häuser drumherum, denn ihre Wurzeln waren enorm und wölbten sich fast über die ganze Fläche des kleinen Hofgartens. An der Kastanie hing eine Sprossenleiter, die stieg Dennis hinauf. Oben, zwischen den Blättern, die sich bereits in den tollsten Rot-, Gelb- und Brauntönen färbten, setzte er sich auf ein Brett. Es war kein richtiges Baumhaus, nur ein breites Stück Holz.

»Los, komm rauf!«, rief Dennis.

Ich kletterte die Sprossenleiter hinauf. Das Brett lag quer über zwei starken Ästen und war an mehreren Stellen vernagelt.

»Wow, hast du das gemacht?« Vorsichtig setzte ich mich darauf. Es war nicht gerade bequem, aber trotzdem super. Und ich konnte mich sogar an einem Ast anlehnen.

»Ja, das Brett habe ich zufällig entdeckt, vor ein paar Tagen. Die alte Strickleiter hatten wir noch, und da dachte ich, ich könnte ja mal den Baum aufrüsten. Cool, was?«

»Total.« Ich sog die Luft ein. Hier im Baum roch es anders als unten auf der Straße. Und es war kühler. »Wir können das Boarden auch verschieben und hier ein bisschen abhängen.«

»Kommt nicht infrage.« Dennis rutschte zurück zur Leiter und begann den Abstieg. Ich folgte ihm seufzend.

Die beiden Skateboards lagen noch an Ort und Stelle. Dennis drückte mir eines in die Hand. »Hier, das ist mein altes. Kannst du gerne haben.«

»Danke.«

Er sah mich an. »Was ist, bist du jetzt bereit oder nicht?«

Ich zuckte mit den Schultern.

»Jetzt komm schon. Du siehst voll boardmäßig cool aus.«

»Wirklich?«

»Yeah.«

Ich horchte in mich hinein. Die Leichtigkeit, die ich ganz zu Beginn, als ich aus dem Haus gegangen war, verspürt hatte, war noch da. Ich stellte mir vor, daran zu ziehen, damit mehr davon zum Vorschein käme, denn ich liebte dieses Gefühl. Immer wenn es sich in mir breitmachte – was leider viel zu selten vorkam, außer beim Zeichnen –, schien es mir, als könnte ich keinen Fehler machen. Ich wünschte mir sehr, so würde es in meinem neuen Lebensjahr nun immer sein.

Für den Augenblick funktionierte es. Meine Haare waren mir egal, alle Zweifel der vergangenen Stunden innerhalb von Sekunden so schnell verschwunden wie eine Tafel Schokolade in einer Großfamilie. Ich vergaß, Dennis von dem Umzug nach Cambridge zu erzählen. Und dass ich mich mit aller Kraft dagegen wehren wollte. Ich war einfach nur im Hier und Jetzt, hielt das Brett, stellte es ab, setzte meinen rechten Fuß darauf, schüttelte meine Locken und sagte: »Logo bin ich bereit.«

Und dann nahm Dennis meine Hand und half mir auf das wackelige Ding. Für eine winzige Sekunde hatte ich Angst, er würde meine verschwitzte Hand bemerken und sich lustig machen. Aber dann hatte ich keine Zeit mehr, darüber nachzudenken. Weil ich nämlich höllisch aufpassen und mich konzentrieren musste, damit ich nicht vom Brett fiel.

Dennis hielt mich fest und zog mich an der Hand die Straße entlang. Ich schwankte, ruderte mit dem Arm, versuchte, die Balance zu halten, aber das war so gut wie unmöglich. Dennis rannte fast und ich wackelte furchtbar auf dem Board.

»Wo fahren wir hin?«, rief ich.

»Zu einem Übungsplatz. Nicht weit.«

»Den Platz mit der Graffiti-Mauer?«

»Yep!« Dennis zog ein bisschen fester.

Ich dachte plötzlich an unsere erste gemeinsame Busfahrt und den peinlichen Moment vor dem bunten Haus.

»Übrigens, ich finde Graffiti super. Auch die am bunten Haus.«

»Ich finde Skater-Bilder super«, rief Dennis und lachte.

»Uaah«, rief ich. »Nicht loslassen, bitte!«

Dennis ließ nicht los. Im Gegenteil, er zog noch ein kleines bisschen fester. Wir waren längst an unserem Haus vorbei und in die Seitenstraße eingebogen.

»Hilfe«, rief ich. »Nicht so schnell!«

»Sehr gut!«, munterte Dennis mich auf. »Mach Schlangenbewegungen.« Er keuchte ein wenig.

Und dann ließ er plötzlich meine Hand los. Ich gab einen schrecklich peinlichen spitzen Schrei von mir und ruderte mit den Armen. »Dennis!« Ich war ganz schön in Fahrt und seltsamerweise immer noch nicht runtergefallen.

Er sprintete hinter mir her. »Naturtalent!«, rief er. Er strahlte und griff wieder nach meiner Hand. In dem Moment stolperte ich über irgendetwas, einen Stein oder ein Stöckchen, genau erkennen konnte ich es nicht, jedenfalls riss es mich herunter, während Dennis noch an meiner Hand zog. Ich landete mit voller Wucht in seinen Armen und warf ihn fast um. Wir stolperten und taumelten ein paar Meter über die Straße, bevor wir uns fingen. Zum Schluss rumsten wir noch mit den Köpfen aneinander.

Das Brett rollte hinter uns her, irgendwie magisch. So wie der ganze Moment. Er dauerte nur eine Sekunde, vielleicht zwei oder höchstens drei. Meine Wange klebte an Dennis'

Ringelshirt und mit den Händen hatte ich mich irgendwo an ihm verhakt. Sein T-Shirt roch nach Schokolade. Von schräg unten sah ich in seine Augen. Die gelben Sprenkel leuchteten. Sein Dreieckszahn blitzte in der Herbstsonne. Das war schöner als Geburtstag und Weihnachten zusammen. Das war der magischste Moment in meinem ganzen Leben. Im Grunde hätten wir so, mit etwas Musik, mitten auf der Straße Klammerblues tanzen können. Und wenn Dennis keine Freundin gehabt hätte, wer weiß, vielleicht hätte ich mich sogar getraut.

Stattdessen aber rappelte ich mich hoch. Wir zupften an unseren T-Shirts. Dennis bückte sich und hob das Skateboard auf.

»Du bist eins a gefahren«, sagte er.

Ich konnte nicht anders, ich musste die ganze Zeit grinsen.

»Noch zwei, drei Stunden, länger dauert es nicht, bis du den Bogen raushast. Komm.« Er packte meine Hand. Dann rannten wir die Straße hinunter, zum Übungsplatz, die Bretter unterm Arm.

Ich lag seit zwei Stunden auf meinem Bett und zeichnete wie eine Besessene. Nur noch wenige Seiten und mein sechstes LLB würde randvoll sein. Es war mein bislang schönstes und bestes Buch. Obwohl es mir gar nicht darauf ankam. Es ging mir nur um das gute Gefühl beim Zeichnen. Solange ich ein LLB hatte, konnte ich mit allem irgendwie fertigwerden. Ich zeichnete eine mächtige alte Kastanie, an der eine Strickleiter baumelte. Ich zeichnete eine mit Graffiti besprühte Mauer, auf der ein Junge und ein Mädchen saßen. Ihre Schuhspitzen berührten sich. Sie lächelten sich an.

Mein Handy surrte. Arti murmelte etwas im Schlaf. Das Display meldete eine SMS von Dennis.

»Morgen boarden?«

Ein letzter Strich unter ein dahinsausendes Skateboard und ich klappte mein LLB zu. Dann schaute ich wieder auf die SMS. So gerne hätte ich ihm gesagt, wie schön dieser Nachmittag gewesen war. Wie gerne ich morgen wieder boarden ging. Von jetzt an am liebsten jeden Tag. Sieben Tage in der Woche.

Ich lächelte in mich hinein und tippte vier Buchstaben: »Logo«. Dann drückte ich auf Senden und stellte mir vor, wie Dennis die Nachricht jetzt im gleichen Moment erhielt.

All das, was nicht in eine SMS passte, würde ich ihm irgendwann vielleicht mal sagen. Hoffentlich. Dann knipste ich das Licht aus.

 # Die Zeit
lief mir davon.

Ich sah auf die Uhr. In drei Stunden schon würden wir in den Autos sitzen und aufbrechen auf eine Reise, die Triton das englische Abenteuer, Mama dagegen augenzwinkernd die griechisch-englische Tragödie nannte. Was auch immer es werden würde, war noch ziemlich ungewiss.

Fest stand jetzt, wir würden die Herbstferien in England verbringen. Es hatte ein paar Tage gedauert, aber dann hatten sich tatsächlich alle auf meine Idee geeinigt. Wir blieben mit Mama bis zum Ende des Schuljahres in München und Papa würde zunächst alleine in Cambridge wohnen. In den Weihnachtsferien, den Osterferien und sicher auch zwischendurch würden wir Papa sehen, denn das Cambridger Institut bezahlte mehrere Heimflüge pro Jahr. Trotzdem, Papa wollte uns unbedingt ganz bei sich haben, seine griechischen Götter, das hatte er immer wieder gesagt und darauf bestanden, dass wir alle miteinander im darauffolgenden Sommer nach Cambridge zogen. Für zwei Jahre. Mama hatte auch verhandelt, und zwar mit ihrem Chef. Sie durfte ab nächstem Sommer für zwei Jahre als freie Journalistin Beiträge für die Zeitschrift liefern.

Jetzt begleiteten wir Papa nach England und konnten uns dabei schon mal umsehen, wie er es nannte. Mama und Papa hatten die langwierige Variante mit den Autos gewählt, weil Papa auf diese Art schon viele seiner Sachen und Unterlagen mitnehmen konnte. Papa wollte eines der Autos dann für die nächsten drei Jahre in England behalten. Mama würde nach den Herbstferien den zweiten Wagen zurück nach München fahren, während wir Kinder zurückfliegen durften. Auf die Art kamen wir dann doch noch zu unserer Flugreise. Außerdem würden wir ein paar Tage in London verbringen. Unser Hotel lag direkt an der Oxford Street, der coolsten Einkaufsstraße überhaupt! Und unter genau diesen beiden Bedingungen hatte dann schließlich sogar Pego eingewilligt, jedenfalls für den Zeitraum der Ferien. Ansehen konnten wir es uns ja mal, meinte er, wenn wir dafür in die Geburtsstadt des Boxsports fahren und in einem Flieger sitzen durften.

Ab dem nächsten Schuljahr sollten wir dann auf die internationale Schule in Cambridge gehen. Papa hatte versprochen, ein schönes Haus zu suchen. Mit einem eigenen Zimmer für mindestens die drei Ältesten. Ja, und so war es dann zu einer Einigung gekommen.

Jetzt hoffte ich sehr, England würde mir und auch allen anderen gefallen. Denn insgeheim fand ich die Idee mit dem eigenen Zimmer und der Nähe zu London inzwischen auch ganz gut.

Hellis Eltern hatten versprochen, sich eine Schule anzusehen, die nicht weit von Cambridge oder London lag. Das wäre natürlich der Oberhammer.

Aber bis dahin war es ja noch lange hin, acht Monate. Viel Zeit, um viele Runden auf dem Skateboard zu drehen. Dennis und ich fuhren fast jeden Tag. Wenn wir nicht im Baum saßen und Musik hörten.

Ich stand vor dem Kleiderschrank und packte hektisch Shirts und Hosen in einen Koffer, den ich mir mit Arti teilen musste. Das Problem war, Arti hatte längst gepackt, kaum Platz gelassen und war dann mit Pan verschwunden. Entnervt klappte ich den Koffer zu.

Nike stürmte in mein Zimmer. »Du musst mir packen helfen.«

»Kommt nicht infrage, ich habe noch etwas vor. Frag Maria.«

Draußen hielt ein Wagen. Mama. Mist. Ich hatte weg sein wollen, bevor sie zurückkam. Schnell scheuchte ich Nike aus dem Zimmer und schleppte meinen Koffer die Treppe hinunter bis vor die Haustür.

Draußen öffnete Mama den Kofferraum.

»Mama!« In der Dachluke tauchte Pegos brauner Lockenkopf auf. »Kann ich meine Boxhandschuhe mitnehmen?«

Mama schüttelte den Kopf. »Nur das Nötigste!«

Pegos Kopf verschwand.

»Fertig zum Beladen!«, rief Mama.

Ich zog meinen Koffer bis zum Auto. »Bitte.«

»Danke, mein Schatz.«

»Mama, ich muss noch mal weg!«, sagte ich.

Mama schob mein Gepäckstück nach ganz hinten in den Kofferraum. Sie richtete sich auf und sah mich irritiert an.

»Wie meinst du das?«

»Ich bin verabredet.«

»Ich sag's ja, eine Tragödie«, murrte sie. Vor längeren Fahrten und Reisen war sie immer nervös und schlecht gelaunt.

»Was ist eine Tragödie?«, fragte Nike, die gerade mit einem Arm voller Kuscheltiere aus dem Haus kam.

»Das ist, wenn die Götter jemanden in eine sehr verzwickte Lage bringen, aus der er dann nicht mehr allein herauskommt«, sagte Mama.

»Mama«, quengelte ich. »Kannst du ein Mal auch mir zuhören?«

»Himmel, Lilaia, wohin musst du denn jetzt noch? Das kann doch nicht wahr sein, so kurz vor der Abreise!« Sie sah auf die Uhr. »Wo bleibt eigentlich euer Vater?«

»Nur eine halbe Stunde, bitte.«

Mama rollte die Augen. »Meinetwegen. Aber dann kommst du und schmierst uns Brote für die Reise.«

»Mama! Ich bin nicht das Mädchen für alles. Hast du das vergessen? Pego kann genauso gut helfen und er hat Zeit!«

Mama seufzte. »Entschuldige, Lil. Ich habe gerade viel um die Ohren. Eigentlich ist mir egal, wer hilft, Hauptsache, es wird gemacht.«

»Na also. Pego hilft sicher gern.« Genau das Gegenteil wäre natürlich der Fall, so viel stand fest. Daran verschwendete ich nun aber keinen weiteren Gedanken.

»Lil, eine halbe Stunde. Sonst fahren wir ohne dich!«

Ich gab Mama einen Kuss.

Die Strickleiter bewegte sich hin und her. Es sah lustig aus, so als würde sie tanzen. Ich schaute den breiten Baumstamm entlang nach oben. Dennis lag auf dem Holzbrett. Seine Füße baumelten in der Luft.

Wahrscheinlich hörte er Musik.

Ich zog an der Leiter. Dennis schaute über den Rand des Brettes und grinste. Als ich oben ankam, setzte er sich und reichte mir die Hand. Ich kletterte zu ihm. Er zog sich die Stöpsel aus den Ohren und verstaute den MP3-Player in seiner Hosentasche.

»Das hat aber gedauert. Ich dachte schon, du kommst nicht mehr.«

»Mein Ladegerät war weg, meine Familie will dauernd etwas …«

»Alles gepackt?«

Ich nickte.

»Freust du dich?«

Ich zuckte mit den Schultern. »Nein. Ja. Ein bisschen.«

Dennis rückte ein Stück näher an mich heran. »Ist doch toll. Ich wünschte, mein Vater würde mit uns nach England fahren.«

Ich kaute auf meiner Unterlippe. »Aber meiner will dort leben, das ist was anderes.«

»Und wennschon«, sagte Dennis. »Es gibt doch Fernbeziehungen.«

Das Wort pikste doller als der Nagel, der unter meinem Po aus dem Brett guckte. Ob Dennis das absichtlich sagte? Auf jeden Fall war es mein Stichwort. Seit Wochen hatte ich darauf gewartet, aber nie eine Gelegenheit gesehen. Auch wenn Crissy nur seine Cousine war, war ich mir ja immer noch nicht sicher, ob es vielleicht ein anderes Mädchen gab, aus seiner alten Schule zum Beispiel. Ich rückte ein paar Zentimeter von Dennis ab, was aber auch an dem rostigen Nagel lag.

»Was meinst du denn damit?«, fragte ich und hoffte, mein Herzschlag war weder zu sehen noch zu hören. Es rumpelte unter meinem T-Shirt.

Dennis rutschte näher zu mir. »Na ja, ist doch klar. Eine Beziehung, auch wenn jemand in der Ferne ist.«

Ich schob mich wieder ein winziges bisschen weg. Jetzt musste ich es wissen. Ich hatte genau diesen Moment schon die ganze Zeit ebenso gefürchtet wie herbeigesehnt. Ich nahm meinen ganzen Mut zusammen.

»Wie lange bist du denn schon mit ihr zusammen?«

Dennis blies sich eine seiner Locken aus der Stirn. »Mit wem?«

»Deiner Fernbeziehung.«

»Hast du akutes Reisefieber? Von wem redest du?«

»Tja, ich weiß nicht. Du hast doch in Schwabing eine Freundin. Aus deiner alten Klasse.«

Er boxte mich ganz sanft gegen den Arm. »Nein! Wie kommst du denn darauf?«

»Du hast es zu Arti gesagt, in unserer Küche.«

Dennis dachte nach. Dann schüttelte er den Kopf. »Kann mich nicht erinnern. Wenn ich das gesagt habe, meinte ich wahrscheinlich meine Mutter. Ist ja leider auch eine Art von Fernbeziehung.« Er seufzte.

»Oder du wolltest einfach ein bisschen angeben!« Ich stupste Dennis in die Seite. An seinem Lächeln erkannte ich, dass ich falschlag. »Du hast mit Fernbeziehung deine Mutter gemeint?«

Er zuckte mit den Schultern. »Glaub schon.«

Kein Wunder, die Situation war ja auch immer noch ziemlich neu für ihn. Ich hatte seine Mutter bisher kein einziges Mal gesehen. Wie würde es mir gehen, wenn meine Eltern plötzlich in verschiedenen Stadtteilen lebten?

Oh Mann. Wie sehr hatte mich dieses eine dumme Wort in die Irre geleitet. Aber statt es so früh wie möglich klarzustellen, hatte ich einfach immer nur an meiner falschen Vorstellung festgehalten. So was Blödes.

Dennis beobachtete mich. »Was ist, Lilami? Bist du in Gedanken schon in Cambridge?«

Jetzt rückte ich ein Stück an ihn heran. »Bestimmt nicht.« Mir fiel ein, was Helli letztens gesagt hatte. »Weißt du, dass ›Ami‹ auf Französisch ›Freund‹ heißt?«

Er legte den Arm um mich. »Nö.«

Mir wurde ganz warm. »Ist aber so. Mit Betonung auf dem i. Nicht auf dem a wie in Salaaami.«

Wir lachten. Dennis schaute mich an. »Du meinst Lil-Amiiii?«

Wir lachten wieder. Mein Herz wummerte die ganze Zeit wie verrückt. Wir hatten in den letzten Wochen wirklich viel Zeit miteinander verbracht, auch auf dem Baum, aber so nah hatten wir noch nie beieinandergesessen, mal abgesehen von der Nachhilfe in der Hängematte und der misslungenen Nachhilfe auf der Fensterbank in Papas Arbeitszimmer. Jetzt klebte Dennis fast an mir. Und bald sollte ich ihn neun ganze Tage überhaupt nicht sehen. Neun Tage ohne Dreieckslächeln, Grübchen, Skateboard und Musik im Baum, neun Tage ohne sein Lachen, seine Neckereien und Frotzeleien. Wie sollte ich das aushalten?

»Ich habe eine gute Nachricht, Lil-Amiiii«, sagte Dennis. »Ich darf dir meinen MP3-Player ausleihen, für die Reise.« Er zog das Gerät aus der Hosentasche und hielt es mir hin. »Dann musst du dich nicht mit Arti zoffen.«

»Wirklich?« Ich nahm das Gerät.

Dennis nickte. »Ich habe dir noch ganz viele Lieder aufgespielt. Und zwei Hörbücher.«

»Supercool, vielen Dank!«

»Komm, wir hören noch mal unser Lied.«

Ich schob einen der Stöpsel in mein und den anderen in Dennis' Ohr. Und während wir dem Lied lauschten, das wir in den letzten Wochen schon ungefähr eine Million Mal gehört hatten, dachte ich, ich müsste ihn jetzt küssen. Was würde Helli dazu sagen? Ich lehnte meinen Kopf an Dennis' Schulter und schielte von schräg unten zu ihm hoch.

Sein Mund war höchstens zehn Zentimeter weg. Ich rutschte noch ein kleines bisschen näher. Acht Zentimeter. Dennis legte seine Hand auf meine Hand.

Ich schloss die Augen. »… flash mich noch mal, als wär's das erste Mal …«, sang ich leise mit. Und dann überwand ich die letzten Zentimeter und tat es einfach.

»Zeusel, hast du den Routenplan?«, rief Mama und quetschte eine letzte Tasche in den größeren der beiden Wagen. Inzwischen standen beide Autos voll beladen vor dem Haus. Drinnen lief Papa von einem Zimmer zum anderen, drehte Temperaturregler herunter, legte Lichtschalter um, schloss Fenster, überprüfte alle Wasserhähne. Dabei war es gar nicht nötig, schließlich blieb Maria im Haus.

»Zeusel!« Mama war genervt. Wie immer vor einer Abreise. Als würde das irgendetwas bringen.

Papa schaute aus dem Badfenster im ersten Stock. »Triton hat sich um die Route gekümmert«, rief er zurück. »Er sitzt in meinem Büro.«

»Dann wird es Zeit, dass er herunterkommt!«

»Bin schon da.« Triton stand in der Haustür und wedelte mit einem Stapel weißer Blätter.

»Was ist das?«, fragte ich.

»Unsere Route«, erwiderte Triton stolz. »Es sind zwölf Stunden und elf Minuten Fahrt.«

Alle, die es gehört hatten, drehten sich zu ihm um.

»Was?«, schrien die Zwillinge aus der Küche.

»Ohne Stau«, sagte Papa, der gerade die Treppe herunterkam. Er nahm Triton den Plan aus der Hand und schaute darauf.

»Gut gemacht, Triton. Genau so müssen wir fahren.«

Ich musste lachen. »Und wenn wir den Plan verlieren, haben wir zum Glück deinen fantastischen Orientierungssinn!«

Jetzt lachten alle.

Mama verschloss beide Kofferräume und klatschte in die Hände.

»Es sind eintausendzweihundertneunundzwanzig Kilometer«, sagte Triton stolz.

»Und ich freue mich schon, wenn wir die am Ende in zwei Stunden zurückfliegen.« Pego breitete die Arme aus und tat so, als segelte er zum Auto. Die Zwillinge machten es sofort nach.

Papa gab Triton die Seiten zurück. »Wir brauchen eine Kopie. Dann bist du Mamas Kopilot und Pego meiner, einverstanden?«

Triton flitzte nach oben ins Büro, um die Kopien zu machen. »Aber wir fahren vor!«, rief er vom Büro aus. »Es ist meine Route!«

Mama und Papa lachten.

»Ich würde sagen, wir fahren jetzt los und suchen uns um Mitternacht eine Unterkunft«, sagte Mama.

Papa gab ihr einen Kuss auf die Nasenspitze. »So machen wir es, mein Schatz.«

Und dann dauerte es noch einmal eine halbe Stunde, bis jeder von uns auch wirklich reisefertig vor der Tür stand, bis jeder noch einmal auf der Toilette gewesen und dann sicherheitshalber einen Schluck Wasser getrunken hatte. Bis alle Schuhe geschnürt, alle Jacken geschnappt, alle Trinkflaschen und Vorräte auf den Rücksitzen verteilt waren. Bis die Sitzordnung, wie vor jeder Reise, ausdiskutiert war, obwohl sich dann doch nie etwas daran änderte.

»Drei plus drei, wie immer«, beharrte Papa.

»Aber ich will auch mal mit Lil …«, murrte Nike.

»Liebling, Auto fahren ist° anstrengend«, sagte Mama. »Und auf diese Art ist es für Theo und mich am besten.«

Da klingelte Papas Handy.

»Nanu«, sagte Papa, kramte sein Telefon aus der Hosentasche und schaute auf das Display. »Sie weiß doch, dass ich schon im Urlaub bin.« Er drückte die Annehmen-Taste. »Diethild? Was gibt es?«

Wir Kinder sahen uns an. Pego ballte instinktiv die Fäuste, Arti und ich setzten einen Schmollmund auf, die Zwillinge zogen gleichzeitig die Nasen kraus. Nur Triton reagierte entspannt. Er zuckte auch in letzter Zeit viel weniger. Mama glaubte, es lag an der neuen Behandlung beim Osteopathen. Vielleicht lag es aber auch daran, dass er sich so auf Cambridge freute.

»Ja, ich komme am Montag im Institut vorbei«, sagte Papa jetzt. Er lachte. »Wie? TT Cambridge, haha! Das hättest du wohl gerne.«

Triton strahlte. Papa hatte versprochen, ihn mitzunehmen in dieses Cambridger Institut. Ich konnte gut darauf verzichten. Und die anderen wahrscheinlich auch.

»Papa!«, rief Arti. »Wir wollen fahren!«

Papa hob die Hand.

»Und das ist eine Urlaubs-, keine Dienstreise«, sagte nun Mama, nahm ihm das Telefon aus der Hand, rief: »Tschüss, liebe Diethild«, und drückte einfach die Auflegen-Taste.

Wir lachten.

Ich stellte mir Diethilds verdutztes Gesicht vor, als sie Mama Tschüss sagen hörte.

»Du hast es versprochen«, sagte Mama.

»Jaja, jetzt übertreibt mal nicht. Das war ein Fünfzehn-Sekunden-Telefonat, das wird doch wohl erlaubt sein.«

»Na, vielleicht«, sagte Mama und lächelte.

»Was heißt TT Cambridge?«, fragte ich.

»Toller Theo aus Cambridge, was sonst«, rief Pego.

Papa schaute irritiert. »Ähm, ja, so ähnlich.«

Ich zupfte ihn am Ärmel. »Jetzt sag!«

»Das interessiert mich auch.« Mama zupfte am anderen Ärmel. Papa konnte das nicht ausstehen, das wussten wir.

»Ach, ich habe vor sehr langer Zeit an der Universität mal ein Tischtennis-Turnier gewonnen.«

Pego rollte die Augen. »Du lässt dich TT nennen, weil du vor hundert Jahren mal Tischtennis gespielt hast?«

Mama lachte schallend. »Wie gut, dass wir nun auch dein letztes Geheimnis kennen, Zeusel.«

»Das war ein großer Triumph damals, aber davon versteht ihr nichts«, sagte Papa scherzhaft.

Pego öffnete die Haustür. »Und jetzt will Diethilde, dass du in Cambridge deinen großen Erfolg wiederholst?« Er klopfte sich auf die Schenkel. »Das will ich sehen!«

»Vermutlich meint Diethild das im übertragenen Sinne, nicht wahr?«, scherzte Mama. »Sie wünscht dir einfach viel Erfolg.«

Papa raschelte mit dem Schlüssel. »Genauso ist es. Aber jetzt lasst uns endlich losfahren.«

Wieder dauerte es mehrere Minuten, bis endlich der letzte Lichtschalter umgelegt und auch noch ein kleiner Abschiedsgruß für Maria geschrieben war. Sie war am Vormittag mit Pan zu einer Freundin gegangen, die sie beim Hundeflüsterer kennengelernt hatte. Angeblich war Pan total verliebt in den braunen Mischling dieses Mädchens.

Nicht mehr verknallt hingegen schien Pego zu sein, zumindest nicht in Maria. Woran das lag, wusste ich nicht mit Sicherheit. Aber schon seit Tagen machte er überhaupt keine Show mehr um sie. Stattdessen hatte er auf der Halloween-Party an der Seite meiner allerliebsten HALF geklebt. Mein Bruder! Das war so krass! Der schlimmste Pegoist aller Zeiten und das tollste Mädchen der Welt. So richtig konnte ich mir das immer noch nicht vorstellen, aber ich war auf jeden Fall gespannt. Im Moment tat Pego obercool und ließ nichts durchblicken. Aber es war ja leicht für mich, ihn im Auge zu behalten. Sobald sich mein Verknalltheitsverdacht bestätigte, würde ich Helli davon berichten. Wie gut, dass ich endlich ein Handy hatte. Aber am schönsten würde es natürlich sein, wenn wir uns nach den Ferien wiedersahen. Ob dann auch schon das Ergebnis des Wettbewerbs feststehen würde? Ich konnte mich nicht erinnern, darüber etwas gelesen zu haben. Aber auf jeden Fall würde ich Dennis wiedersehen! In Gedanken schlang ich meine Arme um ihn. Oh, ich freute mich so sehr auf das Ende dieser Reise, ich hätte es am liebsten laut herausgebrüllt. Aber irgendwie schaffte ich es, das für den Moment einfach nur still zu genießen und für mich zu behalten.

»Alle Mann an Bord, alle Schotten dicht?«, rief Papa. Er konnte es nicht leiden, wenn die Autofenster offen standen.

Über Handy nahm ich Funkkontakt zu Mamas Wagen auf. Triton hob ab.

»Bereit?«, fragte ich.

»Bereit!«, riefen die Kleinen.

»Und wie würden die Engländer jetzt sagen?«

»Let's go!«, brüllte Pego.

Und dann wiederholten wir es alle zusammen noch einmal: »Let's go!«

Als wir in die Nachbarstraße einbogen, presste ich das Gesicht an die Fensterscheibe. Ich schaute zum dritten Stock des Mehrfamilienhauses hoch. Dort stand Dennis am geöffneten Fenster und schwenkte in der Hand eine kleine blau-weiß-rote Fahne. Der Union Jack, die Flagge Großbritanniens. Niemand außer mir sah es. Ich lachte und winkte zurück. Im gleichen Moment waren wir schon um die nächste Ecke gebogen.

Ich lehnte mich im Sitz zurück, steckte die Stöpsel in die Ohren und schloss die Augen. Mir fiel ein, was Helli letztens über die Herzenswünsche gesagt hatte. Im entscheidenden Moment würde immer der Strom ausfallen, und dann würde man daneben, also nach dem Falschen greifen.

Ich musste lächeln. Von wegen daneben. Ich hatte zwar auch im Dunkeln getappt, aber Glück gehabt und genau im richtigen Moment eine rettende Kerze gefunden und angezündet. Und dann ins richtige Fach gegriffen. Ich hatte genau das gekriegt, was ich wollte. Obwohl ich mich insgesamt nicht besonders geschickt angestellt hatte. Aber ich hatte mich angestrengt und abgerackert. Und am Ende eine Belohnung gekriegt.

Das ließ doch hoffen. Oder etwa nicht?

Stephanie Gessner wuchs in einem kleinen Dorf in der Nähe von Limburg auf. Als Jüngste von sechs Geschwistern lernte sie früh, gute Verstecke zu finden, zum Beispiel für Süßigkeiten – und für ihr Tagebuch. Sie hat Literaturwissenschaft studiert, eine Zeit lang Reiseberichte für Zeitschriften verfasst und arbeitet heute als Texterin. Nebenbei schreibt sie Romane und Kurzgeschichten. Sie lebt mit ihrer Familie in Mainz.

Natürlich magellan©

Wir pflanzen Bäume
Für unsere Umwelt
www.magellanverlag.de

**Hergestellt in Deutschland
Gedruckt auf FSC®-Papier
Lösungsmittelfreier Klebstoff
Drucklack auf Wasserbasis**

1. Auflage 2021
© 2016 Magellan GmbH & Co. KG, 96052 Bamberg
Alle Rechte vorbehalten
Dieses Werk wurde vermittelt durch
die Autoren- und Projektagentur Gerd F. Rumler (München).
Das Projekt wurde mit Unterstützung
der Akademie für Kindermedien entwickelt.
Umschlaggestaltung: Christian Keller
unter Verwendung von Motiven von iStock / Gurzzza, Kalistratova
Druck: CPI, Leck
ISBN 978-3-7348-8214-2

www.magellanverlag.de